Keigo Higashino
Ich habe ihn getötet

PIPER

Zu diesem Buch

Der Drehbuchautor Makoto ist ein skrupelloser Karrierist. Am Abend vor seiner Hochzeit mit der gefeierten Lyrikerin Miwako wird eine Tote im Garten seines Anwesens gefunden. Es ist seine Exfreundin, die er für Miwako verlassen hat. Aus Trauer über Makotos gebrochenes Heiratsversprechen hat sie sich selbst vergiftet. Mithilfe seines Managers lässt Makoto die Leiche verschwinden. Doch am folgenden Tag bricht Makoto selbst vor dem Traualtar tot zusammen. Der Braut kommt ein fürchterlicher Verdacht: Der Täter muss Makotos Medikamente unbemerkt gegen das Gift ausgetauscht haben, das die Tote verwendete. Und dazu hatten nur Makotos engste Freunde Gelegenheit. Verzweifelt schaltet sie Kommissar Kaga ein.

Keigo Higashino wurde 1958 in Osaka, Japan, geboren. Nach seinem Ingenieurs-Studium begann der Kapitän einer Bogenschützenmannschaft Kriminalromane zu schreiben. Für seine Romane erhielt er zahlreiche Preise. Einige von ihnen standen jahrelang an der Spitze der Bestsellerlisten und wurden auch verfilmt.

Keigo Higashino

ICH HABE IHN GETÖTET

Inspektor Kaga ermittelt

Übersetzung aus dem Japanischen
von Ursula Gräfe

Mit einer Anleitung zur Detektivarbeit
am Buchende

PIPER

Mehr über unsere Autoren und Bücher:
www.piper.de

Von Keigo Higashino liegen im Piper Verlag vor:
Physikprofessor Yukawa:
Verdächtige Geliebte
Heilige Mörderin

Inspektor Kaga:
Böse Absichten
Ich habe ihn getötet

MIX
Papier aus verantwortungsvollen Quellen
FSC® C083411

Ungekürzte Taschenbuchausgabe
ISBN 978-3-492-31057-4
Piper Verlag GmbH, München
November 2017
© Keigo Higashino 2002
Titel der japanischen Originalausgabe:
»Watashi ga kare wo koroshita«, Verlag Kodansha, Tokio
© der deutschsprachigen Ausgabe:
J.G. Cotta'sche Buchhandlung Nachfolger GmbH, gegr. 1659, Stuttgart 2016
Umschlaggestaltung: Rothfos & Gabler, Hamburg
Umschlagabbildung: Image Source/Getty Images
Satz: r&p digitale medien, Echterdingen
Gesetzt aus der Greta Text
Druck und Bindung: CPI books GmbH, Leck
Printed in the EU

TAKAHIRO KANBAYASHI
DER BRUDER DER BRAUT

1

Nachdem ich den hellgrünen Regenmantel, der ganz am Rand hing, vom Bügel genommen hatte, war der Schrank leer. Auf Zehenspitzen inspizierte ich noch einmal das oberste Fach und drehte mich anschließend zu Miwako um, die den Regenmantel geschickt zusammenlegte und in dem Karton neben sich verstaute. Ihr Profil war zur Hälfte von ihrem langen glänzenden Haar verdeckt.

»War das jetzt alles an Kleidung?«, fragte ich.

»Ja, ich glaube, wir haben nichts vergessen«, erwiderte sie, ohne ihre Arbeit zu unterbrechen.

»Und selbst wenn, könntest du es ja sofort holen.«

»Genau.«

Miwako schloss den Deckel, schaute sich suchend um und griff nach einer Rolle Klebeband, die hinter dem Karton lag.

Die Hände in die Hüften gestemmt, blickte ich mich um. In Miwakos etwa sechs Tatami großem Zimmer stand nur noch die alte Kommode, ein Erbstück unserer Mutter, aber auch die hatten wir bereits leer geräumt. Sie und der Einbauschrank hatten Miwakos gesamte Kleidung beherbergt. Aus den mehreren Dutzend Kleidungsstücken wählte sie je nach Laune, Wetter und Mode ihre Garderobe fürs Büro. Sie hatte es sich strengstens verboten, zwei Tage hintereinander das Gleiche zu tragen, andernfalls käme womöglich jemand auf die Idee, sie hätte die Nacht nicht zu Hause verbracht, sagte sie. Einem wie mir, der mitunter eine Woche lang denselben Anzug trug, erschien das ziemlich mühsam. Doch jeden Morgen freute ich mich, wenn sie – in welchem Outfit auch immer – aus ihrem Zimmer kam, ein Vergnügen, das mir von nun an versagt bleiben würde. Und das war nicht das Einzige, was ich aufgeben musste.

Als Miwako den Karton mit Klebeband versiegelt hatte, klopfte sie auf den Deckel. »Wir haben's geschafft.«

»Uff«, sagte ich. »War ganz schön anstrengend. Wollen wir was essen?«

»Ist überhaupt noch was da?« Miwako überlegte, was noch im Kühlschrank sein könnte.

»Ramen – die könnte ich machen«, sagte ich.

»Lass nur, ich mache sie.« Miwako sprang auf.

»Nein, auf keinen Fall. Du hast heute genug geschafft.«

Ich legte ihr die Hand um die Hüfte und zog sie fest an mich. Dies hatte keine besondere Bedeutung. Zumindest keine von mir beabsichtigte. Aber Miwako dachte offenbar anders darüber. Ein verkrampftes Lächeln trat auf ihr Gesicht, und sie entwand sich mir mit einer Drehung, die einer Eistänzerin Ehre gemacht hätte.

»Nein, ich mache sie. Du lässt sie nur wieder zu lange kochen, Bruderherz.« Darauf entschwand sie in den Flur und lief die Treppe hinunter.

Mit einem Seufzer betrachtete ich meinen linken Arm, an dem ich noch etwas von Miwakos Wärme spürte. Dann hob ich den Karton vom fliederfarbenen Teppichboden auf. Er war leicht, da er nur Kleider enthielt. Noch einmal schaute ich mich im Zimmer um. Die billigen Regale, die wir im Internet gekauft hatten, und die Kommode von unserer Mutter waren noch da, aber der vertraute dunkelbraune Sekretär, an dem Miwako immer gesessen und mit Füller auf Manuskriptpapier geschrieben hatte, war verschwunden. Bei ihrer Arbeit im Büro benutzte sie einen Computer, aber ihre Gedichte verfasste sie stets handschriftlich.

Die weißen Gardinen bauschten sich, als eine Brise durch das kleine Fenster wehte, das auf einen Privatweg hinausging.

Ich stellte den Karton noch einmal ab, schloss das Fenster und dann die Tür.

Unser Haus stand auf einem Grundstück von etwas über fünfzig Quadratmetern. Neben dem Wohn- und Essbereich mit Küche und zwei japanischen Zimmern im Erdgeschoss hatten wir im ersten Stock noch drei westliche Zimmer. Unser Vater hatte das Haus vor seinem vierzigsten Lebensjahr gebaut. Statt einen Kredit aufzunehmen, hatte er nach dem Tod unseres Großvaters die Villa verkauft, die er von ihm geerbt hatte und in der wir bis dahin gelebt hatten. Der Verkauf war ihm schwergefallen, aber die steuerlichen Vorteile überwogen. Von dem Erlös hatte er dieses Haus gebaut und damit nach Ansicht unserer Verwandten den Grund und Boden, der seit Generationen in den Händen der Familie Kanbayashi gewesen war, auf einen Schlag verschleudert.

Jetzt saß ich am Esstisch im Erdgeschoss und verzehrte die Suppe mit chinesischen Nudeln und Miso, die meine Schwester zubereitet hatte. Miwako hatte ihr langes Haar mit einer Metallspange im Nacken zusammengebunden.

»Richtet ihr euch im Haus ein, wenn ihr von der Reise zurück seid?«, fragte ich zwischen zwei Schlürfern.

»Uns bleibt nichts anderes übrig. Vorher haben wir keine Zeit. Morgen sind wir mit den Vorbereitungen für die Hochzeit und die Reise beschäftigt.«

»Stimmt.« Ich schaute auf den Kalender an der Wand. Der 18. Mai war rot eingekringelt. Übermorgen. Als ich den roten Kreis gezogen hatte, war mir die Zeit bis dahin noch so lang erschienen.

Als ich mit dem Essen fertig war, legte ich meine Stäbchen ab und stützte das Kinn in die Hände.

»Und was soll ich jetzt machen?«

»Denkst du daran, das Haus aufzugeben?«, fragte Miwako mit einem leichten Zögern.

»Ich weiß nicht. Vielleicht sollte ich es vermieten? Aber ich will auf keinen Fall weiter hier wohnen. Es ist zu groß für eine Person.«

»Du solltest auch heiraten, Bruderherz. Immerhin bist du älter als ich.« Miwako setzte ein Lächeln auf.

Sie klang sehr entschlossen, und weil ich das merkte, wich ich ihrem Blick aus.

»Denk mal darüber nach.«

»Hm ...«

Wir schwiegen. Miwako legte ihre Stäbchen beiseite. Ihre Schüssel war noch nicht leer, aber anscheinend hatte sie keinen Appetit mehr.

Ich schaute durch die Glastür in den Garten. Der Rasen war ein wenig zu lang. Außerdem wucherte überall Unkraut. Wenn ich das Haus vermieten oder verkaufen wollte, musste ich vorher einiges in Ordnung bringen. Aber wenn ich es wieder hübsch herrichtete, würde es mir umso schwerer fallen, mich davon zu trennen.

Soweit ich wusste, war unsere Familie einst sehr vermögend gewesen, auch wenn ich nichts von diesem alten Glanz zu spüren bekommen hatte. Mein Vater hatte sich immer glücklich geschätzt, als Angestellter einer Wertpapierfirma einen durchschnittlichen Lebensstandard aufrechterhalten zu können. Und auch das neue Haus, das er für sich und seine Familie gebaut hatte, war eher kleinbürgerlich. Mein Vater hatte geplant, dass in ihm ganz traditionell zwei Generationen zusammenleben würden. Die beiden Tatami-Zimmer im Erdgeschoss waren für meine Eltern gedacht, wenn sie alt würden, den ersten Stock sollte der Sohn oder die Tochter mit dem jeweiligen Ehepartner bewohnen. So hatte er es sich wohl erträumt. Ein durchaus vernünftiger Traum, wenn unser Leben nach Plan verlaufen wäre.

Doch dann brach plötzlich ein Unglück, etwas, mit dem er nicht gerechnet hatte, über uns herein.

Es geschah am Tag nach Miwakos Einschulung. Meine Eltern kehrten von dem Gedenkgottesdienst für einen Verwandten, weswegen sie nach Chiba gefahren waren, nicht mehr lebend zurück. Auf der Autobahn rammte ein Lastwagen den Käfer meines Vaters, der dadurch auf die Gegenfahrbahn geschleudert wurde. Meine Eltern waren sofort tot. Ihre Schädel wurden zertrümmert und ihre inneren Organe zerquetscht, weshalb vermutlich alles innerhalb einer Sekunde vorbei war.

Miwako und mich hatten sie an diesem Tag bei Bekannten in der Nachbarschaft gelassen. Der Mann, ein Kollege meines Vaters, machte mit uns und seinen eigenen Kindern einen Ausflug in den Toshimaen, einen Tokioter Vergnügungspark. Während wir dort Achterbahn und Karussell fuhren, wurde seine Frau von der Polizei über den schrecklichen Unfall informiert. Vermutlich war ihr übel bei dem Gedanken, uns Kindern die tragische Nachricht beibringen zu müssen. Ihr Gesicht war aschfahl, als sie uns bei unserer Rückkehr aus dem Vergnügungspark vom Unfall erzählte.

Später habe ich oft gedacht, was für ein Glück es war, dass der Kollege während unseres Ausflugs nie zu Hause anrief. So konnten meine kleine Schwester und ich uns ein letztes Mal sorglos und unbekümmert vergnügen.

Danach kamen wir zu Verwandten, jeder zu einer anderen Familie. Wahrscheinlich empfand man ein zusätzliches Kind als zumutbar, zwei hingegen waren dann doch zu viel.

Glücklicherweise hatten wir es bei beiden Familien gut. Meine ermöglichte mir sogar die Promotion. Unsere Ausbildung wurde vermutlich von der Lebensversicherung unserer Eltern bezahlt, aber ich wusste, dass Geld nicht alles ist, was man braucht, um ein Kind aufzuziehen.

In der Zeit, in der Miwako und ich getrennt aufwuchsen, mietete die Firma unseres Vaters das Haus und benutzte es als Firmenwohnung. Den Mietern wurde mitgeteilt, dass wir später wieder dort wohnen würden.

In dem Jahr, in dem ich mich entschied, an der Hochschule zu bleiben, kehrten Miwako und ich in das Haus zurück. Sie besuchte eine Frauenuniversität.

Fünfzehn Jahre hatten Miwako und ich getrennt voneinander verbracht. Bruder und Schwester getrennt aufwachsen zu lassen war der erste Fehler gewesen. Der zweite bestand darin, uns nach diesen fünfzehn Jahren unvermittelt gemeinsam in einem Haus unterzubringen.

Das Telefon klingelte. Miwako nahm rasch den Hörer des an der Wand installierten kabellosen Apparats ab.

»Kanbayashi«, meldete sie sich.

An ihrem Gesichtsausdruck konnte ich erkennen, wer da anrief. Die Anzahl der Leute, die freitags um die Mittagszeit anriefen, war ohnehin begrenzt. Die Wahrscheinlichkeit eines dringenden Anrufs von meiner Universität war gering, und Miwako hatte im vergangenen Monat bei der Versicherung gekündigt, bei der sie bis dahin gearbeitet hatte. Außerdem setzte sie bei Anrufen für die Dichterin Miwako Kanbayashi, die rücksichtslos auch an Feiertagen oder mittags kamen, ein bestimmtes Gesicht auf, das ich gut kannte. Aber nun hatte sie ja eine neue Telefonnummer. Die Leute vom Verlag und vom Fernsehen waren wahrscheinlich sogar ein wenig verärgert, weil sie sie gestern und heute nicht hatten erreichen können.

»Ja, alles fertig gepackt. Mein Bruder und ich essen gerade Nudeln«, sagte Miwako. Ein Lächeln umspielte ihre Lippen.

Ich stellte unsere Schüsseln ins Spülbecken und verdrückte mich. Wenn Miwako mit Makoto Hodaka sprach, wusste ich nie, wie ich mich verhalten sollte. Es war mir unangenehm, wenn sie mich in diesem Zustand der Verwirrung sah. Ich zog mich auf mein Zimmer zurück.

Makoto Hodaka – so hieß der Mann, den meine Schwester übermorgen heiraten würde.

Kurz darauf, ich saß untätig an meinem Schreibtisch, klopfte es an der Tür. Anscheinend war das Gespräch bereits beendet.

»Es war Makoto«, sagte Miwako ein wenig befangen.

»Ich weiß.«

»Er wollte fragen, ob ich heute schon zu ihm rüberkomme.«

»Aha.« Ich nickte. »Und was hast du geantwortet?«

»Dass es so bleibt wie geplant, weil ich ja noch einiges zu tun habe. Ist dir das recht?«

»Mit mir hat das doch nichts zu tun. Dir muss es passen. Willst du nicht möglichst schnell zu ihm ziehen?«

»Morgen Abend sollen wir doch in dem Hotel übernachten, da wäre es irgendwie komisch, wenn ich heute schon zu ihm ginge.«

»Ja, mag sein.«

»Ich geh noch was einkaufen.«

»In Ordnung. Pass auf dich auf.«

Einige Minuten nachdem Miwako die Treppe hinuntergegangen war, hörte ich, wie die Eingangstür zuschlug. Ich stellte mich ans Fenster und beobachtete, wie sie ihr Fahrrad den Weg entlangschob. Die Kapuze ihres weißen Anoraks blähte sich im Wind.

Die Hochzeitsfeier sollte übermorgen in einem großen Hotel in Akasaka stattfinden, und Miwako und ich hatten beschlossen, die morgige Nacht dort zu verbringen. Wir wohnten in Yokohama, und es bestand die Gefahr, dass wir wegen des dichten Verkehrs nicht rechtzeitig eintreffen würden. Am Vormittag wollten wir mit unserem Wagen zu Hodaka nach Hause fahren, um verschiedene Vorbereitungen zu treffen. Er wohnte im Stadtteil Nerima am Shakujii-Park.

Bei dieser Gelegenheit würden wir auch den Karton mitnehmen, den wir gerade gepackt hatten. Miwakos Möbel waren schon in der vergangenen Woche von einer Umzugsfirma transportiert worden, und sie hatte nur noch ein paar Kleinigkeiten hier.

Bei näherer Überlegung war Makoto Hodakas Vorschlag, Miwako schon heute bei sich übernachten zu lassen, gar nicht mal unvernünftig. So hätten sie die Zeit effektiver nutzen können. Außerdem war es wohl nur natürlich, dass ein Bräutigam mit seiner Braut zusammen sein wollte.

Dennoch konnte ich meine Abneigung gegen ihn nicht leugnen. Heute war die letzte Nacht, in der Miwako in diesem Haus schlafen würde. Es machte mich wütend, dass der Mann mir diese bedeutsame Nacht hatte rauben wollen.

2

An dem Abend aßen wir Sukiyaki, eines unserer Lieblingsgerichte. Obwohl wir beide eigentlich keinen Alkohol vertrugen, tranken wir ausnahmsweise jeder eine Halbliterdose Bier. Miwakos Gesicht war leicht gerötet. Wahrscheinlich hatte auch ich ziemlich rote Augen.

Nach dem Essen saßen wir noch eine Weile am Tisch und unterhielten uns über dies und das, meine Universität und die Versicherung, bei der sie nun aufgehört hatte. Die Themen Hochzeit und Liebe mieden wir. Mir war das natürlich bewusst und ihr sicherlich auch.

Zwei Tage vor einer Hochzeit nicht davon zu sprechen war jedoch allzu unnatürlich, und unsere Befangenheit drückte sich nach einer Weile in unbehaglichem Schweigen aus.

»Nun ist er da, der letzte Abend«, raffte ich mich auf zu sagen. Es war ein Gefühl, wie wenn man auf einen entzündeten Backenzahn drückt, um sich zu vergewissern, dass der Schmerz noch da ist.

Miwako lächelte schwach und nickte.

»Ja, es ist irgendwie komisch, dass ich nicht mehr in diesem Haus wohnen werde.«

»Du kannst jederzeit zurückkommen.«

»Ja, schon ...« Sie senkte kurz den Blick, bevor sie fortfuhr. »Aber das wollen wir doch nicht hoffen.«

»Nein, natürlich nicht.« Ich umklammerte die leere Bierdose mit der rechten Hand. »Kinder?«

»Wie meinst du das?«

»Ob ihr Kinder wollt?«

»Ach so.« Miwako blickte nach unten und nickte. »Er sagt, er möchte welche.«

»Wie viele?«

»Zwei. Zuerst ein Mädchen, dann einen Jungen.«

»Aha.«

Ein blödes Thema. Ein Gespräch über Kinder weckte unweigerlich den Gedanken an Sex.

Ich fragte mich, ob Miwako bereits mit Makoto Hodaka geschlafen hatte. Aber wahrscheinlich war es keine gute Idee, sie danach zu fragen, und ich beschloss, nicht mehr daran zu denken. Das war jetzt auch schon egal. In Kürze wüde es ja sowieso dazu kommen.

»Was machen deine Gedichte?«, wechselte ich das Thema. Es interessierte mich wirklich.

»Wie meinst du das?«

»Schreibst du welche?«

»Ja, natürlich.« Miwako nickte nachdrücklich. »Makoto mochte ja auch zuerst nicht mich als Person, sondern meine Gedichte.«

»Danach habe ich nicht gefragt ... Ich möchte nur, dass du dich in Acht nimmst.«

»Wovor?«

Ich kratzte mich an der Schläfe. »Eigentlich davor, dich so in die Anforderungen deines neuen Lebens zu verstricken, dass du dich selbst aus den Augen verlierst.«

Miwako nickte. Zwischen ihren Lippen blitzten die weißen Vorderzähne hervor.

»Ich werde aufpassen.«

»Am glücklichsten wirkst du, wenn du über ein Gedicht nachdenkst. Deshalb sage ich das.«

»Mag sein.«

Danach hielt ich eine Weile den Mund. Mir fiel kein unverfängliches Thema mehr ein.

»Miwako?«, sagte ich leise.

»Was denn?« Sie wandte sich mir zu.

Ich sah in ihre großen Augen. »Wirst du glücklich werden?«

Sie blickte mich ein wenig zögernd an. »Ja, natürlich werde ich das«, antwortete sie dann mit fester Stimme.

»Dann ist alles gut«, sagte ich.

Kurz nach elf Uhr zogen wir uns in unsere Zimmer zurück. Ich legte eine Mozart-CD auf und machte mich an einen Artikel über Quantenmechanik, mit dem ich allerdings überhaupt nicht vorankam. Aber nicht Mozart, sondern die leisen Geräusche, die aus dem Zimmer meiner jüngeren Schwester zu mir herüberdrangen, raubten mir die Konzentration.

Es war fast eins, also zog ich meinen Schlafanzug an und legte mich in mein breites Bett. Unter den gegebenen Umständen nicht gerade überraschend, war an Einschlafen nicht zu denken.

Wenig später hörte ich wieder leise Geräusche aus dem Nebenzimmer. Dann das Schlurfen von Pantoffeln. Miwako war noch wach.

Ich stand auf und öffnete leise die Tür. Es war dunkel im Flur, aber das Licht unter Miwakos Tür zeichnete einen schmalen Streifen auf den Fußboden.

Doch kaum hatte ich die Linie gesehen, war sie plötzlich verschwunden. Wieder hörte ich leise Geräusche.

Als ich in der Dunkelheit auf die Tür zu ihrem Zimmer starrte, erschien in meinem Kopf, gleichsam wie eine Röntgenaufnahme, ein Bild davon. Sogar ihr Nachthemd, das über einer Stuhllehne hing, konnte ich sehen.

Ich schüttelte den Kopf, denn mir fiel ein, dass ihr Zimmer inzwischen ganz anders aussah als das, das mir so vertraut gewesen war. Der Stuhl war zusammen mit Miwakos geliebtem

Sekretär in ihr neues Zuhause gebracht worden. Außerdem schlief sie wahrscheinlich nicht in ihrem Nachthemd, sondern in einem T-Shirt.

Sachte klopfte ich zwei Mal, worauf sofort ein leises »Ja?« ertönte.

Wieder ging das Licht an und fiel unter der Tür hindurch, die nun geöffnet wurde. Wie erwartet trug Miwako ein T-Shirt, unter dem ihre schlanken, nackten Beine hervorschauten.

»Was gibt's?« Sie schaute etwas verwundert zu mir auf.

»Ich kann nicht schlafen«, sagte ich. »Also dachte ich, wenn du auch noch nicht schläfst, könnten wir ein bisschen reden. Darf ich reinkommen?«

Miwako starrte, ohne etwas zu entgegnen, auf meine Brust. Es war ihr deutlich anzusehen, dass sie sich fragte, mit welcher Absicht ich geklopft hatte. Und dass sie keine Antwort hatte.

»Entschuldige«, sagte ich, als ich das Schweigen nicht länger ertragen konnte. »Ich wollte heute Nacht bei dir sein. Wahrscheinlich ist es das letzte Mal, dass wir zusammen sind. Morgen im Hotel haben wir getrennte Zimmer. Außerdem hat Makoto sich angekündigt.«

»Aber ich werde dich doch besuchen.«

»Ja, aber heute kann ich zum letzten Mal mit der Miwako zusammen sein, die niemandem gehört.«

Meine Schwester antwortete nicht. Ich machte einen Schritt nach vorn, doch sie schob mich sachte mit der rechten Hand zurück.

»Ich habe beschlossen, das alles hinter mir zu lassen.«

»Hinter dir zu lassen?«

Miwako nickte.

»Ich muss es vergessen, sonst könnte ich nie heiraten.«

Sie flüsterte, aber ihre Worte drangen wie die Stiche einer feinen langen Nadel in mein Herz. Neben dem Schmerz blieb ein eisiges Gefühl in mir zurück.

»Mag sein.« Ich senkte den Blick und seufzte. »Ja, wahrscheinlich hast du recht.«

»Tut mir leid.«

»Nein, das braucht es nicht. Ich bin doch der Spinner.«

Ich betrachtete Miwakos T-Shirt. Es war ein Bild von einer Katze darauf, die Golf spielte. Ich erinnerte mich, dass sie es gekauft hatte, als wir zusammen auf Hawaii gewesen waren.

»Gute Nacht«, sagte ich.

»Gute Nacht«, sagte sie und schloss mit einem traurigen Lächeln die Tür.

Mir war heiß. Unentwegt wälzte ich mich von einer Seite auf die andere. Der Schlaf wollte sich einfach nicht einstellen. Ich hoffte, es würde bald Morgen werden, aber die Zeiger der Uhr krochen zermürbend langsam vorwärts. Ich verfiel in einen erbarmungswürdigen Zustand, der kaum zu überbieten war.

Ich dachte an jene Nacht. Die Nacht, die unser ganzes Leben auf den Kopf gestellt hatte, die Nacht, in der meine Welt aus den Fugen geraten war.

Es war im ersten Sommer, in dem wir wieder gemeinsam in diesem Haus wohnten.

Falls es überhaupt eine Entschuldigung gibt, so ist es die, dass wir fünfzehn Jahre getrennt voneinander zugebracht hatten, in denen in unseren Herzen die Finsternis uralter Brunnen herrschte, so heiter wir nach außen hin vielleicht wirkten.

Die Verwandten, die mich zu sich genommen hatten, waren gütige und warmherzige Menschen. Sie behandelten mich wie ihr eigenes Kind und achteten stets peinlich genau darauf, dass ich keine Komplexe entwickelte. Zum Dank für diese Zuneigung verhielt ich mich wie ein Mitglied der Familie, vermied es bewusst, mich zu förmlich zu benehmen, und zeigte mich bisweilen sogar verwöhnt. Kurz, ich spielte der Familie etwas vor. Ich wusste, dass ich kein Musterknabe sein durfte, und machte meinem Onkel durch kleine Aufmüpfigkeiten absichtlich hin und wieder Sorge. Erwachsenen bereitet ein Kind, das sie ab und zu maßregeln können, weil es etwas ausgefressen hat, mehr Freude als ein allzu braves.

Als ich Miwako davon erzählte, berichtete sie erstaunt, dass es bei ihr genauso gewesen sei, und vertraute mir ihre Erfahrungen an.

In ihrer ersten Zeit bei den Pflegeeltern war sie ein sehr stilles Mädchen gewesen, das nie mit anderen Kindern spielte, sondern immer für sich blieb und las. »Die Pflegeeltern waren der Meinung, ich hätte mich eben noch nicht von dem Schock erholt«, erinnerte Miwako sich mit einem Lachen.

Natürlich ging es der traurigen Kleinen mit der Zeit immer besser, und sie wurde munterer. Als sie aus der Grundschule kam, hatte sie sich zu einem fröhlichen Mädchen gemausert.

»Aber das war alles gespielt«, sagte sie. »Die Schweigsamkeit und auch die allmähliche Genesung, alles Theater. Ich verhielt mich so, wie es für die Erwachsenen am verständlichsten war. Warum, weiß ich selbst nicht so genau. Vielleicht glaubte ich, ihren Vorstellungen entgegenkommen zu müssen, um zu überleben.«

Wir entdeckten erstaunliche Ähnlichkeiten in unserem Denken und Verhalten. Der Kern unseres Wesens war die »Einsamkeit«. Und das, was wir wirklich suchten, war unsere »wahre Familie«.

Sobald wir wieder gemeinsam in unserem Vaterhaus wohnten, verbrachten wir so viel Zeit wie möglich miteinander, wahrscheinlich um das Verlorene aufzuholen. Wir wurden Gefangene unserer Familienbande. Sie schweißten uns aneinander, und wir kreisten besessen und unermüdlich, wie Katzen, die mit einem Ball spielen, um uns selbst. Offenbar erzeugte das Zusammensein mit Blutsverwandten ein ähnliches Glücksgefühl.

Eines Abends geschah es dann.

Mit dem Kuss, den ich Miwako gab, öffnete sich die Büchse der Pandora. Hätte ich sie auf die Wange oder die Stirn geküsst, wäre es vermutlich kein Problem gewesen, aber ich küsste sie auf die Lippen.

Gerade noch hatten wir die Köpfe zusammengesteckt und Erinnerungen an unsere Eltern ausgetauscht. Miwako hatte leise geweint. Beim Anblick ihrer Tränen konnte ich mich nicht zurückhalten, ich liebte sie doch so sehr.

Natürlich muss ich zugeben, dass ein Teil von mir in Miwako schon vorher nicht ausschließlich die jüngere Schwester sah, sondern eine junge Frau. Ich hatte mir diese Sicht untersagt, die Lage aber nicht als sonderlich riskant empfunden. Meine Schwester war in all den Jahren, in denen ich sie nicht gesehen hatte, zu einer Schönheit herangewachsen, und jeder wäre von ihr geblendet gewesen. Mit der Zeit würde sie für mich nicht mehr sein als meine jüngere Schwester, bildete ich mir ein.

Und vielleicht lag ich damit gar nicht so falsch. Doch leider wartete ich diese Zeit nicht ab, und der Teufel, der in meinem Herzen steckte, machte sich diese Lücke zunutze.

Ich weiß nicht, was Miwako damals bei diesem Kuss empfand. Ich könnte mir vorstellen, dass in ihrem Herzen eine ähnliche Lücke bestand. Denn anstatt zu erschrecken, spiegelte sich in ihrem Gesicht die Befriedigung, die man empfindet, wenn etwas Vorhergesehenes sich bewahrheitet.

Wir befanden uns in einem völlig von der Welt getrennten Raum. Die Zeit blieb stehen. Zumindest erschien es uns so. Ich presste Miwako an mich. Einen Moment lang war sie starr wie eine Puppe und rührte sich nicht, dann begann sie laut zu weinen. Allerdings schien sie nicht zu weinen, weil meine Umarmung ihr so zuwider war. Denn nun schlang auch sie die Arme um mich und rief schluchzend nach Vater und Mutter. Ihre Stimme klang genau wie vor fünfzehn Jahren. Vielleicht hatte sie nach all der Zeit endlich einen Platz gefunden, an dem sie sich aus ganzem Herzen ausweinen konnte.

Bis heute weiß ich nicht, warum ich sie damals entkleidete und warum sie sich nicht sträubte. Vermutlich weiß sie es ebenso wenig. Mehr kann ich dazu nicht sagen.

Auf dem schmalen Bett schliefen wir miteinander. Als ich in Miwako eindrang, verzog sie vor Schmerz das Gesicht, erst am nächsten Tag erfuhr ich, dass sie noch Jungfrau gewesen war. Die Lippen auf ihre schmale Schulter gepresst, fing ich an, mich langsam zu bewegen.

Alles spielte sich ab wie in einem Traum. Zeit und Raum verschwammen, und mein Gehirn verweigerte jeglichen Gedanken.

Dennoch hat sich das Bild, wie wir in der Dunkelheit einen endlosen gewundenen Pfad hinuntergleiten, unauslöschlich in meine Seele gebrannt.

3

Makoto Hodaka war von Beruf Drehbuchautor. Und außerdem Schriftsteller. Allerdings hatte ich noch kein Buch von ihm gelesen und noch nie eine Serie oder einen Film nach einem seiner Drehbücher gesehen, obwohl er sich einiger Popularität erfreute. Mithin war es mir nicht möglich, aus seinem Werk auf seine persönlichen Ansichten und Vorstellungen zu schließen. Allerdings weiß ich ohnehin nicht, ob sich so etwas überhaupt am Werk eines Autors ablesen lässt.

Ich war Hodaka bisher zweimal begegnet. Das erste Mal in einem Café in der Stadt, als meine Schwester ihn mir vorstellte. Das kam nicht überraschend, denn sie hatte mir angekündigt, dass sie einen Mann kennengelernt habe. Das zweite Mal traf ich mich mit den beiden in einem Schnellrestaurant in der Nähe meiner Universität, als sie mir ihren Entschluss zu heiraten mitteilten.

Beide Male hatte ich nicht mehr als eine halbe Stunde mit Hodaka verbracht. Er telefonierte ständig mit dem Handy, verkündete dann, ihm sei etwas Dringendes dazwischengekommen und er müsse gehen. So hatte ich keine Gelegenheit gehabt, mir ein Bild von ihm zu machen, und wusste nicht, was für ein Mensch er war.

»Er meint es nicht so«, erklärte mir Miwako. »Zu mir ist er jedenfalls sehr nett.« Aber was hätte es auch für einen Sinn, jemanden zu heiraten, der nicht einmal zu seiner Freundin nett ist?

Man kann also sagen, dass ich den zukünftigen Mann meiner Schwester erst an diesem Tag richtig kennenlernen sollte.

Am Vormittag des 17. Mai fuhren wir mit unserem altmodischen Volvo vor Hodakas in einer ruhigen Wohngegend gelegenem Haus vor.

Beim Anblick der Villa drängte sich mir der Eindruck auf, dass Hodaka ein sehr selbstbewusster, wenn nicht selbstgefälliger Mann sein musste, so blendend weiß stach sie aus der Nachbarschaft heraus. Überdies war sie von einer außergewöhnlich hohen Mauer umgeben. Warum sonst sollte jemand ein dermaßen weißes Haus und eine so hohe Mauer haben? Andererseits hätte ich wahrscheinlich das Gleiche gedacht, wäre die Mauer niedriger und das Haus schwarz gewesen.

Während Miwako läutete, nahm ich die Sachen, die wir am Vortag noch gepackt hatten, aus dem Kofferraum.

»Hallo, ihr seid ja früh dran!« Die Eingangstür öffnete sich, und Hodaka erschien in einem weißen Pullover und einer schwarzen Hose.

»Die Straßen waren frei«, sagte Miwako.

»Da hattet ihr ja Glück.« Hodaka sah zu mir herüber und nickte mir zu. » War es anstrengend?«

»Nein, nicht besonders.«

»Komm, ich helfe dir.«

Hodakas schulterlanges Haar flog, als er leichtfüßig die Treppe vom Hauseingang hinuntergeeilt kam. Er wirkte nicht, als wäre er schon über Mitte dreißig. Mir fiel ein, dass er Tennis und Golf spielte.

»Ein guter Wagen«, sagte er, als er den Karton entgegennahm.

»Gebraucht«, erwiderte ich.

»Aha, dann ist er gut gepflegt worden.«

»Alles Aberglaube.«

»Aberglaube?«

»Genau.« Ich sah Hodaka in die Augen. Er schien mich nicht

zu verstehen und kehrte mir mit einem unverbindlichen Nicken den Rücken zu.

Man pflegt einen Wagen, weil man fürchtet, er könnte einen im Notfall im Stich lassen, hatte ich sagen wollen.

Unser Vater hatte sich kaum um seinen Volkswagen gekümmert. Makoto Hodaka, du hast nicht die geringste Ahnung, was wir durchgemacht haben, dachte ich.

Im Erdgeschoss des Hauses war ein großes Wohnzimmer. Dort standen in einer Ecke zusammengedrängt einige von Miwakos Sachen, die in der letzten Woche hergebracht worden waren. Ihr Sekretär war nicht dabei.

Auf dem Sofa neben der Glastür zum Garten saß ein hagerer Mann in einem grauen Anzug. Er besaß nicht Hodakas gesundes Aussehen, obwohl er im gleichen Alter war. Er war mit einem Schriftstück beschäftigt, erhob sich aber bei unserem Eintreten sofort.

»Darf ich vorstellen: Herr Suruga, mein Manager«, sagte Makoto Hodaka und deutete auf den Mann. Dann an ihn gewandt: »Das ist Takahiro Kanbayashi, Miwakos älterer Bruder.«

»Freut mich. Herzlichen Glückwunsch zur Hochzeit Ihrer Schwester«, sagte der Mann und reichte mir eine Visitenkarte, auf der der Name Naoyuki Suruga stand.

»Danke.« Im Gegenzug überreichte ich ihm meine Visitenkarte.

Suruga schien sich für meinen Beruf zu interessieren. Als er ihn auf meiner Karte las, warf er mir einen erstaunten Blick zu.

»Sie sind Quantenphysiker … Ich bin beeindruckt.«

»Na ja …«

»Es gibt ja auch unabhängige Forschungslabors, aber eine Assistentenstelle an der Uni bietet ganz andere Möglichkeiten und mehr Sicherheit für die Zukunft.«

»Tja, ich weiß nicht recht …«

»Wie wäre es«, sagte Suruga mit einem Blick auf Hodaka,

»wenn du dein nächstes Drehbuch in einem Physiklabor spielen lassen würdest?«

»Ich denke darüber nach.« Hodaka legte den Arm um Miwakos Schulter und lächelte sie an. »Aber auf eine billige Serie habe ich keine Lust. Viel lieber würde ich eine groß angelegte Science-Fiction-Story schreiben. Einen richtigen Film für die Leinwand.«

»Bevor wir von Filmen sprechen –«

»Ich weiß schon, was er sagen will. Ich soll erst mal einen Roman schreiben«, wandte Hodaka sich an mich und verzog genervt das Gesicht. »Es ist sein Job, mich an der Kandare zu halten.«

»Vielleicht kann ich jetzt ein bisschen lockerer lassen. Denn nun habe ich ja Miwakos Unterstützung.«

Auf Surugas Bemerkung schüttelte diese ein wenig verlegen den Kopf. »Sie überschätzen mich.«

»Doch, ich verspreche mir viel von Ihnen. Auch in dieser Hinsicht finde ich die Hochzeit sehr, sehr begrüßenswert«, erklärte Suruga in aufgeräumtem Ton. Dann sah er mich an und wurde plötzlich ernst. »Aber Sie als Bruder sind sicher auch ein wenig traurig.«

»Aber nein ...« Ich schüttelte den Kopf.

Naoyuki Suruga bedachte mich mit einem langen forschenden Blick. Oder nein, ich weiß nicht, ob »lang« es trifft. Wahrscheinlich waren es nur ein paar Sekunden. Oder sogar nur der Bruchteil einer Sekunde. Jedenfalls kam es mir lange vor. Vor diesem Mann musst du dich in Acht nehmen, dachte ich. In gewisser Weise musste man vor ihm vielleicht stärker auf der Hut sein als vor Hodaka.

Der Bräutigam meiner Schwester lebte allein. Er war schon einmal verheiratet gewesen. Das Haus hatte er anscheinend für sich und seine Frau gebaut, aber inzwischen waren sie schon seit mehreren Jahren getrennt. Warum sie sich hatten scheiden lassen, wusste ich nicht. Miwako hatte mir nichts erzählt, und ich vermutete, dass sie es selbst nicht genau wusste.

Wenn eine sechsundzwanzigjährige Versicherungsangestellte und ein siebenunddreißigjähriger geschiedener Autor heiraten, muss der Zufall eine gewisse Rolle gespielt haben. Wäre Miwako eine gewöhnliche Bürokraft gewesen, hätten die beiden sich wohl nie kennengelernt.

Der Auslöser für ihre Bekanntschaft war ein Gedichtband, den Miwako zwei Jahre zuvor herausgegeben hatte.

Gedichte schrieb sie schon seit der neunten Klasse. In den Unterrichtspausen pflegte sie plötzliche Eingebungen in einem Heft zu notieren, bis sie zunehmend Geschmack daran fand. Als sie die Universität abschloss, hatten sich zu ihrer eigenen Überraschung zehn solcher Hefte angesammelt.

Jahrelang zeigte sie sie niemandem, nicht einmal mir, eines Tages jedoch las eine Freundin, die zu Besuch war, heimlich einige davon. Überdies stibitzte das Mädchen ohne Miwakos Wissen eines dieser Hefte und nahm es mit nach Hause. Sie tat dies ohne böse Absicht, sondern nur um es ihrer älteren Schwester zu zeigen, die bei einem Verlag arbeitete. Einen so großen Eindruck hatten Miwakos Gedichte auf die Freundin gemacht.

Und sie war nicht die Einzige, die beeindruckt war. Die Schwester war der Ansicht, sie sollten gleich in Buchform erscheinen. Das sagte ihr ihr Instinkt als Lektorin.

Bald darauf stattete uns Kaori Yukizasa, so hieß sie, einen Besuch ab, um sich alle Gedichte anzuschauen. Sie ließ sich viel Zeit bei der Lektüre und sprach gleich anschließend mit Miwako über eine Veröffentlichung. Als diese zögerte, erklärte Frau Yukizasa sogar, sie würde nicht eher gehen, bis sie eine positive Antwort erhielte.

Nach einigem Hin und Her erschien im Frühling des folgenden Jahres der erste Gedichtband von Miwako Kanbayashi. Doch wie befürchtet, verkaufte er sich anfangs überhaupt nicht.

Ich recherchierte im Internet nach Kritiken in Zeitschriften und Zeitungen, aber auch einen Monat nach der Veröffentlichung gab es keine Reaktionen.

Doch im zweiten Monat kam es zu einer drastischen Wende. Kaori Yukizasa war es gelungen, eine Frauenzeitschrift für Miwakos Gedichte zu interessieren, und auf einmal fand der Band reißenden Absatz. Die Leserinnen waren zum größten Teil Büroangestellte. Kaori Yukizasa hatte bei ihrer Auswahl besonders solche Gedichte berücksichtigt, die sich mit den Befindlichkeiten junger Frauen, die in Büros arbeiteten, auseinandersetzten, und ihre Strategie war aufgegangen. Eine Auflage folgte auf die nächste, bis das Buch plötzlich ein Bestseller war.

Alle möglichen Medien rissen sich nun um Miwako, und mitunter trat sie sogar im Fernsehen auf. Unser Telefon stand nicht mehr still, sodass sie eine zweite Leitung legen ließ. Außerdem musste sie für ihre Steuererklärung im Frühjahr die Hilfe eines Steuerberaters in Anspruch nehmen, was nicht verhinderte, dass im April eine horrende Summe an Einkommensteuer fällig wurde. Zudem verlangte der Magistrat noch Gemeindesteuer in einer Höhe, dass wir fast umfielen.

Dennoch kündigte Miwako ihre Stelle bei der Versicherung nicht. Soweit ich sah, blieb sie einfach sie selbst. Offenbar war sie sogar bemüht, sich nicht zu verändern. »Ich will eigentlich nicht berühmt werden«, lautete nun jeder zweite Satz.

Makoto Hodaka hatte sie im Frühjahr des vergangenen Jahres kennengelernt. Sie erzählte mir keine Einzelheiten, aber anscheinend hatte Kaori Yukizasa, die ebenfalls seine Lektorin war, die beiden einander vorgestellt.

Seit wann sie sich auch privat trafen, hatte Miwako mir bislang nicht gesagt. Wahrscheinlich hatte sie auch jetzt nicht die Absicht, es zu tun. Klar war nur, dass sie sich letztes Weihnachten verlobt hatten, denn als Miwako von ihrem Rendezvous an Heiligabend zurückkam, zierte ein Ring mit einem großen Diamanten ihren Finger. Vielleicht hatte sie ihn sogar abziehen wollen, bevor sie das Haus betrat, und es vergessen. Denn als sie meinen Blick bemerkte, versteckte sie hastig ihre linke Hand.

»Als Höhepunkt des Empfangs wird Dr. Sanada sprechen. Er ist uns bei so vielem behilflich. Wir dürfen ihn nicht verstimmen, sonst kann es ungemütlich werden«, sagte Naoyuki Suruga, den Blick auf die Papiere in seinem Ordner gerichtet. Er saß lässig auf dem Sofa und schrieb rasch etwas mit Kugelschreiber in die Unterlagen.

»Verstimmen?«, sagte Hodaka.

»Das kann passieren. Der Mann ist außergewöhnlich penibel und ewig beleidigt, wenn er den Eindruck hat, dass man ihn wie jedermann behandelt.«

»Du meine Güte.« Hodaka seufzte und lächelte Miwako zu.

Bei den Vorbereitungen für Miwakos Hochzeitsfeier anwesend zu sein fühlte sich für mich ungefähr so an, als säße ich auf einem Nagelbrett. Am liebsten hätte ich die Flucht ergriffen. Aber es gab ein paar familiäre Angelegenheiten, über die nur ich Bescheid wusste und die offiziell geregelt werden mussten. Außerdem hätte ich auch keine Ausrede gehabt, mich zu verdrücken. Also saß ich wie versteinert auf dem Ledersofa und folgte wortlos den Gesprächen über die Hochzeit, durch die Miwako einem anderen Mann angehören würde. Mir blieb nichts anderes übrig, als machtlos zuzusehen, wie schräg gegenüber von mir dieser Hodaka unablässig meine Schwester befingerte.

»Danach kommt die Rede des Bräutigams, und das reicht dann, oder?« Suruga deutete mit dem Kugelschreiber auf Hodaka.

»Ich soll eine Rede halten? Das ist doch langweilig.«

»Das lässt sich nicht vermeiden. Bei einer normalen Hochzeit würde den Eltern der Braut förmlich ein Blumenbouquet überreicht.«

»Hör schon auf.« Hodaka runzelte die Stirn. Er sah Miwako an und schnippte mit den Fingern. »Ich habe eine geniale Idee. Vor der Rede des Bräutigams lesen wir ein Gedicht der Braut vor.«

»Was?« Miwakos Augen weiteten sich. »Nein, auf keinen Fall.«

»Ein Gedicht, das zu einer Hochzeit passt vielleicht?«, fragte Suruga begeistert.

»Da könntest du doch was finden, oder? Eins oder zwei.« Hodaka sah Miwako an.

»Ja, schon ... Aber das geht nicht, auf keinen Fall.« Sie schüttelte beharrlich den Kopf.

»Ich finde es aber trotzdem eine gute Idee«, sagte Hodaka und wandte sich seinem Manager zu, als wäre ihm etwas eingefallen. »Und wie wäre es, wenn wir einen Profi engagieren?«

»Was für einen Profi?«

»Einen professionellen Vorleser. Das wäre doch einmalig. Und Musik dazu.«

»Aber die Hochzeit ist morgen. Wie soll ich da jetzt noch jemanden finden?«, jammerte Suruga mit leidender Miene.

»Das ist dein Job, denn ich beauftrage dich damit.« Hodaka schlug die Beine übereinander und deutete auf Surugas Brust.

Seufzend schrieb dieser etwas in seine Unterlagen. »Ich versuche jemand Geeigneten aufzutreiben.«

In diesem Moment klingelte es an der Tür.

Miwako nahm den Hörer der Sprechanlage an der Wand ab. »Bitte, komm doch rein«, sagte sie, nachdem sie den Namen des Gegenübers gehört hatte, und legte auf.

»Es ist Kaori«, sagte sie zu Hodaka.

»Auftritt der Aufseherin.« Suruga grinste.

Miwako ging in den Flur und kehrte mit Kaori Yukizasa zurück. Die tüchtige Lektorin trug einen weißen, steif wirkenden Hosenanzug. Ihre Frisur saß perfekt, und sie hielt sich sehr gerade. Ihr Anblick erinnerte mich an die Hosenrollen im berühmten Takarazuka-Theater, in dem ausschließlich Frauen auftreten.

»Ich hoffe, ich störe nicht allzu sehr«, sagte sie zu uns Männern gewandt. »Morgen ist es ja schon so weit.«

»Wir sind gerade bei den letzten Vorbereitungen«, sagte Suruga. »Wir könnten sogar Ihren Rat gebrauchen.«

»Vorher hätte ich noch kurz etwas mit Miwako zu besprechen«, sagte Kaori Yukizasa.

»Ah, ja, mein Aufsatz. Ich hole ihn.« Miwako verließ das Wohnzimmer. Man hörte, wie sie die Treppe hinaufging.

»Typisch, am Tag vor ihrer Hochzeit arbeitet sie noch«, sagte Hodaka, der sitzen geblieben war.

»Das ist doch bewundernswert. Außerdem –«

»Natürlich. Ich bewundere sie ja auch.«

»Das freut mich.« Kaori Yukizasa machte eine kleine höfliche Verbeugung. Als sie den Kopf wieder hob, trafen sich unsere Blicke. Sie schien sich unbehaglich zu fühlen. Wir begegneten uns erst zum zweiten Mal, aber sie sah mich öfter so an, ohne dass ich wusste, warum.

Sie wandte sich von mir ab und schaute zu den Fenstern. Plötzlich weiteten sich ihre schmalen Augen, und sie rang nach Atem.

Wir anderen drei folgten ihrem Blick zur Glastür, durch deren Spitzengardinen man den Rasen im Garten sah.

Dort stand eine Frau mit langem Haar und geisterhaft bleichem Gesicht und starrte uns an.

NAOYUKI SURUGA
DER MANAGER

1

Beim Anblick der Erscheinung im Garten stockte mir für einen Augenblick der Atem, und das Herz wollte mir schier aus der Brust springen.

Die Frau mit den geisterhaften Zügen und dem wehenden weißen Kleid war keine andere als Junko Namioka.

Ihr ausdrucksloses Gesicht war uns allen zugewandt, aber natürlich galt ihr Blick nur einer Person – Hodaka.

Ich brauchte zwei Sekunden, um die Situation zu begreifen, und noch einmal zwei, um zu überlegen, wie ich reagieren sollte.

Hodaka sah erschrocken aus. Er schien wie erstarrt. Niemand sagte einen Ton. Kaori Yukizasa wusste wahrscheinlich nicht einmal, wer die Frau war. Und Takahiro Kanbayashi noch viel weniger. Zum Glück. Und ein noch größeres Glück war es, dass Miwako Kanbayashi gerade nicht im Raum war.

Ich stand auf und öffnete die Glastür. »Junko! Wo kommst du denn plötzlich her? Was ist los?«

Aber sie schaute mich nicht an. »Bist du heute früher mit der Arbeit fertig?«, fuhr ich fort.

Sie bewegte leicht die Lippen. Schien etwas zu flüstern. Was, konnte ich nicht verstehen.

Ich zog die Gartensandalen an, die draußen standen, und baute mich vor Junko auf, um ihr den Blick auf Hodaka zu versperren. Und natürlich auch, damit Takahiro Kanbayashi und Kaori Yukizasa den schlafwandlerischen Ausdruck auf Junkos Gesicht nicht bemerkten.

Schließlich sah Junko mich an. Ich war erleichtert, dass sie meine Anwesenheit endlich registrierte.

»Was ist denn los?«, fragte ich leise.

Röte schoss in Junkos bleiche Wangen, und auch ihre Augen röteten sich. Ich konnte beinahe hören, wie sie sich mit Tränen füllten.

»He, Suruga, alles in Ordnung?«, ertönte es hinter mir. Als ich mich umdrehte, sah ich, dass Hodaka den Kopf aus der Tür steckte.

»Ja, alles in Ordnung«, antwortete ich, obwohl ich mich fragte, was da in Ordnung sein sollte.

»Suruga«, flüsterte Hodaka noch einmal. »Mach was. Ich will nicht, dass sie etwas mitbekommt.«

»Alles klar«, erwiderte ich, ohne ihn anzusehen. »Sie« war natürlich Miwako Kanbayashi. Die Glastür wurde hastig geschlossen. Wie Hodaka diese Situation wohl seinen beiden Gästen im Zimmer erklären würde?

»Komm, wir gehen ein Stück«, sagte ich und berührte Junko an der Schulter.

Sie schüttelte leicht den Kopf. Bei jedem Wimpernschlag quollen Tränen aus ihren tieftraurigen Augen. Sie wirkte schrecklich mitgenommen.

»Komm, wir gehen da rüber und reden. Hier hat es doch keinen Sinn, oder? Komm schon.«

Ich gab ihr einen etwas stärkeren Schubs, bei dem sie sich endlich in Bewegung setzte. Erst jetzt bemerkte ich die Papiertüte in ihrer Hand. Was sich darin befand, konnte ich nicht erkennen.

Ich führte sie an eine Stelle, wo man uns vom Wohnzimmer aus nicht sehen konnte. Dort war ein Golfnetz gespannt, und daneben stand ein kleiner Stuhl, der Hodaka vermutlich zum Ausruhen diente, wenn er Golf übte. Ich setzte Junko auf den Stuhl, neben dem einige Blumenkästen mit gelben und violetten Stiefmütterchen standen. Mir fiel ein, dass Hodaka erwähnt hatte, Miwako hätte sie gekauft.

»Also, Junko, weshalb bist du gekommen? Noch dazu ohne zu klingeln. Und starrst einfach so durch die Fenster. Das passt doch gar nicht zu dir.« Ich sprach wie mit einem kleinen Mädchen zu ihr.

»... die Frau?«, flüsterte sie nun, aber ich verstand sie noch immer nicht.

»Was hast du gesagt?« Ich brachte mein Ohr näher an ihren Mund.

»Wer ist die Frau?«

»Welche Frau? Von wem sprichst du?«

»Die Frau im Wohnzimmer. Die im weißen Hosenanzug mit den kurzen Haaren. Ist das die Frau, die Makoto heiratet?«

»Ach so.« Endlich begriff ich. Sie hatte also nicht nur Hodaka angestarrt.

»Nein«, sagte ich. »Sie ist Lektorin und kommt nur manchmal aus beruflichen Gründen.«

»Und wer ist dann Makotos Verlobte?«

»Wie meinst du das?«

»Er heiratet doch. Und diese Frau zieht jetzt hier ein.« Endlich rückte Junko mit der Sprache heraus. Ihr Gesicht war tränenüberströmt. Erst jetzt fiel mir auf, wie verhärtet es aussah. Dabei war es früher so glatt und schön gerundet wie ein Ei gewesen.

»Sie ist nicht hier«, sagte ich.

»Wo ist sie dann?«

»Das weiß ich nicht. Was soll die Frage?«

»Ich möchte sie kennenlernen«, sagte Junko mit einem Blick in Richtung Wohnzimmer und wollte aufstehen. »Ich frage Makoto.«

»Halt, halt, halt, nun mal langsam.« Ich drückte sie mit beiden Händen auf den Sitz zurück. »Das ist doch kein Benehmen für eine ehemalige Freundin. Tut mir leid, das sagen zu müssen, aber seine Verlobte will dich bestimmt nicht kennenlernen. Ich weiß, dass du unglücklich bist, aber willst du es für heute nicht gut sein lassen und nach Hause gehen?«

Junko maß mich mit einem verstörten Blick.

»Er hat mir nicht gesagt, dass er heiratet ... Eine andere heiratet. Das habe ich erst kürzlich erfahren. Und nicht einmal aus seinem Mund, sondern von jemandem, der in unsere Praxis kam ... Und als ich ihn anrief, um ihn zu fragen, hat er sofort aufgelegt. Das ist doch niederträchtig, oder nicht?«

»Er ist wirklich unmöglich. Er muss sich bei dir entschuldigen. Dafür sorge ich, das garantiere ich dir.« Ich kniete mich auf den Rasen und legte meine Hände auf ihre Schultern. Es tat mir richtig leid, dass ich sie so hinhalten musste.

»Wann?«, fragte Junko. »Wann wird er das tun?«

»Bald. Es wird nicht mehr lange dauern.«

»Bring ihn jetzt her!« Junko riss die mandelförmigen Augen auf. »Bring ihn her!«

»Rede nicht solchen Unsinn.«

»Dann muss eben ich zu ihm gehen.« Wieder stand sie auf. Diesmal so energisch, dass ich sie nicht aufhalten konnte.

»Warte!« Da ich kniete, schaffte ich es nicht, so schnell aufzustehen. Flugs packte ich sie an den Knöcheln.

Mit einem kleinen Schrei stürzte sie zu Boden, und die Papiertüte fiel ihr aus der Hand.

»Oh, entschuldige!« Als ich ihr aufhelfen wollte, fiel mein Blick auf das, was aus der Tüte gefallen war, und ich hielt verdutzt inne.

Es war ein Brautbouquet.

»Junko ...« Ich sah sie von der Seite an.

Noch auf allen vieren starrte sie es erschrocken an und packte es hastig wieder ein.

»Junko, was hast du damit vor?«

»Nichts.« Sie rappelte sich hoch. Ihr weißes Kleid war in Höhe der Knie beschmutzt. Sie bürstete es ab und machte auf dem Absatz kehrt.

»Wohin willst du?«, rief ich.

»Nach Hause.«

»Warte, ich fahre dich.« Ich sprang auf.

»Ich kann allein gehen.«

»Nein, warte.«

»Lass mich!« Die Tüte an sich gedrückt, stakste sie steifbeinig wie eine mechanische Puppe auf das Tor zu. Ich schaute ihr nach.

Als sie verschwunden war, wollte ich ins Wohnzimmer zurück. Die Glastür war verriegelt. Wegen der Vorhänge konnte ich nicht sehen, ob jemand im Raum war. Ich klopfte mit dem Knöchel meines Zeigefingers an die Tür.

Etwas regte sich. Der Vorhang wurde zurückgezogen, und Takahiro Kanbayashis schmales Gesicht erschien. Ich lächelte gezwungen und deutete auf die Verriegelung der Tür. Er öffnete sie mit ausdrucksloser Miene. Er war ein Mann, dem man nicht ansah, was er dachte.

Als ich eintrat, waren weder Hodaka noch Kaori Yukizasa anwesend.

»Wo sind denn alle?«, fragte ich.

»Oben im Arbeitszimmer«, erwiderte Kanbayashi. »Sie haben da etwas zu tun.«

»Aha, ich verstehe.« Vermutlich ein Manöver von Hodaka, damit seine Braut nicht mitbekam, was zwischen mir und Junko vorging. »Und was ist mit Ihnen?«

»Ich habe keine Ahnung von Literatur, also bin ich gleich wieder heruntergekommen.«

»Und wie haben Sie sich die Zeit vertrieben?«

»Einfach so«, antwortete er knapp. Er setzte sich aufs Sofa und breitete eine daneben liegende Zeitung aus.

Ich überlegte, ob er meine Auseinandersetzung mit Junko gehört haben konnte. Wenn ja, konnte er sich natürlich denken, wer sie war und worum es ging. Aber ich fand keine Bestätigung für diese Vermutung. Wenn er wenigstens gefragt hätte, wer die Frau sei, hätte ich einen Anhaltspunkt gehabt, aber Kanbayashi wirkte völlig desinteressiert und in die Zeitung vertieft.

»Gut, dann gehe ich mal nach oben«, sagte ich, doch er würdigte mich keiner Antwort. Ein komischer Kauz.

Ich ging nach oben und klopfte an die Tür des Arbeitszimmers. »Herein«, rief Hodaka.

Als ich die Tür öffnete, sah ich ihn am Fenster sitzen. Die Füße hatte er auf den Schreibtisch gelegt. Miwako saß auf der anderen Seite des Schreibtischs, während Kaori Yukizasa mit verschränkten Armen vor einem Bücherregal stand.

»Du kommst gerade rechtzeitig.« Hodaka blickte mich an. »Walte deines Amtes als mein Manager. Ich möchte, dass du die Damen überzeugst.«

»Worum geht's?«

»Wir sprechen über die Umsetzung von Miwakos Gedichten in Bilder. Mein Vorschlag hätte in jeder Hinsicht nur Vorteile für Miwako. Bitte hilf mir, sie zu überzeugen.«

»Das fällt auch mir schwer. Wir hatten doch ausgemacht, dass wir eine Weile nicht über einen Film sprechen.«

Hodaka zog eine Grimasse.

»Ich sage ja nicht, dass wir ihn sofort machen müssen. Nur vorbereiten, vorbereiten. Es geht nur um einen Vertrag, damit wir rechtzeitig bereit sind. Dann brauchen wir uns keine Sorgen zu machen, dass uns irgendwelche blöden Typen in die Quere kommen, und Miwako könnte sich ganz ihrer kreativen Arbeit widmen.« Die letzte Hälfte des Satzes war an seine Braut gerichtet, weshalb er seinen unwilligen Ausdruck gegen ein Lächeln vertauschte.

»Über eine filmische Umsetzung denken wir zum gegenwärtigen Zeitpunkt überhaupt nicht nach. Das ist Miwakos Meinung. Und da Sie, Herr Hodaka, Ihr Mann sein werden, sollten Sie das verstehen«, sagte Kaori Yukizasa mit fester Stimme.

»Ich verstehe es ja. Gerade weil ich ihr Mann sein werde, will ich nur das Beste für sie.« Mit schmeichelnder Stimme wandte er sich an seine künftige Frau. »Nicht wahr, Miwako? Du überlässt es mir?«

Miwako Kanbayashi wirkte nachgiebig, aber das täuschte. Nachgeben würde sie nie.

»Ich freue mich über deine Fürsorge, aber ehrlich gesagt, weiß ich selbst noch nicht, was das Beste ist. Aber wir brauchen nichts zu überstürzen, Makoto. Lass mich noch mal in Ruhe nachdenken«, sagte sie.

Hodakas Lächeln war unergründlich. Doch ich wusste, dass er bis aufs Blut gereizt war.

Sich scheinbar geschlagen gebend, hob er die Hände und wandte sich an mich.

»Siehst du, so drehen wir uns die ganze Zeit im Kreis. Ich würde mir wirklich etwas Unterstützung wünschen.«

»Ich verstehe deine Lage sehr gut.«

»Das Weitere überlasse ich dir. Das ist deine Arbeit.« Hodaka nahm die Füße vom Schreibtisch. Dann zog er ein Taschentuch aus der Schachtel mit Kleenex und putzte sich geräuschvoll die Nase. »Auch das noch, jetzt wirkt das Medikament schon nicht mehr. Dabei hatte ich gerade erst eine Kapsel genommen.«

»Hast du noch was davon?«, fragte Miwako.

»Ja, keine Sorge.«

Hodaka ging um den Schreibtisch herum, öffnete die oberste Schublade und nahm eine Schachtel heraus, in der sich ein Fläschchen befand. Er öffnete es, nahm eine weiße Kapsel heraus und warf sie sich lässig in den Mund. Dann griff er nach einer Dose Kaffee, die auf dem Schreibtisch stand, und spülte die Kapsel damit herunter. Es war ein gängiges Medikament, das er gegen seinen chronischen Nasenkatarrh einnahm. Für Hodaka, Prototyp des gut aussehenden Liebhabers, musste so ein Dauerschnupfen eine ziemlich peinliche Angelegenheit sein.

»Darf man die denn mit Kaffee nehmen?«, fragte Miwako Kanbayashi.

»Ist egal. Ich mache das immer so.« Hodaka schraubte das Fläschchen zu und reichte es ihr. Die Schachtel warf er in den Papierkorb neben sich. »Pack doch bitte noch eine für die Reise ein. Ich nehme heute keine mehr.«

»Aber morgen vor der Hochzeit nimmst du doch noch eine?«

»Ich habe unten eine Pillendose, da tue ich später noch zwei rein und nehme sie mit.« Hodaka schnäuzte sich noch einmal die Nase und sah dann mich an. »Wo waren wir stehen geblieben?«

»Lass uns über den Film reden, wenn ihr von eurer Hochzeitsreise zurück seid«, schlug ich vor. »Bestimmt hat Miwako heute keine Lust, über solche Dinge zu diskutieren. Immerhin ist morgen ein wichtiger Tag für euch.«

Miwako Kanbayashi sah mich an und lächelte.

Hodaka deutete mit einem Seufzer auf mich. »Du wieder. Aber gut, wir können ja auf der Reise noch über die Einzelheiten sprechen.«

»Ah, du hast es verstanden.«

»Also gut, dann belassen wir es vorläufig hierbei.« Geschmeidig sprang Hodaka vom Stuhl. »Wollen wir nicht alle zusammen essen gehen? Ich habe ein gutes italienisches Restaurant entdeckt.«

»Ich hätte vorher noch etwas zu erledigen«, sagte ich bedeutungsvoll.

Hodakas rechte Augenbraue und seine Mundwinkel zuckten.

»Es geht um einen Recherchetermin«, sagte ich an die Braut gewandt.

»Wir müssten uns ebenfalls kurz entschuldigen«, sagte Kaori Yukizasa.

»Ja, genau.« Auch Miwako Kanbayashi erhob sich nun. »Wir sind im Nebenzimmer.«

»Aber in fünf Minuten müssen wir gehen«, rief Hodaka den beiden nach. Miwako nickte lächelnd.

Ich wartete, bis sich die Tür hinter den beiden geschlossen hatte. »Du hast ihr überhaupt nichts gesagt?«, fragte ich. Hodaka wusste, dass ich von Junko Namioka sprach, kratzte sich jedoch nur ungerührt am Kopf und setzte sich wieder auf den Schreibtischstuhl.

»Na und?« Er lächelte verkniffen. »Ich muss sie doch nicht eigens darüber informieren, dass ich mit einer anderen Frau zusammen bin.«

»Das sieht sie wohl ein bisschen anders.«

»Und wenn ich ihr sage, dass ich Miwako heirate, macht es dann einen Unterschied? Wird sie es akzeptieren und sagen: ›Aha, ich verstehe?‹ Das bleibt sich doch gleich. Egal, wie ich es mache, sie wird nicht einverstanden sein und nur endlos weiternerven. Am besten, ich belasse es dabei. Wenn ich sie ignoriere, wird sie es irgendwann schlucken. Es ist besser, kein Bedauern zu heucheln und ihr zu viel Aufmerksamkeit zu widmen, glaub mir.«

Ich verschränkte die Finger, um zu verhindern, dass sie zitterten.

»Du bist in keiner Position, dich zu beschweren. Sie könnte sogar eine Entschädigung von dir verlangen«, sagte ich. Ich bemühte mich um einen ruhigen, sachlichen Ton.

»Wieso das denn? Ich kann mich nicht erinnern, ihr die Ehe versprochen zu haben.«

»Du hast sie ihr Kind abtreiben lassen. Hast du das schon vergessen? Und ich habe sie auch noch dazu überredet und ins Krankenhaus gebracht.«

»Immerhin hat sie der Abtreibung zugestimmt.«

»Weil sie geglaubt hat, ihr würdet heiraten. Nur so habe ich sie dazu gebracht einzuwilligen.«

»Genau, du hast ihr das versprochen, nicht ich.«

»Hodaka!«

»Nicht so laut, Mann. Das hört man doch nebenan.« Hodaka sah mich unwirsch an. »Also gut. Wir machen es so, dass ich ihr Geld gebe. Bist du dann zufrieden?«

Ich nickte und zog mein Notizbuch aus dem Jackett.

»Über die Summe beraten wir am besten mit Dr. Furuhashi.« Er war ein befreundeter Anwalt. »Und du übergibst es ihr eigenhändig.«

»Ich bitte dich. Was soll das denn bringen?« Hodaka stand auf und ging zur Tür.

»Sie will eine Entschuldigung aus deinem Mund hören. Ein einziges Mal. Triff dich wenigstens einmal mit ihr und rede mit ihr.«

Aber Hodaka schüttelte den Kopf und tippte mir auf die Brust.

»Die Verhandlungen sind deine Aufgabe. Du kriegst das schon irgendwie hin.«

»Hodaka ...«

»Thema beendet. Jetzt gehen wir essen.« Hodaka öffnete die Tür und warf einen Blick auf seine Armbanduhr. »Die fünf Minuten sind um.«

Ich war so aufgebracht, dass ich Hodaka am liebsten den Kugelschreiber, den ich in der Hand hielt, in den Nacken gerammt hätte.

2

Als wir ins Erdgeschoss kamen, saß Takahiro Kanbayashi noch immer auf dem Sofa und las Zeitung. Miwako erklärte ihm, dass wir jetzt zusammen essen gehen würden. Er erhob sich mit wenig glücklicher Miene.

»Huch?«, sagte Hodaka, der eine Schublade der Schrankwand geöffnet hatte. Er hielt einen kleinen Gegenstand in der Hand, der auf den ersten Blick wie eine silberne Taschenuhr aussah. Es war die Pillendose, die er immer benutzte. Er und seine frühere Frau hatten zwei davon gekauft, für jeden eine.

»Was ist denn?«, fragte Miwako.

»Ach, nichts, es sind auf einmal zwei Kapseln in der Pillendose.«

»Und?«

»Ich war sicher, sie wäre leer. Wie seltsam, da muss ich mich wohl geirrt haben«, sagte Hodaka achselzuckend. »Macht nichts. Dann kann ich die morgen nehmen.«

»Wenn du nicht weißt, von wann die sind, solltest du sie lieber nicht nehmen.«

Hodaka wollte die Dose gerade schließen, hielt aber bei der Bemerkung seiner Zukünftigen inne.

»Vielleicht hast du recht. Ich werfe sie weg.« Er warf die beiden Kapseln in den Papierkorb und gab Miwako die Pillendose. »Könntest du nachher eine für mich reintun?«

»Mache ich«, sagte seine Braut und steckte die Pillendose in ihre Handtasche.

»Also los, gehen wir.« Hodaka klatschte in die Hände.

Das Restaurant lag etwa zehn Minuten mit dem Auto von seinem Haus entfernt. Es lag in einem Wohnviertel, hatte kein Schild und sah aus wie eine Villa in westlichem Stil.

Hodaka, die Geschwister Kanbayashi, Kaori Yukizasa und ich nahmen an einem der Tische Platz. Es war kurz nach drei Uhr nachmittags, was wohl die Abwesenheit anderer Gäste erklärte.

»Auch wenn etwas äußerlich ähnlich wirkt, unterscheidet es sich doch meist sehr vom Original, oder?«, erklärte Hodaka, seine Gabel schwenkend. »So hat man in Amerika eine ganz andere Einstellung zum Baseball als in Japan. Auch die Geschichte des Baseball verlief ganz anders. Und die Leute, die sich dafür interessieren, die Fans meine ich, unterscheiden sich ebenfalls. Obwohl mir das durchaus bewusst war, hat der Flop meines letzten Films mehr damit zu tun, als ich geahnt hätte.«

»Kaori meint, nicht nur Filme, auch Romane über Baseball verkaufen sich nicht gut, nicht wahr?« Miwako sah Kaori Yukizasa an.

Diese nickte und führte einen Bissen ihrer Spaghetti mit Seeigel zu Mund.

Hodaka erging sich weiter. »Es mag aussehen, als wäre Baseball überall ähnlich, aber in Wirklichkeit ist er doch von den Gepflogenheiten seiner Heimat durchdrungen. So ist es doch an sich ein seltsames Phänomen, dass manche Fans bei einem Spiel mitfiebern, ohne es zu sehen.«

»Heißt das, Sie beschäftigen sich nicht mehr mit Baseball?«

»Nein, ich habe meine Lektion gelernt.« Hodaka trank von seinem aus Italien importierten Bier.

Die Rede war von einem Film über die Welt des Profi-Baseballs, den er im vergangenen Jahr herausgebracht hatte. Er hatte von vornherein vorgehabt, das Thema nicht nur oberflächlich abzuhandeln, sondern die Zustände beim Profi-Baseball möglichst realistisch abzubilden. Dies hatte ihm zwar gute Kritiken von einigen Experten und Cineasten eingetragen, doch eingespielt hatte der Film so gut wie nichts, und Hodaka hatte am Ende unerwartet viele Schulden.

Da Baseball-Filme in Amerika so außerordentlich populär waren, hatte er angenommen, ein solcher Film würde auch in Japan ankommen. Ich hatte ihm abgeraten. Die Kinogänger waren vom japanischen Film enttäuscht, vor allem von Billigproduktionen, die auf der Popularitätswelle des professionellen Baseballs reiten wollten. Dieses Stigma war nicht so leicht zu überwinden. Daher hatte ich ihn von Anfang an vor den Gefahren dieses Projekts gewarnt. Aber Hodaka hatte nicht auf mich gehört.

Dass Romane über Baseball sich nicht verkauften, hatte wohl andere Gründe. Ein amerikanischer Film wie *Die Indianer von Cleveland* war auch in Japan sehr erfolgreich gewesen, aber ich hatte noch nie gehört, dass die Übersetzung eines Baseball-Romans ein Bestseller geworden war.

Außerdem fehlte Hodaka eine tiefer gehende Kenntnis der Materie, und ich fand, er hätte die Finger davon lassen sollen. Ich erkannte sein Talent durchaus, aber auf dieser Welt fließt das Wasser eben immer von oben nach unten, nicht andersherum.

Während ich meine Spaghetti mit Peperoncini auf die Gabel wickelte, beobachtete ich Hodaka von der Seite. Wie immer, wenn er mehr als drei Leute um sich hatte, redete er unentwegt nur von sich. Es war ihm unmöglich, sich nicht in den Mittelpunkt zu drängen. Ich konnte nur bewundern, mit welcher Unbeirrbarkeit er das durchzog. So war es schon früher gewesen.

Hodaka und ich kannten uns von der Universität. Wir hatten zusammen Filmwissenschaften studiert, und er hatte schon damals den Ehrgeiz gehabt, Regisseur zu werden. Zu unserem Fachbereich gehörten, einschließlich der Karteileichen, mehrere Dutzend Studenten, aber ich glaube, er war der Einzige, der ernsthaft die Absicht hatte, in die Filmbranche einzusteigen.

Doch Hodaka verfolgte seinen Traum auf eine Weise, auf die wir anderen nie gekommen wären. Er begann damit, Romane zu schreiben, und nicht nur das, er bewarb sich auch um einen Nachwuchspreis, den man ihm auch mit größter Freude verlieh.

Nachdem er sich als Schriftsteller einen Namen gemacht hatte, begann er Drehbücher zu schreiben. Der Umstand, dass einer seiner Romane verfilmt worden war, ebnete ihm den Weg. Das Buch stürmte die Bestsellerlisten, und auch der Film wurde ein Kassenschlager. Danach stand ihm alles offen.

Vor sieben Jahren gründete er dann eine eigene Firma. Nicht um Steuern zu sparen, sondern um der Möglichkeit, einmal selbst Regie zu führen, näher zu kommen. Damals hatte Hodaka sich bei mir gemeldet, weil er Hilfe in seinem Büro brauche, wie er sagte.

Sein Angebot war für mich, offen gestanden, ein Wink des Schicksals, da ich durch gewisse Umstände arbeitslos zu werden drohte und in einer ernsten Zwangslage steckte. Allerdings konnte ich ihm nicht sofort zusagen.

Ich war damals in der Buchhaltung einer Firma für Autoreifen beschäftigt. Die Arbeit war langweilig, ein Tag verging wie der andere, und ich fing an zu wetten. Auf Pferde. Anfangs probierte ich nur ein wenig herum, aber dann wettete ich jede Woche, obwohl ich keine Ahnung von Pferderennen hatte. Aber auch wenn man im Besitz solcher Kenntnisse ist, kann man nicht immer gewinnen. Jedenfalls verlor ich prompt meine gesamten Ersparnisse.

Nun wäre es gut gewesen, an dieser Stelle aufzuhören, aber ich bildete mir ein, den Verlust wieder ausgleichen zu können. So geriet ich in die Fänge eines Kredithais. Außerdem war ich noch so blöd zu glauben, einen gewaltigen Gewinn erzielen zu können, wenn ich alles auf ein Pferd setzte. Davon träumte ich allen Ernstes. Also verwettete ich den ganzen geliehenen Betrag.

Danach kam es, wie es kommen musste. Um meine Schulden

zu begleichen, griff ich in die Kasse meines Arbeitgebers, indem ich eine Scheinfirma gründete und durch gefälschte Transaktionen immer wieder Geld abzweigte. Da ich mich in der Buchhaltung auskannte und Bescheid wusste, welche Bereiche geprüft wurden, fiel meinen Vorgesetzten vorläufig nichts auf. Ich musste nur darauf achten, dass die Zahlen sich nicht widersprachen.

Doch natürlich kam es, wie es kommen musste. Eines Tages entdeckte ein Abteilungsleiter bei einer Buchprüfung den Betrug. Er zitierte mich umgehend in sein Büro und nahm mich ins Verhör. Ich gab sofort alles zu, ich hatte ja schon mit so was gerechnet.

»Gleichen Sie das bis zum Ende des Monats aus«, sagte mein Vorgesetzter. »Dann würde ich die Angelegenheit für mich behalten. Anschließend schreiben Sie mir Ihre Kündigung und bekommen eine Abfindung.«

Vermutlich fürchtete der Abteilungsleiter, selbst einen Rüffel für seine Unaufmerksamkeit zu bekommen, was wiederum meine Rettung war. Aber wie sollte ich die Lücken in den Büchern stopfen? Immerhin belief sich die Summe zu meinem eigenen, nicht geringen Erstaunen auf über zehn Millionen Yen.

Bei meinem Treffen mit Hodaka erzählte ich ihm offen die ganze Geschichte, auch wenn ich bezweifelte, dass er einem Betrüger wie mir sein Büro anvertrauen würde.

Aber er war nicht einmal sonderlich schockiert. Im Gegenteil, er bot mir sogar an, meine Schulden zu übernehmen.

»Mach nicht so ein Geschiss wegen der paar Mäuse. Probier es doch mal bei mir. Da geht es wesentlich spannender zu als beim Pferderennen.«

Ich hatte die Bücher meiner Firma frisiert, doch statt wegen Unterschlagung angezeigt zu werden, bekam ich sogar einen neuen Job – offenbar hatte mein Glück sich gewendet. Ich beschloss, Hodakas Angebot anzunehmen.

Hodakas Terminplan war mörderisch. Er war nicht nur ein populärer Schriftsteller, sondern rackerte sich zusätzlich auch noch als Drehbuchautor ab. Da er seine Finger außerdem in allen möglichen Filmproduktionen hatte, brauchte er unbedingt jemanden für die Büroarbeit. Als Erstes rekrutierte ich eine weitere Hilfskraft.

Bald wurde mir klar, aus welchem Grund Hodaka mich wirklich zu seinem Partner erkoren hatte.

»Kannst du dir bis nächste Woche zwei oder drei Plots für ein Herbstmelodram einfallen lassen?«, fragte er mich eines Tages.

Erstaunt sah ich ihn an.

»Geschichten erfinden ist doch dein Beruf.«

»Ich weiß. Aber ich habe so viel zu tun, ich schaffe es einfach nicht bis dahin. Irgendwas Passendes genügt. Du brauchst nur ein paar einigermaßen schlüssige Szenen aneinanderzureihen. Du hast doch als Student mehrere solche Entwürfe geschrieben, oder? Kannst du nicht welche von denen nehmen?«

»Das ist doch nichts für Erwachsene.«

»Das spielt keine Rolle. Es soll ja nur provisorisch sein. Um die Feinarbeit kümmere ich mich dann später in Ruhe.«

»Wenn das so ist, versuche ich es.«

Ich nahm drei der Geschichten, die ich mir früher ausgedacht hatte, und gab sie Hodaka. Es versteht sich von selbst, dass diese drei Geschichten unter seinem Namen bekannt wurden. Eine von ihnen erschien sogar als Roman.

Auch danach steuerte ich noch mehrmals Ideen für seine Projekte bei. Ich hegte sowieso nicht den Wunsch, Autor zu werden. Außerdem war mir bewusst, dass sich unter seinem Namen alles besser verkaufen ließ, also war ich nicht unzufrieden. Ganz zu schweigen von den vielen Schulden, die ich bei ihm hatte.

Zunächst segelten Hodakas Projekte von einem günstigen Wind angetrieben dahin, doch irgendwann zogen dunkle Wolken auf, was damit zusammenhing, dass er ernsthaft ins Filmgeschäft einstieg.

Er wollte nicht mehr nur Drehbücher schreiben, sondern auch Regie und Produktion übernehmen. Meine Hauptaufgabe bestand darin, Sponsoren zu gewinnen und mich um die Finanzen zu kümmern. Das Geld, das ich mühsam zusammenkratzte, gab Hodaka mit vollen Händen aus.

So blieben von den beiden Filmen, die er drehte, nur Schulden. Hätte ich nicht einen Aufschub bei den Geschäftspartnern erwirkt, wäre die Sache noch übler ausgegangen.

Ich hatte mich entschieden gegen Hodakas Filmpläne ausgesprochen, obwohl ich selbst ein begeisterter Anhänger der Filmkunst bin. Doch sind das zwei verschiedene Dinge. Der Grund für meine Skepsis war nicht nur, dass die Filme keinen Profit einspielten. Ihre Produktion nahm Hodaka außerdem so völlig in Anspruch, dass ich fürchtete, seine eigentliche Arbeit, nämlich das Schreiben von Romanen und Drehbüchern, käme dabei zu kurz. Tatsächlich hatte er in dem einen Jahr fast nichts zustande gebracht. Und wenn jemand, der vom Schreiben von Manuskripten lebt, nicht mehr schreibt, kommt natürlich nirgendwoher mehr Geld. Und das, was auf seinem Projektkonto noch übrig war, schmolz zusehends dahin.

Aber Hodaka dachte da ganz anders. Er glaubte, er müsse nur einen Filmhit landen, um wieder auf der Liste der Großverdiener nach oben zu kommen. Außerdem war er der Überzeugung, um einen Hit zu landen sei es unerlässlich, ständig im Gespräch zu sein.

An dieser Stelle kam Miwako Kanbayashi ins Spiel.

Der einzige Grund, aus dem Hodaka sich für sie interessierte, bestand darin, dass sie als Dichterin in aller Munde war. Also bat er die Lektorin Kaori Yukizasa, die zufällig beide betreute, ihn mit ihr bekannt zu machen.

Ich weiß nicht genau, was danach geschah, jedenfalls waren

sie irgendwann ein Paar. Und nicht nur das, sie hatten sich sogar verlobt.

Ich kannte Miwako Kanbayashi nicht gut. Besser gesagt, ich kannte sie kaum. Doch soweit ich es beurteilen konnte, besaß sie nichts von jenem weiblichen Charme, der Hodaka zu einer erneuten Eheschließung hätte verleiten können. Als Frau fehlte ihr meiner Meinung nach sogar das gewisse Etwas. Ja, sie hatte ein hübsches Gesicht, aber es hatte etwas Unweibliches. Deutlicher ausgedrückt, erinnerte ihre Schönheit eher an die eines jungen Mannes.

Das mag seltsam klingen, aber auf einen Mann wie mich übte sie keinerlei erotische Anziehungskraft aus. Wenn ich eine junge Frau sah, stellte ich mir in der Regel vor, wie sie unter ihrer Kleidung aussah, aber bei Miwako kam ich gar nicht auf den Gedanken. Sie hatte etwas so Unnahbares und Sprödes an sich.

Soweit ich wusste, war Hodaka bisher auch nicht der Typ gewesen, der solche Vorlieben hatte. Deshalb hegte ich einen unguten Verdacht, seit ich von der Verbindung der beiden erfahren hatte. Einen Verdacht, der sich bestätigte, als Hodaka das erste Mal davon sprach, ihre Gedichte verfilmen zu wollen.

»Ich mache ein Anime daraus. Das wird eine Sensation«, schwärmte er. Ich sehe noch vor mir, wie er an seinem Schreibtisch am Fenster steht und mit den Armen fuchtelt. »Den Entwurf habe ich der Filmfirma schon vorgelegt. Jetzt müssen wir ihn nur noch umsetzen. Das wird der Hit.«

Ich erinnere mich, dass mir die Haare zu Berge standen, als ich das hörte.

»Hat sie denn schon zugestimmt?«, fragte ich.

»Dazu bringe ich sie noch. Ich werde nämlich ihr Mann.« Hodaka zog die Nase kraus, und ich fragte ihn, ob das ein Scherz sein sollte.

»Mann, als ob ich es aufs Heiraten abgesehen hätte!« Das war typisch Hodaka. Er grinste, und dieses Grinsen beruhigte mich ein wenig. Doch dann sagte er: »Aber ich glaube, die Sache hier ist ein wenig anders gelagert.«

»Was für eine Sache?«

»Diese Frau ist etwas Besonderes«, sagte er. »Wer es in unserer Zeit schafft, mit Gedichten in die Medien zu kommen, hat besondere Fähigkeiten. Miwakos Popularität ist nichts Vorübergehendes. Es kann nichts schaden, sich diesen Schatz anzueignen. Er wird mir ganz bestimmt Glück bringen.«

»Das ist das schmutzigste Motiv für eine Hochzeit, das ich ...«

»Natürlich ist das nicht alles. Aber man könnte es so ausdrücken. Wäre sie nur eine einfache Büroangestellte, würde ich sie nie heiraten.«

Anscheinend sah er mir meinen Widerwillen an. Er lachte leise.

»Mach nicht so ein Gesicht«, sagte er. »In meinem Alter ist es sowieso Zeit, wieder zu heiraten. Es ist doch legitim, neben der Liebe auch nach anderen Werten Ausschau zu halten.«

»Du liebst sie also wirklich?«

»Ja, mehr als die andere«, sagte Hodaka. Er wirkte aufrichtig.

Dieses Gespräch war schon unangenehm genug, aber was ich kurz darauf erfuhr, ließ mich noch mehr erschauern. Im Laufe eines Gesprächs sagte ich beiläufig, dass er sich auch gar nicht mehr scheiden lassen könne, da eine Trennung von Miwako Kanbayashi zu einem Imageverlust führen würde.

»Im Augenblick habe ich das auch nicht vor. Ich will nicht noch einmal den gleichen Fehler machen«, sagte Hodaka und fügte nach kurzem Zögern hinzu: »Allerdings hat die Sache einen Haken.«

»Und welchen?«

»Miwakos Bruder.« Hodaka schnitt eine Grimasse.

»Macht er Schwierigkeiten?«

Hodaka lächelte schmallippig. Seine Augen wurden kalt wie die eines Reptils.

»Das Brüderchen ist in Miwako verliebt. Kein Zweifel.«

»Was?«, rief ich. »Sie sind doch leibliche Geschwister?«

»Aber sie haben viele Jahre getrennt gelebt. Miwako hat es nicht ausgespochen, aber ich höre einen besonderen Unterton, wenn sie von ihm erzählt. Der Bruder sieht in ihr die Frau. Man braucht ihn nur zu beobachten.«

»Du meine Güte. Und du bildest dir das nicht nur ein?«

»Auch dir wird es nicht entgehen, wenn du ihn kennenlernst. Kein Bruder schaut seine Schwester so an. Aber womöglich sieht Miwako in diesem Takahiro auch mehr als einen Bruder.«

»Du sprichst das ja ziemlich gelassen aus.«

»Vielleicht ist das sogar ihr Geheimnis, ihr Mysterium. Außerdem weiß ich so zumindest, wen sie vor mir geliebt hat. Auch wenn es ihr eigener Bruder war. Ich hoffe nur, dass es nicht zu körperlichen Beziehungen zwischen ihnen kam. Das wäre irgendwie eklig.«

»Ich könnte das nicht.«

Hodaka lachte lautlos.

»Wenn ein Mann und eine Frau zusammenkommen, weiß man nie, was passiert. Es könnte ja sein, dass Miwako und ich uns mal trennen. Aber dann hänge ich diese Sache an die große Glocke. Das behalte ich unbedingt im Kopf. So was hat die Welt noch nicht gesehen. Das wäre eine Sensation, die mich ins Rampenlicht bringt.«

Ich weiß noch, dass es mir bei Hodakas Worten kalt den Rücken hinunterlief, obwohl mir nicht ganz klar war, was mich so frösteln ließ. Normal war das alles jedenfalls nicht.

3

Das Mobiltelefon in meiner Brusttasche klingelte. Ich hatte wohl vergessen, es auszuschalten. Wir waren schon beim Hauptgericht. Auf dem Teller vor mir lagen drei Süßwassergarnelen. Hodaka verzog unverblümt das Gesicht.

»Entschuldigung.« Ich stand auf und ging in Richtung Toilette. Als ich außer Sichtweite war, nahm ich ab. »Hallo?«

Anfangs ertönte nur ein Rauschen, dann meldete sich eine leise Stimme. »... Hallo?«

Ich wusste sofort, wer es war.

»Junko?« Ich bemühte mich, möglichst sanft zu klingen. »Was gibt es denn?«

»Ja, also ... wegen Makoto ...«

»Was ist mit ihm?«

»Richte ihm bitte aus, dass ich auf ihn warte«, sagte Junko mit tränenerfüllter Stimme. Ich hörte, wie sie die Nase hochzog.

»Wo bist du jetzt?«, fragte ich, aber sie antwortete nicht. Ich wurde nervös. Eine üble Vorahnung beschlich mich.

»Hallo? Junko, hörst du mich?«

Sie sagte irgendetwas. »Wie bitte?«, fragte ich noch einmal.

»...chen sind wunderschön.«

»Was ist wunderschön?«, fragte ich, aber sie hatte bereits aufgelegt.

Ratlos steckte ich mein Handy wieder ein. Von wo Junko wohl angerufen hatte? Und weshalb? Irgendetwas sei wunderschön, hatte sie gesagt.

Als ich wieder auf meinen Platz zurückkehrte, ging mir plötzlich ein Licht auf. Ungeachtet der Störgeräusche war mir das Wort jetzt ganz klar.

»Stiefmütterchen«, hatte sie gesagt. »Die Stiefmütterchen sind wunderschön.«

Gelbe und lila Blüten erschienen vor meinem inneren Auge.

»Hodaka, komm doch mal einen Moment …«, flüsterte ich ihm ins Ohr, während ich mich stehend zu ihm hinunterbeugte.

Er runzelte unwirsch die Stirn. »Was ist denn? Du kannst doch hier reden.«

»Nein, das geht nicht. Nur einen Moment.«

»Du bist vielleicht eine Nervensäge. Wer war es denn?« Hodaka tupfte sich mit der Serviette den Mund ab und stand auf. »Tut mir leid, lasst euch nicht stören«, sagte er zu Takahiro Kanbayashi.

Ich führte Hodaka vom Tisch weg.

»Du musst sofort zu dir nach Hause fahren«, sagte ich.

»Wieso denn?«

»Junko wartet auf dich.«

»Junko?« Hodaka schnalzte mit der Zunge. »Hör bloß auf damit. Das sollte doch längst erledigt sein.«

»Junko ist verrückt geworden. Sie ist in deinem Garten und wartet auf dich.«

»Was soll das? Zum Teufel mit dieser Frau …« Hodaka rieb sich das Kinn.

»Auf alle Fälle solltest du schnell machen. Du willst ja nicht, dass die Leute sie sehen.«

»Verdammt noch mal.« Hodaka biss sich auf die Lippen, während sein Blick unruhig umherhuschte. »Du musst für mich hinfahren«, sagte er dann mit entschlossener Miene.

»Aber sie wartet auf dich.«

»Ich habe einen Gast. Soll ich den allein lassen?«, verkündete er mit ernster Miene.

»Gast?«, fragte ich verdutzt, weil er Takahiro Kanbayashi so offiziös als Gast bezeichnete. Der Mann hatte vielleicht Nerven.

»Ich bitte dich.« Hodaka legte mir die Hand auf die Schulter und sah mich flehend an. »Du wirst Junko bestimmt irgendwie los. Du verstehst sie doch sowieso viel besser als ich.«

»Hodaka ...«

»Miwako und die anderen wundern sich bestimmt schon. Ich gehe jetzt an den Tisch zurück, und du siehst bei mir zu Hause nach dem Rechten. Ich erkläre es ihnen.« Ohne meine Antwort abzuwarten, machte Hodaka kehrt. Nicht einmal meinen Seufzer nahm er zur Kenntnis.

Ich verließ das Restaurant und ging zur Hauptstraße, wo ich ein Taxi nahm. Wenn ich mir vorstellte, wie Junko sich fühlte, während sie auf Hodaka wartete, tat mir das Herz weh. Im Grunde hatte auch ich dazu beigetragen, dass alles so gekommen war.

Ich hatte Junko zuerst kennengelernt. Sie wohnte im gleichen Apartmenthaus wie ich und hatte mich eines Tages im Aufzug angesprochen. Was nicht heißen soll, sie hätte Interesse an einem über dreißigjährigen Mann wie mir gehabt. Aber ich hatte damals meine Katze – eine Russisch Blau – in einem Käfig bei mir. Das Halten von Haustieren war in unserem Haus verboten.

Meine Katze sei wahrscheinlich erkältet, sagte Junko damals zu mir.

»Kennen Sie sich mit Katzen aus?«, fragte ich.

»Ja. Bringen Sie sie zum Tierarzt?«

»Nein.«

»Sie sollten sie aber mal untersuchen lassen. Hier, wenn Sie möchten.« Sie reichte mir eine Visitenkarte mit der Adresse der Tierklinik, in der sie arbeitete.

Am folgenden Tag brachte ich meine Katze in die Praxis. Junko erkannte mich gleich wieder und begrüßte mich mit einem freundlichen Lächeln. Sie wirkte gesund und fröhlich.

Da meine Katze an jenem Tag der letzte Patient war, unterhielten wir uns nach der Untersuchung noch ein Weilchen. Junko war ein argloses, gut gelauntes Mädchen und lachte gern. Ihre Heiterkeit wirkte entspannend auf mich. Doch als unser Gespräch auf Tiere kam, trat ein ernster Ausdruck in ihre Augen. Als wir über das unverantwortliche Verhalten mancher Tierbesitzer sprachen, spürte ich, wie wichtig ihr dieses Thema war, und die Kluft zu ihrer vorherigen Heiterkeit wurde mir besonders deutlich.

Ich musste meine Katze mehrmals in die Klinik bringen, und irgendwann fragte ich Junko, ob sie einen Kaffee mit mir trinken würde. Sie nahm meine Einladung an, und als wir im Café saßen, fühlte ich mich erneut von ihrer ausgeglichenen Heiterkeit berührt.

Ich hoffte inständig, dass Junko sich in mich verlieben würde. Aber ich war fast zehn Jahre älter als sie und hatte wenig Hoffnung. Bisher war ich noch nie mit einer so viel jüngeren Frau ausgegangen.

Irgendwann erzählte ich ihr von meiner Arbeit, was ich bis dahin nicht ausführlich getan hatte. Als ich den Namen Makoto Hodaka erwähnte, veränderte sich ihr Blick.

»Oh, ich bin ein großer Fan von ihm. Nicht zu fassen, Herr Suruga, Sie arbeiten für Makoto Hodaka! Was für ein Zufall! Wie wunderbar!« Sie drückte beide Fäuste an die Brust und war fast außer sich.

»Wenn Sie ein solcher Fan von ihm sind, kann ich Sie ihm einmal vorstellen«, bot ich leichtfertig an.

»Wirklich? Aber ich will ihn nicht belästigen ...«

»Aber nein, schließlich bin ich es, der für seinen Terminkalender zuständig ist.«

Wichtigtuerisch zog ich mein Notizbuch hervor und blätterte

darin. Ich war so ein Vollidiot. Stattdessen hätte ich lieber den günstigen Moment nutzen und sie in ein Hotel einladen sollen.

Einige Tage später nahm ich Junko zu Hodaka mit nach Hause. Sie war ein hübsches Mädchen, und erwartungsgemäß war er nicht böse über ihren Besuch. An dem Abend gingen wir zu dritt in ein Restaurant. Junko machte ein Gesicht, als würde sie träumen.

»Sie ist ein süßes Ding«, flüsterte Hodaka mir ins Ohr, als Junko auf dem Rückweg vor uns herging. Ich konnte sehen, wie er sie mit Blicken verschlang.

Zwei Monate später wurde mir klar, dass ich einen großen Fehler gemacht hatte. Eines Tages kam ich zu Hodaka, und Junko saß im Wohnzimmer. Und das war nicht alles, sie kochte sogar Kaffee für uns. Als ich sie in der Küche stehen sah, begriff ich, was geschehen war.

Ich ließ mir meinen Schock nicht anmerken und gab mich stattdessen ganz gelassen. »Wie lange geht das schon?«, fragte ich Hodaka.

»Ungefähr einen Monat«, erwiderte er, und mir ging auf, warum Junko seither sämtliche Einladungen von mir abgelehnt hatte.

Bei Hodaka wusste ich es nicht, aber Junko hatte offenbar meine Gefühle ihr gegenüber bemerkt und fühlte sich bemüßigt, sich zu entschuldigen. »Tut mir leid«, sagte sie leise zu mir, als wir an dem Tag kurz allein waren.

»Schon gut«, sagte ich. Ich konnte mich nicht beschweren, schließlich hatte ich mir durch meine Unentschlossenheit alles selbst zuzuschreiben.

Doch einige Monate später bereute ich es sehr, sie mit Hodaka zusammengebracht zu haben. Junko war schwanger, und ich sollte ihm helfen.

»Mach was. Sie sagt, sie will das Kind bekommen, und hört einfach nicht auf mich.« Hodaka lag mit erschöpfter Miene auf dem Sofa in seinem Wohnzimmer. Er presste die Finger in die Augenwinkel, als hätte er Kopfschmerzen.

»Lass sie es doch bekommen. Warum nicht?« Ich blickte im Stehen auf ihn hinunter.

»Soll das ein Witz sein? Ein Kind kommt für mich nicht infrage. Du musst etwas unternehmen.«

»Willst du sie nicht heiraten?«

»Darüber habe ich bisher noch nicht nachgedacht. Natürlich habe ich nicht nur mit ihr gespielt.« Mit der zweiten Hälfte der Bemerkung wollte Hodaka wohl bei mir gut Wetter machen. »Jedenfalls hasse ich es, vor vollendete Tatsachen gestellt zu werden.«

»Wie wäre es, wenn du darüber nachdenken würdest, sie zu heiraten? In dem Fall würde sie sich vielleicht auch zu einer Abtreibung entschließen.«

»Einverstanden. So machen wir es. Schluss jetzt damit.« Hodaka richtete sich auf. »Du wirst mit ihr verhandeln. Ihr ins Gewissen reden und sie nicht unnötig aufregen.«

»Und du denkst wirklich ernsthaft darüber nach, ja?«

»Ja, ich hab's begriffen.« Hodaka nickte nachdrücklich.

An dem Abend ging ich tatsächlich zu Junko. Sie wusste sofort, weshalb ich gekommen war. Ich konnte in ihrem Gesicht lesen, was sie dachte. Sie wollte auf keinen Fall eine Abtreibung.

Ich begann, auf sie einzureden. Ich hasste meine Rolle, dennoch gab ich nicht auf, denn ich war selbst fest davon überzeugt, dass eine Abtreibung für sie das Beste war, damit sie nicht für immer an Hodaka gebunden war. Um sie zu überzeugen, versprach ich ihr, Hodaka dazu zu bringen, sie zu heiraten.

Nachdem sie ungefähr zwei Liter Tränen vergossen hatte, willigte Junko ein. Ich war selbst ziemlich fertig. Ein paar Tage darauf brachte ich sie in meinem Wagen in eine gynäkologische Praxis und nach dem Eingriff nach Hause. Mit leichenblassem und leblosem Gesicht starrte sie aus dem Fenster. Zum ersten Mal, seit ich sie kannte, war ihr Profil nicht heiter.

»Ich bringe Hodaka dazu, sein Versprechen zu halten«, sagte ich. Sie antwortete nicht.

Ich brauche nicht zu erwähnen, dass Hodaka sein Versprechen nicht hielt. Wenige Monate später verlobte er sich mit Miwako Kanbayashi. Als ich davon erfuhr, fragte ich ihn, was er jetzt mit Junko vorhabe.

»Ich werde es ihr erklären. Was soll ich denn machen? Schließlich kann ich nicht zwei Frauen heiraten«, sagte Hodaka.

»Du solltest wirklich mit ihr reden.«

»Das habe ich ja vor«, sagte er unwirsch.

Aber natürlich erklärte er Junko gar nichts. Bis vor kurzem hatte sie noch geglaubt, sie würde Hodakas Frau.

Ich hatte wieder ihren leeren Blick an jenem Tag vor Augen.

Als das Taxi vor Hodakas Haus ankam, gab ich dem Fahrer fünftausend Yen und winkte ab, als er mir das Wechselgeld geben wollte. Ich rannte die Treppe zum Eingang hinauf. Die Tür war verschlossen. Hodaka hatte Junko nie einen Schlüssel gegeben.

Ich ging ums Haus herum in den Garten, denn ich dachte an ihre Bemerkung mit den Stiefmütterchen.

Dort angekommen, blieb ich wie angewurzelt stehen. Ausgebreitet auf dem gepflegten Rasen lag ein weißes Stück Stoff, welches sich bei genauerem Hinsehen als Junko Namioka entpuppte. Sie trug noch immer das weiße Kleid, in dem ich sie zuvor gesehen hatte.

Im Unterschied zu vorher hatte sie einen weißen Schleier auf dem Kopf und den Brautstrauß in der rechten Hand. Der Schleier war ein wenig verrutscht und gab ihre eingefallenen Züge preis.

KAORI YUKIZASA
DIE LEKTORIN

1

Die Spaghetti mit Seeigel waren nichts Großartiges. Zu stark gesalzen, nicht mein Fall. Das Gleiche galt für den Flussbarsch, den ich als Hauptgang bestellt hatte. Er füllte nur den Magen und hinterließ überhaupt keinen Geschmack im Mund, was vielleicht auch daran lag, dass ich so geistesabwesend aß.

Der Anruf, den Naoyuki Suruga bekam, weckte eine Ahnung in mir. Ich musste an die Frau denken, die ich vorhin in Hodakas Garten gesehen hatte. Ihr weißes Kleid, ihr weißes Gesicht. Ihr kummervoller, auf ihn gerichteter Blick. Aus Surugas panischem Gebaren und Hodakas erstarrter Miene, als er ihn zu sich rief, schloss ich, wer die Frau war. Wäre Miwako Kanbayashi nicht gewesen, hätte ich Hodaka gründlich ausgefragt.

Vermutlich hatte die Frau mit irgendetwas gedroht. Einen anderen Grund dafür, dass Hodaka überhaupt von Miwakos Seite wich, kann ich mir nicht vorstellen. Für ihn hatte seine Braut momentan absoluten Vorrang.

»Er ist immer beschäftigt«, sagte sie zu mir.

»Scheint so«, antwortete ich. Miwako war viel zu naiv. Jeglicher Argwohn war ihr fremd. Es reizte mich, dass sie nicht einmal gegenüber einem Mann wie Makoto Hodaka das geringste Misstrauen hegte.

Als Hodaka kurz darauf an den Tisch zurückkam, tat er, als wäre nichts. Suruga habe noch etwas Dringendes zu erledigen und lasse sich entschuldigen, sagte er hauptsächlich an Miwakos Bruder gewandt.

»Herr Suruga hat auch immer so viel zu tun, oder?« Miwako sah ihren Verlobten mit großen Augen an. Sie wirkte wie eine Figur aus einem Manga für Mädchen auf mich.

»Weil ich ihm immer alles aufhalse. Ich mache ihm viel Mühe«, sagte dieser ungerührt und lächelte seiner Braut zu. Es war ein selbstbewusstes Lächeln. Jede Frau fällt mal auf so etwas rein.

Ich sah Naoyuki Surugas hageres Gesicht vor mir und fühlte insgeheim mit ihm. Als Hodakas Manager hatte er auch kein leichtes Leben. Ich wusste zwar nicht, was los war, aber bestimmt musste er jetzt im Schweiße seines Angesichts herumrennen, um seinem Chef aus irgendeiner Patsche zu helfen.

Als wir nach dem Dessert noch Kaffee tranken, bückte sich ein junger Kellner zu ihm hinunter und flüsterte ihm zu, er würde am Telefon verlangt.

Hodaka machte ein verblüfftes Gesicht und lächelte Miwako bedauernd zu. »Das ist bestimmt Suruga. Mal sehen, was er diesmal angestellt hat.«

»Geh nur ans Telefon.«

»Ja, entschuldigt mich.« Hodaka stand auf. »Tut mir wirklich sehr leid, Schwager.«

»Kein Problem«, antwortete Takahiro Kanbayashi schroff. Es war eindeutig, dass der gut aussehende junge Mann keinen besonders günstigen Eindruck vom Bräutigam seiner Schwester hatte. Während des Essens hatte er kaum ein Wort gesprochen.

»Da muss was passiert sein, oder?« Miwako schaute mich ein wenig unsicher an. Sie wusste ja nichts von der Frau mit dem geisterhaften Gesicht, die in Hodakas Garten gestanden hatte.

»Ja, wahrscheinlich«, erwiderte ich.

Hodaka kam gleich darauf zurück. Ich konnte ihm ansehen, dass etwas geschehen war. Er trug zwar sein übliches Dauerlächeln zur Schau, aber seine Wangenpartie wirkte eindeutig verkrampft. Sein Blick war unruhig, und er atmete heftig.

»Was ist passiert?«, fragte Miwako.

»Nichts Schlimmes.« Hodakas Stimme klang ungewöhnlich rauh. »Tja, also, wir sollten allmählich aufbrechen.« Er machte keine Anstalten, sich zu setzen, und blieb stehen. Er wirkte gehetzt.

Absichtlich langsam führte ich die Kaffeetasse zum Mund.

»Haben wir nicht noch Zeit? Oder ist etwas Dringendes?«

Hodaka sah mich einen Augenblick lang hasserfüllt an. Wahrscheinlich durchschaute er meine kleine Bosheit. Ungerührt trank ich meinen restlichen Kaffee aus.

»Wir haben noch eine Menge zu erledigen. Ich muss jetzt wirklich noch Vorbereitungen für die Reise treffen.«

»Soll ich dir helfen?«, fragte Miwako sofort.

»Nein, damit will ich dich nicht behelligen. Das schaffe ich schon allein.« Hodaka sah Takahiro Kanbayashi an. »Sie kennen den Weg zum Hotel, ja?«

»Ich habe einen Stadtplan dabei. Ich werde es schon finden.«

»Gut. Dann wollen wir mal Ihren Wagen vom Parkplatz holen. Geben Sie mir den Schlüssel?«

Hodaka nahm Takahiro Kanbayashis Autoschlüssel in Empfang, steckte ihn in sein Jackett und eilte zum Ausgang.

Ich folgte ihm.

»Ich übernehme das«, sagte ich leise. Ich meinte die Rechnung.

»Nein, das war meine Einladung.«

»Aber ...«

»Schon gut.« Hodaka reichte dem Ober seine goldene Kreditkarte. Dann übergab er einem anderen die beiden Autoschlüssel und bat ihn, die Wagen vorfahren zu lassen.

»Was war denn?«, fragte ich, während ich die anderen im Auge behielt.

»Nichts Besonderes«, antwortete Hodaka betont beiläufig, aber sein Blick war besorgt.

»Yuki!«, rief Miwako mir nach. Sie nannte mich bei meinem Kosenamen. »Was hast du jetzt vor?«

»Ich muss in den Verlag zurück und den Aufsatz abliefern, den du mir gerade gegeben hast«, behauptete ich einer Eingebung folgend, obwohl das nicht stimmte.

»Sollen wir dann nicht zusammen fahren? Der Verlag liegt auf dem Weg«, sagte Miwako in bester Absicht.

»Danke vielmals, aber ich muss vorher noch woandershin.« Ich hob abwehrend die Hand. »Ich rufe dich später im Hotel an.«

»Das ist schön.« Miwako lächelte erfreut.

Bis die beiden Wagen gebracht wurden, vergingen einige Minuten, die Hodaka offenbar sehr lang vorkamen, denn er blickte immer wieder auf die Uhr. Wenn Miwako ihn ansprach, reagierte er geistesabwesend.

Als der Volvo vorfuhr, schob er die Geschwister Kanbayashi geradezu in ihren Wagen.

»Also dann bis morgen«, sagte Miwako noch durchs Fenster.

»Ruh dich schön aus heute Abend«, antwortete Hodaka und lächelte. Typisch, auch in diesem Moment legte er seine Maske nicht ab.

Sobald der Volvo um die Ecke verschwunden war, verschwand auch das Lächeln von Hodakas Gesicht. Ohne mich noch einmal anzusehen, ging er auf seinen Mercedes zu.

»Wohin so eilig?«, rief ich ihm nach. Obwohl er mich gehört haben musste, drehte er sich nicht um.

Nachdem ich zugesehen hatte, wie er seinen Mercedes startete und davonfuhr, machte ich mich in die entgegengesetzte Richtung auf den Weg. Lange Zeit kam kein freies Taxi vorbei. Nach über zehn Minuten entdeckte ich endlich eins und winkte es sofort heran.

»Shakujii-Park, bitte.«

Während vor dem Fenster die Stadt an mir vorüberzog, überlegte ich, was ich tun sollte. Draußen dämmerte es bereits.

Ich dachte an Makoto Hodakas schmale Lippen. Sein spitzes Kinn, seine wohlgeformte Nase und seine gepflegten Augenbrauen.

Es hatte eine – kurze – Zeit gegeben, in der ich davon geträumt hatte, seine Frau zu werden. Eigentlich liebte ich meinen Beruf und wollte ihn mein ganzes Leben lang ausüben, aber damals hatte ich mich bereits als treusorgende Hausfrau mit Schürze gesehen. Ich kann gar nicht beschreiben, wie sehr ich mir das damals wünschte.

Zwei Jahre zuvor war ich Hodakas Lektorin geworden. Bis dahin hatte ich nur einen begabten Autor in ihm gesehen, doch als ich ihm das erste Mal begegnete, drängte sich ein völlig anderer Eindruck in meinen Kopf. Jetzt kann ich nur darüber lachen, aber damals fand ich ihn anziehend.

Ich bin nicht sicher, wann er begann, mich als Frau wahrzunehmen. Aber ich vermute, er hatte von Anfang an vor, etwas aus der Situation zu machen. Jedenfalls eroberte er allmählich und zielstrebig mein Herz, wie ein Computer Schritt für Schritt ein Programm abspult.

»Wollen wir nicht noch bei mir etwas trinken?«, sagte er eines Tages, nachdem wir zusammen gegessen hatten, um den Abschluss einer Arbeit zu feiern, und in einer Shotbar auf der Ginza noch einen Cocktail tranken. Er mochte keine Bars mit Hostessen. Zumindest behauptete er das mir gegenüber.

Damals war er noch verheiratet. Er hatte ein Büro in Shinjuku gemietet, um Arbeitsplatz und häusliches Leben getrennt zu halten, wie er sagte.

Es gab mehrere Gründe abzulehnen. Außerdem war ich davon überzeugt, dass dieser Mann, sobald ich nur ein Wort sagte, nicht auf seiner Einladung bestehen würde. Ich wusste, er würde es kein zweites Mal versuchen.

Schließlich gingen wir in seine Wohnung – vorgeblich mit dem Ziel, noch etwas zu trinken, aber nach einem halben Bourbon landeten wir bereits im Bett.

»Normalerweise passiert mir das nicht bei einem ersten Besuch«, sagte ich.

»Mir auch nicht«, erwiderte er. »Also sollten wir uns auf einiges gefasst machen.« Das konnte man wohl sagen.

Drei Monate vergingen, bis Hodaka mir etwas von seiner Scheidung erzählte, die schon vor unserem Verhältnis beschlossene Sache gewesen war.

»Ich konnte es dir nicht früher sagen, aber du hattest nichts damit zu tun. Also mach dir keine Gedanken«, sagte er, als ich ihn nach dem Grund für die Scheidung fragte, in zornigem Ton. Seine Antwort wühlte mich auf. Ich bildete mir ein, er wäre besorgt um mich.

Und seine folgenden Worte ließen mein Herz höherschlagen.

»Obwohl ich mich wahrscheinlich ohne dich nicht so leicht hätte entscheiden können.«

Dieses Gespräch fand im Café eines Hotels statt. Wären wir allein gewesen, oder hätte ich mich nicht vor den Leuten im Café geschämt, wäre ich ihm wohl um den Hals gefallen.

Unsere Beziehung dauerte ungefähr drei Jahre, in denen ich, offen gestanden, darauf wartete, dass er mir einen Heiratsantrag machte. Allerdings setzte ich ihn nie unter Druck. Ich hatte überhaupt keine Ahnung, welcher zeitliche Abstand zwischen zwei Ehen als angemessen galt. Außerdem hätte ich meinen Stolz überwinden müssen, um eine Hochzeit anzusprechen. So bin ich eben. Ich hätte höchstens im Scherz mal etwas sagen können, vielleicht: Ich hätte lieber irgendwo anders eine Lebensstellung, als für immer als Lektorin zu arbeiten. Aber womöglich hätte Hodaka gelacht und gesagt, dass er keineswegs die Absicht habe, mir eine solche anzubieten. Und er wisse genau, dass ich nicht der Typ sei, mich um Haus und Garten zu kümmern. Ich wäre durchschaut gewesen und hätte nie wieder von Hochzeit sprechen können.

Während ich noch hin und her überlegte, was ich tun sollte, richtete er eine überraschende Bitte an mich. Er wollte, dass ich ihm Miwako Kanbayashi vorstellte.

Miwako war ursprünglich eine Freundin meiner jüngeren Schwester gewesen, und diese hatte mir irgendwann Gedichte von ihr gezeigt. Damit hatte alles angefangen. Miwakos leidenschaftliche und melancholische Gedichte bezauberten mich, und ich war fest überzeugt, sie würden sich gut verkaufen.

Im Grunde war es aussichtslos, die Werke einer namenlosen Dichterin herauszugeben, dennoch ging der Verlag auf meine Empfehlung ein. Offenbar übten Miwako Kanbayashis Gedichte auch auf meine Vorgesetzten eine gewisse Anziehungskraft aus.

Ehrlich gesagt jedoch, hätte ich mir einen so großen Erfolg nicht träumen lassen. Eigentlich wären wir schon zufrieden gewesen, wenn sie ein wenig von sich reden gemacht hätten. Aber dass Zitate daraus zu geflügelten Worten wurden und sogar Nachahmer auftauchten, geschah völlig unvorhergesehen.

Von einem Augenblick zum anderen war Miwako Kanbayashi eine gefeierte Dichterin. Angebote von Fernsehsendern und dergleichen flatterten ihr nur so ins Haus, und andere Verlage versuchten, sie abzuwerben.

Aber Miwako tat nichts ohne meine Zustimmung und nahm keine Einladung an, die nicht zuvor durch meine Hände gegangen war. Meinem Einfluss auf Miwako Kanbayashi habe ich es zu verdanken, dass ich auch von anderen Verlagen hofiert werde.

Ich fragte Hodaka, weshalb er sie kennenlernen wolle. Er interessiere sich eben für sie, antwortete er. Mir fiel kein Grund ein, ihm die Begegnung zu verwehren, obwohl ich ein ungutes Gefühl dabei hatte.

Vielleicht hatte Hodaka anfangs auch gar nicht die Absicht, sich an sie heranzumachen, und dachte nur daran, einen Film über sie zu drehen. Ich wusste ja, dass er vorhatte, sich wieder in der Filmbranche zu engagieren.

Aber die Situation entwickelte sich in eine für mich wenig wünschenswerte Richtung. Klar wurde mir dies zum ersten Mal, als ich einen Anruf von Miwako erhielt, sie sei von Herrn Hodaka zum Essen eingeladen worden. Wie sie sich verhalten solle? An ihrem Tonfall merkte ich, dass sie gern zugesagt hätte. Was mich unverhältnismäßig stark verstimmte.

Ich rief Hodaka an, um ihn zu fragen, was er bezwecke. Er wirkte nicht überrascht, offenbar hatte er mit meinem Anruf gerechnet.

»Wenn es um berufliche Dinge geht, würde ich dich bitten, das vorher mit mir abzusprechen«, sagte ich.

»Es geht aber nicht um Berufliches«, sagte er schroff. »Es ist etwas Persönliches, und ich möchte mich mit ihr alleine treffen.«

»Was soll das heißen?«

»Das heißt gar nichts. Ich möchte mit ihr essen. Das ist alles.«

»Also«, sagte ich so ruhig wie möglich. »Vielleicht bin ich ja ein bisschen dumm, entschuldige, wenn ich mich irre. Aber für mich hört sich das an, als würdest du dich für Miwako Kanbayashi als Frau interessieren.«

»Du bist überhaupt nicht dumm. Genauso ist es«, sagte er. »Ich habe Interesse an ihr. Als Frau.«

»Und das sagst du mir so einfach ins Gesicht?«

»Du hast mich gefragt. Was soll ich machen, wenn mir eine andere Frau gefällt? Muss ich aus Verpflichtung bei dir ausharren? Schließlich sind wir nicht verheiratet.«

Nicht verheiratet – diese Worte trafen mich zutiefst.

»Liebst du sie denn?«

»Auf alle Fälle gefällt sie mir.«

»Aber sie ist eine meiner Autorinnen.«

»Das ist eben Zufall.«

»Das heißt« – ich musste schlucken – »ich werde abserviert?«

»Ich weiß nicht, wie meine Gefühle für Miwako Kanbayashi sich noch entwickeln, aber wenn ich mich von dir trennen muss, um mit ihr essen zu gehen, bleibt mir wohl nichts anderes übrig.«

»Ich verstehe.«

Dieses Gespräch beendete unsere fast dreijährige Beziehung. Ich war sicher, dass Hodaka, als er Miwako um das Rendezvous bat, es schon so geplant hatte. Er sah voraus, dass ich nicht in Tränen ausbrechen und ein großes Theater machen würde. Ich kannte seine Erwartung und war zu keiner anderen Reaktion fähig.

Seine Rechnung ging noch in anderer Hinsicht auf. Er wusste, dass ich Miwako nie von unserer Beziehung erzählen würde. Und nicht nur das, auch bei den Plänen, die er mit ihr hatte, würde ich ihm nicht in die Quere kommen.

Obwohl Miwako mich mehrmals fragte, was für ein Mensch Hodaka sei, äußerte ich nie meine wahre Meinung. Ich redete mich immer damit heraus, ihn nur beruflich zu kennen.

Alles andere verbot mir mein Stolz. Aber es gab noch einen völlig anderen Grund. Ich wollte Miwako Kanbayashi nicht daran hindern, einen Mann zu finden. Das hatte mit Takahiro Kanbayashi zu tun.

Bereits als ich ihm das erste Mal begegnete, spürte ich, dass dieser Mann alles andere als geschwisterliche Zuneigung für Miwako hegte. Bis dahin hatte Miwako mir nur von ihm erzählt, aber schon da hatte ich einen seltsamen Eindruck erhalten, der sich nun bestätigte. Ich argwöhnte, dass auch Miwako besondere Gefühle für ihren älteren Bruder hatte. Auch jetzt revidierte ich diesen Gedanken nicht. Ich hielt dieses besondere Gefühl oder das, was daraus erwuchs, für Miwakos Inspirationsquelle.

Aber ich fand es wichtig, dass Miwako Interesse an einem

anderen Mann als an ihrem Bruder entwickelte. Denn dadurch würde ihr ein neuer Blick auf das Leben eröffnet, und ich konnte mir nicht vorstellen, dass eine normale Beziehung ihre Begabung beeinträchtigen würde. So gering war ihr Potenzial nicht. Und selbst wenn es so kommen würde, war eben nichts zu machen. Für bedeutende Ziele muss man Opfer bringen. Außerdem ging es nicht an, dass ich mich in ihr Leben einmischte, nur weil sich ihre Bücher dann vielleicht nicht mehr verkaufen würden. Ich mochte Miwako sehr gern. Ich wollte, dass sie glücklich wurde.

Mehr nicht.

Die wichtigste Frage war für mich, wie ernst es Hodaka wirklich mit ihr meinte. Ich hatte ein zu großes Opfer für ihn und Miwako gebracht. Ich würde ihm nie verzeihen, wenn er mich einfach nur benutzt hatte.

Hodakas Haus kam in Sicht. Ich legte mir sacht die Hand auf den Unterleib, denn ich verspürte einen leichten ziehenden Schmerz dort.

»Halten Sie bitte hier«, sagte ich zu dem Taxifahrer.

2

Inzwischen war es ganz dunkel geworden, aber die Außenbeleuchtung von Hodakas Haus war nicht eingeschaltet. Vor dem Haus parkte sein Mercedes, aber niemand saß darin.

Im Briefkasten neben dem Tor steckten Werbezeitschriften, was darauf hindeutete, dass Hodaka nicht zu Hause war. Ich wollte schon auf den Klingelknopf drücken, zog die Hand aber wieder zurück. Falls ich ungelegen kam, würde er mich einfach draußen stehen lassen.

Ich drückte leicht gegen das Tor, das sich widerstandslos öffnen ließ, und schlich um das Haus herum in den Garten. Die hohe Mauer hielt die Straßenbeleuchtung ab, und es war sehr dunkel. Nur aus dem Wohnzimmer sickerte ein Lichtstrahl.

Vorsichtig schlich ich weiter. Der Vorhang vor der Glastür war zugezogen. Das Licht fiel durch einen kleinen Spalt. Ich spähte hindurch und sah, wie Hodaka eine Art Waschmaschinenkarton mit Klebeband umwickelte. Ich wusste von Miwako Kanbayashi, dass sie für ihren gemeinsamen Haushalt mehrere neue elektrische Geräte gekauft hatten. Dazu gehörte wohl auch eine Waschmaschine.

Seltsam war allerdings, dass er den Karton zuklebte. Außerdem war auf Hodakas Gesicht keine Regung zu entdecken, sein Ausdruck war so ernst, wie schon lange nicht. Ich brachte mein Auge so nah wie möglich an den engen Spalt. Aber mehr konnte ich einfach nicht sehen.

In diesem Moment hörte ich, wie ein Wagen vorfuhr und

kurz darauf jemand die Stufen zum Eingang hinauflief. Die Tür wurde geöffnet, und der Jemand betrat das Haus. Hodaka ließ keinerlei Verwirrung erkennen, also wusste er wohl, wer da kam.

Wie erwartet, tauchte Naoyuki Suruga im Wohnzimmer auf. Auch seine Miene war düster. Sogar aus der Entfernung konnte ich sehen, dass seine Augen gerötet waren.

Nachdem die beiden einige Worte gewechselt hatten, wandten sie sich plötzlich in meine Richtung. Hodaka kam mit großen Schritten auf die Glastür zu. In Panik, dass sie mich womöglich entdeckt hatten, flüchtete ich in den Schatten des Hauses. In diesem Moment hörte ich, wie die Glastür geöffnet wurde.

»Wir können sie nur hier rausschaffen, oder?«, fragte Hodaka.

»Das wird das Beste sein«, stimmte Suruga ihm zu.

»Also dann los. Der Wagen steht vorne.«

»Gut. Aber meinst du nicht, der Boden bricht durch?«

»Es wird schon gehen.«

Als ich kurz darauf um die Ecke spähte, trugen die beiden Männer den Karton aus dem Wohnzimmer. Suruga ging vorne, Hodaka hinten.

»Leichter als gedacht. Vielleicht hätte ich das auch allein geschafft«, sagte Hodaka.

»Dann mach's doch allein«, zischte Suruga wütend.

Die Glastür stand noch offen, also würde bestimmt einer von beiden zurückkommen. Ich beschloss, noch ein Weilchen in meinem Versteck auszuharren.

Wie erwartet, kam Hodaka gleich zurück, und ich ging wieder in Deckung. Ich hörte, wie er das Wohnzimmer betrat und die Glastür schloss. Nachdem ich mich vergewissert hatte, dass er den Vorhang zugezogen hatte, schlich ich in Richtung Eingangstür.

Vor dem Haus parkte ein Kombi. Wahrscheinlich saß Suruga am Steuer. Der Karton befand sich auf der Ladefläche.

Ich hörte, wie die Haustür geöffnet und abgeschlossen wurde. Hodaka lief die Stufen hinunter.

»Was ist mit dem Pförtner?«, fragte Hodaka.

»Ist kaum da.«

»Die Wohnung ist im zweiten Stock, ja? Weit vom Fahrstuhl?«

»Direkt daneben.«

»Glück gehabt.«

Hodaka stieg in seinen Mercedes. Als hätte er nur darauf gewartet, startete Suruga seinen Kombi. Der Mercedes fuhr ihm nach.

Ich lief die Stufen hinunter und auf die Straße. Die Rücklichter der beiden Wagen waren schon nicht mehr zu sehen. Ich überlegte kurz und nahm mein Notizbuch hervor, um Naoyuki Surugas Adresse herauszusuchen, da ich aus dem Gespräch der beiden schloss, dass sie auf dem Weg zu seiner Wohnung waren.

Wie Hodaka wohnte auch Suruga in Nerima. Mir fiel auf, dass sein Apartment die Nummer 403 hatte. Das wunderte mich, weil sie doch vom zweiten Stock gesprochen hatten.

Da alles Nachdenken nichts half, beschloss ich, zu Fuß bis zu einer größeren Straße zu gehen, um ein Taxi zu nehmen. Der Fahrer ließ mich an einer Stelle unweit der Mejiro-dori aussteigen. »Es ist gleich dort an der Bibliothek«, sagte er.

Also ging ich, den Blick auf die Adressschildchen an den Strommasten gerichtet, die Straße entlang, bis ich Hodakas Mercedes entdeckte. Ich schaute mich um und sah auch das Apartmenthaus. Mit seinen vier oder fünf Stockwerken wirkte es klein, aber fein. Surugas Kombi war direkt vor dem Eingang geparkt. Der Kofferraum stand offen. Von den beiden Männern war nichts zu sehen.

Die automatisch schließende Haustür war ebenfalls offen, und ich trat in den Flur. Als die Aufzugtür gegenüber langsam aufging und ich begriff, dass vermutlich Hodaka und Suruga herauskämen, rannte ich ins Freie und versteckte mich hinter den parkenden Autos.

Die beiden verließen das Haus, als würden sie sich nicht kennen. Hodaka schritt eilig davon, während Suruga den zusammengefalteten Karton in den Kofferraum seines Wagens legte und die Klappe schloss.

Erst als der Kombi um die Ecke gebogen war, kam ich aus meinem Versteck. Die Tür zum Haus war noch immer offen. Also fasste ich mir ein Herz, ging hinein, stieg in den Aufzug und drückte entschlossen den zweiten Stock.

An der Tür direkt gegenüber vom Fahrstuhl war kein Namensschild, nur eine Klingel. Ich läutete. Erst anschließend überlegte ich, was ich sagen sollte, wenn jemand aufmachte. Nach Hodaka oder Suruga fragen?

Doch meine Überlegungen waren müßig, denn es kam keine Reaktion. Ich musterte die Tür. Sie sah nicht aus, als wäre sie abgeschlossen.

Zögernd griff ich nach dem Knauf, drehte daran und zog.

Als Erstes sah ich ein Paar weiße Sandalen, die in dem kleinen Flur standen. Mein Blick wanderte langsam weiter zu der drei Tatami großen Küche und in das Zimmer dahinter.

Dort lag jemand.

3

Sie trug ein weißes Kleid. Ich erkannte sie. Es war die geisterhafte Frau, die um die Mittagszeit in Hodakas Garten aufgetaucht war.

Ich zog meine Schuhe aus und näherte mich vorsichtig. Ich hatte es geahnt. Als ich gesehen hatte, wie Hodaka mit dem Karton hantierte, war mir ein vager Verdacht gekommen. Doch weil er so schrecklich und unvorstellbar war, hatte ich ihn von mir gewiesen.

Auf dem weichen Küchenboden mit Holzmuster stehend, starrte ich auf die Frau im Zimmer. Ihr bleiches Profil war völlig leblos.

Ich versuchte, meinen Atem zu kontrollieren. Mein Herz raste, und ich hatte das Gefühl, mich gleich übergeben zu müssen.

Plötzlich wallte in mir der einer Lektorin würdige Gedanke auf, dass ich mir alles gut einprägen müsse, da so eine Gelegenheit bestimmt nicht wiederkäme.

Der etwa zehn Quadratmeter große Raum war in westlichem Stil eingerichtet. Es gab einen kleinen Schrank, der anscheinend nur Kleidung enthielt, sowie einen Kleiderständer, auch er voller Kleider. An der gegenüberliegenden Wand befanden sich ein Frisiertisch und ein Bücherregal.

Die Frau lag neben einem Glastisch, auf dem ich bei näherem Hinsehen ein Stück Papier entdeckte. Es war ein Stück Zeitung oder ähnliches, auf dessen Rückseite mit Kugelschreiber folgendes geschrieben war:

»Nur so kann ich Dir mitteilen, was ich empfinde.

Ich warte im Himmel auf Dich.

Ich glaube fest, dass auch Du bald kommen wirst.

Präge Dir mein Bild ein.

Junko«

Das war nichts anderes als ein Abschiedsbrief. Und bei der angeredeten Person handelte es sich zweifellos um Hodaka.

Neben dem Brief stand ein Fläschchen, das mir bekannt vorkam. Die Kapseln, die Hodaka gegen seinen chronischen Schnupfen nahm.

Außerdem war da noch ein Fläschchen mit einem weißen Pulver. Das Etikett war das eines handelsüblichen Vitaminpräparats, aber es war eindeutig, dass das Pulver dem nicht entsprach. Es hätten rote Tabletten sein müssen.

Und neben den Fläschchen lagen zwei aufgebrochene leere Kapseln. Ich brauche wohl nicht zu erwähnen, dass sie von Hodakas Medikament stammten.

Mir ging ein Licht auf. Ich schraubte das Fläschchen auf und kippte mir die Kapseln auf die Handfläche. Es waren acht, aber bei genauerem Hinsehen erkannte ich, dass jede von ihnen geöffnet worden war. Überdies haftete ein feines weißes Pulver an ihnen.

Das hieß –.

Der Inhalt der Kapseln war gegen das weiße Pulver ausgetauscht worden?

In diesem Augenblick hörte ich, dass jemand aus dem Aufzug stieg. Hodaka oder Suruga konnten jeden Moment zurückkommen.

Hastig steckte ich eine der Kapseln in meine Jackentasche, füllte die restlichen wieder in das Fläschchen und kauerte mich hinter den Kleiderständer. So viel Verstecken wie an diesem Tag hatte ich lange nicht gespielt.

Ich hatte kaum Zeit, in Deckung zu gehen, als die Tür aufging und ich hörte, wie jemand eintrat. Als ich zwischen den Kleidungsstücken hindurchspähte, sah ich Suruga. Er sah erschöpft aus. Ich duckte mich noch tiefer, denn er schien in meine Richtung zu sehen.

Auf einmal hörte ich ihn leise schluchzen. »Junko, Junko«, flüsterte er immer wieder. Es klang unsagbar traurig. Als würde ein kleines Kind in der Dunkelheit weinen.

Wieder hörte ich ein leises Geräusch. Der Deckel des Medikamentenfläschchens wurde aufgeschraubt. Ich hob den Kopf, um zu sehen, was geschah. In diesem Moment fiel eine Mütze herunter, die nur locker dort aufgehängt war. Suruga verstummte augenblicklich.

Eine beängstigende Stille trat ein, während er mit zusammengekniffenen Augen in meine Richtung schaute.

»Tut mir leid«, sagte ich und stand auf.

Naoyuki Suruga riss die Augen auf. Seine Wangen waren nass. Er kniete auf dem Boden, und seine rechte Hand ruhte auf der Schulter der Frau. Er trug Handschuhe.

»Frau Yuki...zasa?«, stammelte er endlich. »Was ... machen Sie denn hier?«

»Entschuldigen Sie, aber ich bin Ihnen gefolgt.«

»Seit wann?«

»Die ganze Zeit. Hodaka benahm sich so seltsam, also bin ich zu seinem Haus gefahren. Dort habe ich gesehen, wie Sie beide den großen Karton hinausschafften.« Noch einmal entschuldigte ich mich mit leiser Stimme.

»Wirklich?« Ich merkte, wie sämtliche Kraft aus seinem Körper wich. Er blickte auf die am Boden liegende Frau. »Sie ist tot.«

»Ich weiß. Ist sie in seinem ... Hodakas Haus gestorben?«

»Sie hat im Garten Selbstmord begangen. Kurz davor hat sie mich noch angerufen.«

»Ah, im Restaurant ...«

»Wie Sie sich denken können, war sie eine Freundin von Hodaka.« Suruga wischte sich die Tränen aus den Augen. »Sie hat sich aus Verzweiflung über seine Hochzeit umgebracht.«

»Die Arme. Wegen so einem Kerl.«

»Ja, wirklich. Er ist ein Schuft.« Suruga stieß einen tiefen Seufzer aus und kratzte sich am Kopf.

Ich hätte ihn gern gefragt, ob er selbst in die Frau verliebt gewesen sei, aber das konnte ich natürlich nicht tun.

»Und warum haben Sie die Leiche hierher gebracht?«

»Hodaka wollte das so. Er könne es nicht ertragen, wenn am Morgen seiner prunkvollen Hochzeit bekannt würde, dass in seinem Garten jemand Selbstmord begangen hat.«

»Ich verstehe. Und wann gedenken Sie, ihren Tod bei der Polizei zu melden?«

»Das haben wir nicht vor.«

»Was?«

»Hodaka will, dass ein Außenstehender sie findet. Es soll so aussehen, als hätte es keine Beziehung zwischen ihm und Junko gegeben. Somit kann er natürlich auch nicht wissen, dass sie tot in ihrer Wohnung liegt.« Suruga verzog kummervoll das Gesicht. »Er will nicht, dass die Polizei ihn auf der Hochzeitsreise stört.«

»Aha.«

Zunehmend umwölkte Düsterkeit mein Herz. Obwohl die Umstände mehr als seltsam waren, sprach ich überraschend ruhig, andererseits nahm meine Bestürzung immer mehr zu.

»Sie heißt Junko, nicht wahr?«, sagte ich mit einem Blick auf den Abschiedsbrief.

»Junko Namioka«, sagte Suruga rau.

»Die Polizei wird nach einem Motiv für Junkos Selbstmord suchen. Dabei wird sie zwangsläufig auf ihr Verhältnis mit Hodaka stoßen, oder?«

»Kann ich nicht sagen, aber möglich ist es.«

»In dem Fall kann er sich nicht mehr rauswinden. Was hat er dann vor?«

Auf meine Frage lachte Suruga. Verblüfft schaute ich ihn an und fragte mich, ob er jetzt verrückt geworden war. Doch bei genauerem Hinsehen merkte ich, dass es ein bitteres, gezwungenes Lachen war.

»Offenbar soll ich dafür herhalten.«

»Wie meinen Sie das?«

»Ich soll so tun, als wäre ich ihr Freund gewesen und hätte sie sitzen gelassen. Damit es so aussieht, als hätte sie sich wegen mir umgebracht.«

»Ach so ...«, sagte ich beeindruckt. Das war wirklich raffiniert.

»Der Abschiedsbrief, der neben ihr lag, hat keine Anrede. Haben Sie das bemerkt?«

»Stimmt.«

»In Wirklichkeit stand ganz oben: An Makoto Hodaka. Aber Hodaka hat es ruckzuck mit einem Papiermesser abgetrennt.«

»Ach was?« Ich schüttelte unwillkürlich den Kopf. »Und das haben Sie zugelassen?«

»Hurra habe ich nicht geschrien.«

»Aber Sie machen mit.«

»Hätte ich ihm sonst geholfen, die Leiche hierher zu bringen?«

»Stimmt auch wieder.«

»Eins müssen Sie mir versprechen.« Suruga sah mir ins Gesicht.

»Was denn?«

»Sie müssen alles, was Sie in diesem Haus gehört und gesehen haben, vergessen, sobald Sie es verlassen.«

Ich lächelte verhalten.

»Es wäre sinnlos, wenn ich es der Polizei erzählen würde, oder?«

»Versprechen Sie es!« Suruga sah mir fest in die Augen.

Ich nickte kurz. Nicht, weil ich mich zur Loyalität bemüßigt fühlte, sondern um einen Trumpf in der Hand zu haben.

»Gut, dann lassen Sie uns möglichst schnell von hier verschwinden. Es fehlte noch, wenn uns jemand hier erwischt, weil wir so rumtrödeln.« Suruga erhob sich.

»Eine Sache noch. Wie lange waren Junko und Hodaka befreundet? Und wie eng?«

»Ich weiß nicht mehr genau. Aber bestimmt über ein Jahr. Bis vor kurzem. Sie hielt sich ja noch immer für Hodakas Verlobte. Immerhin waren sie so eng, dass sie dachte, er würde sie heiraten. Sie war sogar mal schwanger von ihm.«

»Ach?«

»Natürlich hat sie abgetrieben.« Suruga nickte.

Die Düsterkeit breitete sich noch weiter in meinem Herzen aus. Schwanger – ich legte die Hand auf meinen Unterleib. Dieser traurige ziehende Schmerz. Ob diese Junko ihn wohl auch verspürt hatte?

Ich hatte meine Schwangerschaft erst kurz nach der Trennung von Hodaka bemerkt und ihm nichts davon erzählt. Ich glaubte nicht, dass ich ihn damit hätte umstimmen können. Außerdem wusste ich, dass er kein Mann war, der seine Meinung änderte.

Und als ich all das durchmachen musste, hatte dieser Mann neben Miwako noch eine Frau gehabt. Nicht nur das, er hatte sie sogar geschwängert. Für diesen Mann war auch ich nicht mehr als eine der Frauen, die er geschwängert hatte, ohne je die Absicht zu haben, sie zu heiraten.

»Kommen Sie.« Suruga nahm mich am Arm.

»An was ist sie gestorben?«

»Wahrscheinlich hat sie sich vergiftet.«

»Ist das weiße Pulver da Gift?« Ich warf einen Blick zum Tisch.

»Vermutlich.«

»Daneben steht das Medikament, das Hodaka immer nimmt.

Aber in den Kapseln ist bestimmt kein Wirkstoff gegen chronischen Schnupfen.«

Als ich das sagte, holte Suruga tief Luft.

»Sie haben es gesehen?«

»Ja, vorhin.«

Er nahm das Fläschchen mit den Kapseln. »Es war in einer Papiertüte, die sie bei sich hatte.«

»Warum sie das wohl gemacht hat?«

»Natürlich, um …«, setzte Suruga an, verstummte aber.

»Sie wollte sie Hodaka unterschieben, nicht wahr?«, fuhr ich an seiner Stelle fort. »Es gegen das echte Medikament in seinem Haus vertauschen.«

»Vielleicht.«

»Aber es ist ihr nicht gelungen. Also hat sie beschlossen, allein zu sterben.«

»Obwohl wir ihr die Gelegenheit gegeben haben, es auszutauschen«, murmelte Suruga.

Ich sah ihm ins Gesicht. »Ist das Ihr Ernst?«

»Was glauben Sie?«

»Keine Ahnung.« Ich zuckte kurz mit den Schultern.

»Lassen Sie uns gehen. Allzu lange hierzubleiben ist riskant.« Nach einem Blick auf seine Uhr schob er mich vorwärts.

Er beobachtete, wie ich mir die Schuhe anzog.

»Ach so, Ihre Schuhe waren das«, sagte er. »Sie trug ja keine Schuhe von Ferragamo oder so.«

Ich fand, dass er Junko Namioka ziemlich gut kannte.

»Haben Sie auch nichts angefasst?«, fragte er.

»Wieso?«

»Wegen der Fingerabdrücke.«

»Ach so, ja, den Türgriff.« Ich nickte.

»Stimmt, das ging ja nicht anders.« Er rieb den Knauf mit seinem Handschuh ab.

»Und das Glas mit dem Medikament.«

»Das ist schlecht.«

Nachdem Suruga das Fläschchen abgewischt hatte, drückte er es noch einmal an die Hand der toten Junko, ehe er es zurück auf den Tisch stellte.

»Ach ja, das muss ich auch mitnehmen.« Er zog eine Schnur aus der Steckdose an der Wand. Ein Handy-Ladegerät.

»Was ist damit?«, fragte ich.

»Das Handy, mit dem sie mich angerufen hat, hat Hodaka ihr irgendwann gekauft. Es läuft auf seinen Namen, und er bezahlt die Rechnung. Er wollte es längst kündigen, hat es aber immer wieder aufgeschoben. Sie hat es wohl so gut wie nie benutzt.«

»Man kann zurückverfolgen, wo es eingeloggt war, oder?«

»Ja. Außerdem würde die Polizei, falls sie es fände, womöglich die Verbindungen überprüfen. Und dann käme heraus, dass sie mich heute Mittag angerufen hat.«

»Was für ein Schlamassel.«

»Sie sagen es!«

»Wollen Sie nicht abschließen?«, fragte ich, als wir die Wohnung verlassen hatten und vor dem Aufzug standen.

»Wenn ich jetzt abschließe, stellt sich die Frage, wo der Schlüssel geblieben ist. Es wäre doch seltsam, wenn keiner in der Wohnung ist.« Suruga kräuselte die Lippen. »Hodaka hatte keinen Ersatzschlüssel. Offenbar war er noch nie in dieser Wohnung. Wie wäre es anders zu erwarten?«

Im Aufzug zog Suruga seine Handschuhe aus. Während ich ihn von der Seite beobachtete, fiel mir ein, dass er zuvor die Flasche mit den Kapseln in der Hand gehalten hatte.

Wenn mich nicht alles täuschte, waren sechs Kapseln darin gewesen.

Ich berührte sacht meine Jackentasche und konnte die Kapsel spüren.

TAKAHIRO KANBAYASHI
DER BRUDER DER BRAUT

1

Nachdem wir im Hotel eingecheckt und unser Gepäck in unseren jeweiligen Zimmern abgestellt hatten, gingen wir sofort wieder. Miwako hatte zur Vorbereitung auf morgen einen Termin im Schönheitssalon.

Ich fragte sie, wie lange es dauern würde, und sie sagte, sie rechne mit ungefähr zwei Stunden.

»Gut, dann gehe ich solange in einen Buchladen. Danach bin ich unten in der Kaffeelounge.«

»Du könntest doch auch auf dem Zimmer warten.«

»Alleine rumsitzen ist mir zu langweilig.«

Es war mir unmöglich, allein in dem kleinen Raum die weiße Wand anzustarren, während meine Schwester sich für ihre Hochzeit schön machen ließ. Schon die Vorstellung war mir ein Graus. Aber das konnte ich ihr natürlich nicht sagen.

Wir trennten uns vor dem Aufzug im Erdgeschoss, und ich verließ das Hotel. Draußen folgte ich der Straße den Hang hinunter und stieß auf eine stark befahrene Kreuzung. Auf der anderen Seite entdeckte ich das Schild einer Buchhandlung.

Der Laden war voller Büroangestellte, die sich allerdings vor allem vor den Zeitschriftenständern drängten, sodass ich in Ruhe in den Bücherregalen nach einer Nachtlektüre stöbern konnte. Ich entschied mich für einen zweibändigen Roman von Michael Crichton. Der würde mir reichen, selbst wenn ich die ganze Nacht nicht schlafen konnte.

Anschließend kaufte ich in einem Supermarkt in der Nähe

eine kleine Flasche Early Times, Käsehäppchen und Kartoffelchips. Ich vertrug nur wenig Alkohol, und wenn ich nach einer halben Flasche Bourbon noch immer nicht schlafen konnte, war wirklich nichts zu machen.

Ich beschloss, mit meinen Einkäufen ins Hotel zurückzukehren. Da ich einen anderen Weg nahm, kam ich am Hintereingang heraus. Während ich am Zaun entlangging, schaute ich zu dem Gebäude hinauf. Es hatte etwa dreißig Stockwerke und ragte wie ein riesiger Pfeiler in den Abendhimmel. Wo sich wohl die Kapelle befand, in der morgen Miwakos Hochzeit stattfinden sollte? Und wo war der Saal für das Bankett? Während ich nachdenklich an dem Gebäude hinaufsah, schien mir meine Schwester auf absurde Weise fern. Und wahrscheinlich bildete ich mir das nicht einmal ein, sondern es war so.

Ich stieß einen kleinen Seufzer aus und ging weiter, bis ich im Augenwinkel eine Bewegung wahrnahm. Eine magere, schwarz-weiß gefleckte Katze saß, beide Beine vor sich gestellt, am Wegrand. Auch sie hatte mich gesehen. Ihr linkes Auge war vereitert.

Ich holte die Käsehäppchen aus meiner Einkaufstüte und warf ihr ein Bröckchen zu. Sie beobachtete mich wachsam, näherte sich dann dem Käse und fraß, nachdem sie ihn beschnuppert hatte.

Ich überlegte, wer von uns beiden einsamer war, die Katze oder ich.

Als ich ins Hotel zurückkam, ging ich in die Kaffeelounge und bestellte einen Royal Milk Tea. Inzwischen war es kurz nach sieben. Ich zog den ersten Band des Romans von Michael Crichton hervor und fing an zu lesen.

Punkt acht Uhr tauchte Miwako auf. Ich winkte ihr kurz mit der Rechten zu und stand auf.

»Bist du fertig?«, fragte ich und griff nach der Rechnung.

»Ja, einigermaßen«, antwortete sie.

»Was haben sie denn gemacht?«

»Nägel lackiert, Haare entfernt, Haare eingedreht ... So was eben.«

»Ein ganz schöner Aufwand, was?«

»Das war erst der Anfang. Es kommt noch viel mehr. Morgen muss ich früh aufstehen.«

Miwako langes Haar war aufgesteckt. Ihre Augen wirkten mandelförmiger, vielleicht weil ihre Augenbrauen gezupft waren. Bei dem Gedanken, dass sie nun eine Braut war, breitete sich panikartige Unruhe in mir aus.

Wir aßen im japanischen Restaurant des Hotels zu Abend. Wir sprachen kaum, und wenn, dann beschränkte sich unsere Unterhaltung auf die Speisen.

Aber als wir nach dem Essen grünen Tee tranken, sagte Miwako doch noch etwas Persönliches.

»Wer weiß, wann wir beide wieder einmal für uns zu Abend essen werden?«

»Tja, dazu wird es vielleicht nicht mehr kommen«, erwiderte ich skeptisch.

»Warum denn nicht?«

»Weil du von nun an immer mit deinem Mann essen wirst, schätze ich.«

»Auch wenn ich verheiratet bin, werde ich noch Dinge für mich tun«, sagte sie. Ihr schien etwas einzufallen. »Aber es könnte ja auch sein, dass du nicht lange allein bleibst, oder?«

»Wie meinst du das?«

»Du wirst heiraten. Irgendwann.«

»An so etwas denke ich überhaupt nicht.« Ich führte meine Teeschale zum Mund und blickte hinunter in den Hotelgarten. Auf einem der kleinen Wege ging ein Paar spazieren.

Zugleich sah ich Miwakos Gesicht, das sich in der Scheibe spiegelte. Sie hatte das Kinn in die Hand gestützt und schaute schräg nach unten.

»Ach, da fällt mir ein.« Miwako öffnete ihre Tasche und nahm einen Patchwork-Beutel heraus.

»Was ist das?«, fragte ich.

»Ein Medikamentenbeutel für die Reise. Habe ich selbst gemacht.« Sie nahm eine Schachtel Tabletten aus dem Beutel. »Weil ich heute Mittag schon zu viel gegessen habe.«

Miwako ließ sich ein Glas Wasser bringen und nahm zwei runde flache Tabletten gegen Magenbeschwerden ein.

»Und was hast du noch da drin?«

»Schau her«, sagte sie und nahm den Inhalt des Beutels heraus. »Ein Mittel gegen Erkältung, eins gegen Reisekrankheit, Pflaster ...«

»Und die Kapseln da?« Ich deutete auf ein Fläschchen mit weißen Kapseln.

»Die sind gegen Nasenkatarrh.« Miwako stellte das Fläschchen auf den Tisch.

»Nasenkatarrh?« Ich griff nach dem Fläschchen. Auf dem Etikett stand, es enthielte zwölf Tabletten. Zehn waren noch darin. »Hast du Schnupfen?«

»Das sind nicht meine. Makoto braucht sie. Er hat eine Allergie.« Miwako klopfte sich mit der flachen Hand auf die Brust. »Ach, Mist. Als ich vorhin meine Tasche aufgeräumt habe, habe ich wohl seine Pillendose nicht wieder eingepackt. Ich muss nachher eine von den Kapseln reintun.«

»Die Pillendose, die Makoto heute Mittag aus der Schublade in seinem Wohnzimmerschrank genommen hat?«

»Ja, ich soll sie ihm morgen vor der Trauung geben.«

»Aha ...«

»Ich geh mir mal kurz die Hände waschen, ja?« Miwako stand auf und ging durch das Restaurant.

Ich betrachtete das Fläschchen in meiner Hand. Warum trug meine Schwester Hodakas Medikament bei sich? Andererseits war es so verwunderlich auch nicht, da sie zusammen auf Reisen gehen würden. Dennoch machte mich diese Erklärung unzufrieden, denn letztendlich symbolisierte dieser Umstand ja etwas. Und ich war ziemlich genervt. Ich tadelte mich, weil ich mich von einer solchen Lappalie aus der Bahn werfen ließ.

Wir verließen das Restaurant und beschlossen, auf unsere Zimmer zu gehen. Es war schon nach zehn Uhr.

»Willst du nicht noch zu mir kommen? Wir unterhalten uns ein bisschen«, schlug ich vor, als wir vor Miwakos Zimmer ankamen, das direkt neben meinem lag. »Ich habe Bourbon und was zu knabbern.« Ich hob meine Einkaufstüte.

Miwako lächelte, und ihr Blick wanderte von mir zu der weißen Tüte. Dann schüttelte sie langsam den Kopf.

»Ich will noch mit Kaori und Makoto telefonieren. Außerdem will ich morgen ausgeschlafen sein. Ich bin müde und muss früh raus.«

»Dann wird es das Beste sein, du gehst zu Bett.« Ich rang mir ein Lächeln ab. Obwohl ich nicht mal weiß, ob ich überhaupt so etwas wie ein Lächeln zustande brachte. Auf Miwako wirkte es vermutlich nur wie eine seltsame Grimasse.

Sie zog den Schlüssel mit dem Metallanhänger aus der Tasche und steckte ihn ins Schloss. Drehte ihn um und öffnete die Tür.

»Schlaf gut.« Sie sah mich an.

»Du auch«, erwiderte ich.

Sie schlüpfte durch den Türspalt ins Zimmer. Unmittelbar bevor sie die Tür schließen wollte, drückte ich sie von außen wieder auf. Erschrocken sah sie mich an.

Ich starrte auf Miwakos Lippen. Dachte daran, als ich sie zuletzt geküsst hatte. Etwas drängte mich, hier und jetzt ihre weiche Wärme zu spüren. Ich sah nichts anderes mehr als ihre Lippen, und mir wurde sehr heiß.

Aber ich durfte mich auf keinen Fall hinreißen lassen, denn wenn ich das tat, würde ich es nie wiedergutmachen können.

Na und?, widersprach etwas in mir. Was macht das schon? Besser endlos tief fallen –

»Takahiro«, sagte Miwako genau im richtigen Augenblick. Ich weiß nicht, was geschehen wäre, wenn sie auch nur eine Sekunde gezögert hätte.

»Takahiro«, sagte sie noch einmal. »Bitte, morgen ist ein so wichtiger Tag.«

»Miwako ...«

»Also dann, gute Nacht.« Sie stemmte sich gegen die Tür, um sie zu schließen. Ziemlich fest sogar.

Ich drückte mit aller Kraft dagegen und sah durch den etwa zehn Zentimeter großen Spalt Miwakos gequältes Gesicht.

»Miwako«, sagte ich. »Ich will dich diesem Kerl nicht zur Frau geben.«

Sie blinzelte. Sie sah traurig aus. Doch gleich lächelte sie wieder.

»Danke, dass du es trotzdem tust. Normalerweise macht das ja der Vater.« Dann wünschte sie mir noch einmal gute Nacht und drückte energisch die Tür zu. Diesmal hielt ich sie nicht davon ab, blieb aber wie angewurzelt vor der verschlossenen Tür stehen.

2

Am nächsten Morgen wachte ich mit heftigen Kopfschmerzen auf. Etwas ungeheuer Schweres schien auf mir zu lasten, sodass ich mich kaum rühren konnte. In Höhe meines Kopfes ertönte unentwegt ein elektronisches Summen. Nur mit Verzögerung begriff ich, dass es der hoteleigene Wecker war. Mit einer vorsichtigen Bewegung drehte ich den Kopf und tastete nach dem Schalter.

Eine Welle von Übelkeit überrollte mich. Es fühlte sich an, als würde jemand meinen Magen auswringen wie einen Putzlappen. Langsam schälte ich mich aus dem Bett, um meine Organe nicht zu reizen, und kroch wie ein verwundetes Tier auf allen vieren ins Bad.

Ich schlang die Arme um die Toilette und erbrach mich, was mir einige Erleichterung verschaffte. Mühsam zog ich mich am Waschbecken hoch. Im Spiegel darüber erschien das bleiche, stopplige Gesicht eines unrasierten Mannes mit nacktem Oberkörper. Aus seinem insektenartigen Rumpf traten die Rippen hervor. Der Körper des Mannes strahlte nicht einen Funken Vitalität aus.

Unter neuerlichen Anfällen von Übelkeit putzte ich mir die Zähne und ging dann unter die Dusche. Da ich von Kälteschauern geschüttelt wurde, drehte ich sie sehr heiß auf und hielt meinen Kopf lange unter den Strahl.

Nachdem ich mir die Haare gewaschen und mich rasiert hatte, weilte ich wieder einigermaßen unter den Lebenden. Meinen

Kopf rubbelnd, verließ ich das Bad. Just in diesem Augenblick klingelte das Telefon. Es war Miwako.

»Ich bin's«, sagte sie. »Hast du noch geschlafen, Takahiro?«
»Nein, ich komme gerade aus der Dusche.«
»Wollen wir frühstücken gehen?«
»Ich habe überhaupt keinen Appetit.« Ich warf einen Blick auf den Tisch am Fenster. Die Flasche Early Times war so gut wie leer. Kein Wunder, dass ich in erbärmlichem Zustand war. »Aber einen Kaffee würde ich gern trinken.«
»Gut, dann gehen wir zusammen runter?«
»Einverstanden.«
»In zwanzig Minuten klopfe ich bei dir«, sagte sie und legte auf.

Auch ich legte den Hörer auf und ging zum Vorhang. Energisch zog ich ihn auf, und gleißendes Licht ergoss sich ins Zimmer bis ins Dunkel meines Herzens. So kam es mir zumindest vor.

Das wird mit Sicherheit ein trauriger Tag, dachte ich.

Exakt zwanzig Minuten später klopfte Miwako an meine Tür. Wir stiegen in den Aufzug und fuhren ins Erdgeschoss, wo in der Lounge das Frühstück serviert wurde. Meiner Schwester zufolge sollten auch Hodaka und seine Begleitung sich gegen neun Uhr dort einfinden.

Während Miwako Tee und Pfannkuchen bestellte, nahm ich nur Kaffee. Sie trug ein weißes Hemd und eine blaue Hose. Ohne Make-up wirkte sie wie eine Studentin auf dem Weg zu ihrem Aushilfsjob. Wäre sie über den Campus meiner Universität gegangen, wäre sie überhaupt nicht aufgefallen. In wenigen Stunden jedoch würde dieses Mädchen sich als strahlende Schönheit entpuppen.

Wie schon am Abend zuvor wechselten wir kaum ein Wort. Mir fiel nichts ein, was ich ihr hätte sagen können, und auch sie schien kein Thema zu haben, mit dem sich ein Gespräch beginnen ließ. Niedergeschlagen beobachtete ich die anderen Gäste.

Nicht weit von uns saß ein elegant gekleidetes Paar. Ich sah mir die beiden genauer an, erkannte aber keinen von ihnen.

»Was guckst du denn so?« Miwako hielt beim Schneiden ihres Pfannkuchens inne.

»Vielleicht sind das schon Gäste von euch, die ein bisschen zu früh gekommen sind«, sagte ich.

»Ich kenne sie auch nicht«, sagte sie. »Aber Makoto hat eine Menge Leute eingeladen.«

»Hundert oder hundertfünfzig Personen?«

Miwako überlegte. »Ich glaube noch mehr«, sagte sie.

Erstaunt schüttelte ich den Kopf. Allein der Umstand, dass er so viele Bekannte hatte, ließ tief blicken.

»Wie viele Gäste hast du eingeladen?«

»Achtunddreißig«, sagte sie knapp.

»Aha.« Ich dachte daran, sie nach den einzelnen zu fragen, ließ es dann aber sein. Stattdessen grübelte ich wieder einmal über den unebenen Weg nach, den meine Schwester und ich gegangen waren.

Miwako, die inzwischen mit ihrem Pfannkuchen fertig war, blickte über mich hinweg und lächelte. Es gab nur einen Menschen, den sie so anschaute. Ich wandte mich um und sah, dass, wie erwartet, Makoto Hodaka die Lounge betreten hatte.

»Guten Morgen!« Hodaka lächelte Miwako zu und schenkte auch mir ein kurzes Lächeln. »Habt ihr gut geschlafen?«

Miwako bejahte.

Wenig später tauchte auch Naoyuki Suruga auf und wünschte uns höflich einen guten Morgen. Er trug bereits einen förmlichen Anzug.

»Wir haben noch eine professionelle Vorleserin gefunden, wie wir es gestern besprochen hatten«, sagte Hodaka, während er es sich neben meiner Schwester bequem machte. Als die Bedienung kam, um seine Bestellung aufzunehmen, bat er um einen Kaffee.

»Für mich bitte auch.« Suruga nahm ebenfalls Platz. »Also, freundlicherweise hat sich gestern noch eine Bekannte – sie ist angehende Radiosprecherin – bereit erklärt, die Aufgabe zu übernehmen. Sie ist zwar kein Vollprofi, aber wir hatten ja so wenig Zeit ...«, wandte er sich vorwurfsvoll an Hodaka, von dem die plötzliche Idee stammte.

»Sie wird schon nicht stottern«, sagte dieser.

»In dem Punkt kann ich dich beruhigen.«

»Dann ist doch alles gut.«

»Und die Gedichte, die sie vorträgt, sucht Miwako aus, nicht wahr? Ich habe mir erlaubt, eine Vorauswahl zu treffen.« Suruga nahm Miwakos Gedichtband aus seiner Mappe und legte ihn vor sie hin. Er war mit gelben Zetteln markiert.

»Mir würde ›Blaue Hand‹ gefallen. Das, wo du als Kind davon träumst, auf dem blauen Meer zu leben«, sagte Hodaka mit verschränkten Armen.

»Ja«, antwortete Miwako ohne große Begeisterung.

Innerlich lachte ich höhnisch. Hodaka hatte keine Ahnung, dass das Leben im blauen Meer für meine Schwester »das Jenseits« bedeutete.

Die drei begannen nun unter sich zu beraten, und ich kam mir überflüssig vor. In diesem Moment näherten sich uns zwei Damen. Eine davon war Kaori Yukizasa in einem Pepita-Kostüm. Die andere hatte ich auch schon ein paar Mal gesehen. Sie war jünger und ihre Assistentin. Als Miwakos Gedichte erschienen, war sie mehrmals bei uns gewesen, und ich wusste, dass sie Eri Nishiguchi hieß.

Die beiden gesellten sich zu uns.

»Ihr seid viel zu früh«, sagte Hodaka.

»So früh ist es doch gar nicht. Wir haben schließlich noch eine Menge zu tun.« Nach einem Blick auf ihre Uhr wandte Kaori Yukizasa sich Miwako zu. »Du solltest allmählich in den Schönheitssalon gehen.«

»Ja, wirklich, ich muss mich beeilen.« Miwako sah auf die Uhr, nahm ihre Tasche und stand auf.

»Und das Gedicht ›Fenster‹ geht auch in Ordnung?«, fragte Suruga noch.

»Ja. Die anderen überlasse ich Ihnen. – Ach ja, und Makoto!« Miwako sah ihren Bräutigam an. »Die Pillendose mit deinem Medikament steht in meinem Zimmer, vielleicht kann sie dir später jemand holen.«

»Danke. Peinlich, wenn mir bei der Trauung die Nase läuft, ganz zu schweigen von einem Niesanfall.« Hodaka lachte.

Als Miwako und die beiden Frauen sich entfernten, brach ich ebenfalls auf. Hodaka und Suruga hatten wohl noch einiges zu besprechen und blieben.

Die Trauung sollte gegen Mittag beginnen. Davor musste ich auschecken, und ich wollte mich noch so lange wie möglich auf dem Zimmer aufhalten. Aber als einziger Blutsverwandter der Braut konnte ich auch nicht erst in letzter Minute auftauchen.

Obwohl die Übelkeit inzwischen fast weg war, spürte ich noch immer einen stechenden Schmerz im Hinterkopf. Auch mein Nacken fühlte sich ganz steif an. Einen derartigen Kater hatte ich schon ewig nicht mehr gehabt. Am besten, ich würde mich eine Stunde hinlegen. Ich sah auf die Uhr. Es war noch nicht einmal zehn.

Als ich meine Zimmertür aufschloss, bemerkte ich, dass zu meinen Füßen etwas lag. Ein Umschlag.

Wie sonderbar. Jemand musste ihn unter der Tür durchgeschoben haben, aber wer sollte so etwas tun? Es schien sich nicht um eine Mitteilung vom Hotel zu handeln.

Mein Name und meine Adresse standen darauf: Takahiro Kanbayashi. Beim Anblick der kantigen, exakten Zeichen überkam mich ein ungutes Gefühl, denn dass alles mit Hilfe eines Lineals geschrieben war, konnte nur eins bedeuten.

Vorsichtig öffnete ich den Umschlag, in dem sich ein Blatt im

B5-Format befand. Als ich den mit Computer geschriebenen Inhalt las, begann mein Herz zu hämmern.

Ich weiß, dass Du einen Umgang mit Miwako Kanbayashi hattest, der über eine geschwisterliche Beziehung hinausgeht. Wenn Du nicht willst, dass dies öffentlich bekannt wird, tue Folgendes:

In diesem Umschlag findest Du eine Kapsel. Die musst Du gegen Makoto Hodakas Medikament austauschen. Entweder in der Originalflasche oder in seiner Pillendose.

Ich wiederhole: Wenn Du das nicht tust, werde ich Euer widernatürliches Treiben bekannt machen. Solltest Du zur Polizei gehen, geschieht das Gleiche.

Verbrenne diesen Brief, sobald Du ihn gelesen hast.

Ich drehte den Umschlag auf den Kopf, und eine winzige Plastiktüte fiel mir in die Hand, in der sich, wie im Brief angekündigt, eine weiße Kapsel befand. Ich wusste, dass sie genauso aussah, wie Hodakas, denn ich hatte die Kapseln ja gestern gesehen. Und die Person, die den Brief geschrieben hatte, wusste das auch.

Was sich wohl in der Kapsel befand? Bestimmt kein Mittel gegen Schnupfen. Wenn Hodaka sie einnahm, würde wahrscheinlich etwas Ungewöhnliches mit ihm geschehen.

Wer wollte mich zu dieser Tat veranlassen? Und wer wusste von meinem »widernatürlichen Treiben«?

Ich verbrannte Brief und Umschlag in dem Aschenbecher, der auf dem Tisch stand. Dann öffnete ich den Schrank und schob das Tütchen mit der Kapsel in die Tasche des Anzugs, den ich zur Trauung tragen würde.

3

Nachdem ich mich ein wenig beruhigt hatte, machte ich mich auf den Weg zum Schönheitssalon. Am Ende hatte ich kein Auge zugetan. Es war jetzt genau elf Uhr.

Als ich dort eintraf, ging gerade die Tür auf, und Eri Nishiguchi kam mir entgegen. Überrascht sah sie mich an.

»Ist Miwako noch drin?«, fragte ich.

»Sie ist schon in der Brautgarderobe«, erwiderte sie mit einem sympathischen Lächeln.

»Und was machen Sie hier, Frau Nishiguchi?«

»Miwako hatte das hier vergessen, und ich habe es geholt.« Sie hielt Miwakos Handtasche hoch.

Wir gingen zusammen zur Garderobe. Ein starker Parfümgeruch stieg mir in die Nase. Mir wurde etwas schwindlig.

Kaori Yukizasa war auch dort. Ihr gegenüber saß Miwako in ihrem Hochzeitskleid.

»Takahiro«, flüsterte sie, als sie mich sah.

»Miwako ...«, setzte ich an, dann versagte mir die Stimme. Die Person, die vor mir saß, war nicht meine Schwester, die ich so gut kannte. Es war eine Puppe, so wunderschön, dass es mir den Atem nahm, und bald würde diese Puppe einem anderen Mann gehören.

»Es geht los!«, verkündete jemand von hinten. Alle begannen den Raum zu verlassen. Dennoch starrte ich Miwako weiter an.

Als wir allein waren, brachte ich es endlich heraus. »Du bist wunderwunderschön.«

»Danke«, wollte sie sagen, bekam aber keinen Ton heraus.

Ich durfte sie nicht zum Weinen bringen, das würde ihr Make-up ruinieren. Dennoch schlug der Impuls, etwas Verrücktes zu tun, wie eine Woge über mir zusammen. Ich trat sehr nah an sie heran, ergriff ihre behandschuhte Hand und zog sie an mich.

»Nein, nicht«, sagte sie.

»Schließ die Augen.«

Sie schüttelte den Kopf. Ich ignorierte es und näherte meine Lippen ihrem Mund.

»Nein, nicht«, sagte sie noch einmal.

»Nur ganz leicht. Es ist doch das letzte Mal.«

»Trotzdem.«

Ich zog sie noch näher. Und meine Schwester schloss die Augen.

NAOYUKI SURUGA
DER MANAGER

1

Es würde ein langer Tag werden.

Die Uhr zeigte halb elf, wir trafen letzte Vorbereitungen. Das war so etwas wie Hodakas persönliche Note, bis zum letzten Augenblick an einem wirkungsvollen Auftritt zu feilen. Außerdem war es selbstverständlich, dass wir uns nach Kräften bemühten, denn dies war ja ein ganz besonderer Moment.

»Und sorg bitte dafür, dass die Musik genau zum richtigen Zeitpunkt einsetzt. Wenn wir das vermasseln, war alle Mühe umsonst«, sagte Hodaka, der einen doppelten Espresso trank.

»Alles klar. Ich schärfe es dem Zeremonienmeister noch mal ein.« Ich schob den Ordner in meine Aktentasche.

»Gut, dann ziehe ich mich jetzt endlich um.« Hodaka ließ kurz die Schultern kreisen, um sie zu lockern. »Obwohl der Anzug eines fast vierzigjährigen Bräutigams bestimmt keinen interessiert.«

»Ein bisschen von Miwakos Glanz wird ja auch auf dich fallen.«

»Das auf jeden Fall.«

Hodaka schaute sich kurz um und kam näher an mich heran.

»War heute Morgen alles in Ordnung?«

»Wie meinst du das?«

»In eurem Apartmenthaus natürlich«, flüsterte Hodaka. »Hast du einen Polizeiwagen gesehen oder einen Menschenauflauf?«

»Ach so.« Endlich begriff ich, was er meinte. »Als ich aus dem Haus ging, war alles ruhig.«

»Das heißt, man hat sie noch nicht gefunden.«

»Wahrscheinlich nicht«, erwiderte ich.

Bei aller Aufregung war ich doch erleichtert, dass er von Junko Namiokas Leiche sprach. Bisher hatte er sie, seit wir uns am Morgen im Foyer getroffen hatten, überhaupt nicht erwähnt, und ich hatte mich gefragt, ob er mit dem Vorfall schon abgeschlossen hatte. Aber so unbekümmert war wohl nicht einmal er.

»Wann meinst du, wird man sie finden?«, fragte er.

»Die Tierklinik, in der sie arbeitet, hat heute geschlossen, also frühestens morgen. Wenn sie nicht zur Arbeit kommt, wird wahrscheinlich jemand misstrauisch und geht bei ihr vorbei. Und da ihre Tür nicht abgeschlossen ist, muss er sie ja finden.«

»Ich würde das gern noch hinausschieben. Es wäre besser, sie würde möglichst spät gefunden.«

»Ein bisschen früher oder später ist doch egal.«

Hodaka schnalzte ob meiner Begriffsstutzigkeit mit der Zunge.

»Ausgerechnet am Tag vor meiner Hochzeit bringt sie sich um. Da würde die Polizei doch eins und eins zusammenzählen. Außerdem hat Miwakos Bruder Junko gestern Mittag gesehen. Wenn er von ihrem Selbstmord erfährt, wird ihm das auf jeden Fall komisch vorkommen. Vielleicht hat er Miwako sogar schon von der rätselhaften Frau im Garten erzählt. Am liebsten wäre es mir, Junko würde erst gefunden, wenn Kanbayashi sie längst vergessen hat.«

Es ist nicht zu ändern, deine Hochzeit war eben die Ursache für Junkos Selbstmord, hätte ich gern gesagt, schwieg aber.

»Ach ja, das habe ich noch vergessen, dir zu geben.« Hodaka zog ein Blatt Papier aus der Tasche.

»Was ist das?«

Ich faltete es auseinander. Es war eine hingekritzelte Liste mit Markennamen und Artikeln: »Chanel (Ring, Uhr, Tasche), Hermès (Tasche)«.

»Das sind Sachen, die ich Junko gekauft hatte«, sagte Hodaka.

»Eine Liste deiner Geschenke?«

Plötzlich fragte ich mich, ob Junko womöglich einer Geschenkoffensive erlegen war, erinnerte mich jedoch sofort daran, dass sie nicht dieser Typ Frau gewesen war. Sie hatte etwas ganz anderes von Hodaka gewollt. Bei dem Gedanken tat mir das Herz weh.

»Bestimmt habe ich etwas vergessen, aber im Großen und Ganzen war das alles. Merk dir die Sachen.« Hodaka nippte an seiner Espressotasse.

»Wozu denn?«, fragte ich.

Wieder verzog er unwillig das Gesicht. »Kapierst du das nicht? Wenn die Leiche gefunden wird, wird die Polizei Junkos Wohnung durchsuchen. Wenn dann bei ihrem verhältnismäßig niedrigen Einkommen ein teurer Gegenstand nach dem andern zum Vorschein kommt, können sie sich denken, dass es da einen Mann gab. Da kommst du ins Spiel. Wie ich es dir gestern erklärt habe. Du warst die ganze Zeit mit Junko zusammen. Also sind auch die Geschenke von dir.«

»Und die Liste soll ich lernen, weil es komisch wäre, wenn ich mich nicht an meine eigenen Geschenke erinnern könnte?«

»Jetzt hast du's kapiert. Es sind ganz normale Dinge. Wenn du gefragt wirst, wo du sie gekauft hast, sagst du einfach, du hättest sie von Auslandsreisen mitgebracht.«

»Im Gegensatz zu dir bin ich so gut wie nie im Ausland«, entgegnete ich sarkastisch.

»Dann sagst du, du hättest sie auf der Ginza gekauft. Das Zeug gibt es überall. Die jungen Frauen von heute sind verrückt nach Markennamen, über etwas Originelles freuen sie sich nicht. In dem Punkt war Junko pflegeleicht.«

»Hodaka!« Ich blickte wütend in sein ungerührtes Gesicht. »Pflegeleicht – spinnst du?«

Ich wollte Junko verteidigen. Aber Hodaka fasste meine Empörung ganz anders auf. Er nickte.

»Völlig richtig. Eine pflegeleichte Frau hätte sich nicht am Abend vor meiner Hochzeit umgebracht.«

Sprachlos starrte ich ihn an. Er schien mich noch immer nicht zu verstehen und nickte wieder.

»Oh, wir sollten allmählich gehen, es wird Zeit.« Er trank seinen Espresso aus, stand auf und ging mit großen Schritten auf den Ausgang der Lounge zu.

Tot umfallen sollst du, dachte ich und starrte ihm hasserfüllt nach.

2

Als Hodaka gegangen war, bestellte ich mir noch einen Kaffee. Ich blieb bis zehn Minuten nach elf in der Lounge und machte mich dann auf den Weg zur Garderobe der Braut. Immer mehr Verwandte und Bekannte des Hochzeitspaars versammelten sich dort. Die meisten von ihnen hatte Hodaka eingeladen.

Da der Empfang erst um ein Uhr beginnen sollte, war noch ausreichend Zeit, aber die meisten Gäste waren schon früher gekommen, um an der auf der Einladung angekündigten Trauung in der Kapelle teilzunehmen. Nachdem ich dem Zeremonienmeister und dem Hotelpersonal die letzten Anweisungen gegeben hatte, ging ich in den Empfangssaal für die Gäste. Redakteure, Filmproduzenten und alle möglichen Leute aus der Branche standen in Grüppchen, tranken Cocktails und plauderten. Auch einige Schriftsteller, mit denen Hodaka befreundet war, waren gekommen. Ich machte die Runde, um alle zu begrüßen.

»Herr Suruga, so geht das aber nicht. Sie können uns doch nicht einfach Miwako Kanbayashi wegschnappen«, lallte ein Kulturveteran. Konnte der Mann von einem wässrigen Drink schon betrunken sein?

»Wegschnappen? Wieso?«

»Ihre Arbeit fließt doch jetzt in Hodakas Projekte ein? Das ist steuerlich bestimmt günstiger für sie. Aber wir haben das Nachsehen, für uns wird es noch schwieriger, Texte von ihr zu ergattern.«

»Im Augenblick ist immer noch Kaori Yukizasa für Frau Kanbayashis Arbeiten zuständig.«

»Noch – Sie sagen es. Aber Hodaka wird das Monopol auf die goldenen Eier bestimmt nicht einer Lektorin überlassen, wie ich ihn kenne.« Der Veteran griff nach einem Getränkekrug. Eiswürfel klirrten.

Der Mann war früher einmal Hodakas Lektor gewesen und gehörte zu dessen Gästen. Sein Interesse galt jedoch eindeutig Miwako Kanbayashi, was vermutlich auf den größten Teil der hier Versammelten zutraf. Jeder weiß, dass bei einer Hochzeit die Braut die Hauptperson ist, und die war heute eben Miwako Kanbayashi. Dies war Hodaka durchaus bewusst und einer der Gründe, aus denen er sie unter allen Umständen an sich binden wollte.

Während er noch seine Begrüßungsrunde drehte, erhob sich draußen Lärm. Jubelrufe ertönten. Jemand rief, die Braut würde jetzt ihre Garderobe verlassen, worauf alle einschließlich mir zum Ausgang strömten.

Miwako Kanbayashi stand mit dem Rücken zu einer Glaswand und war schlichtweg eine Augenweide. In ihrem weißen Hochzeitskleid erinnerte sie an ein wunderschönes Blumenbouquet. Ihr Gesicht, das ich nie so strahlend schön gesehen hatte, wirkte durch das professionelle Make-up wie das einer Puppe.

Beim Anblick von Miwako, die hauptsächlich von weiblichen Gästen umringt war, musste ich an Junko denken. Auch sie hatte ihr Hochzeitskleid, einen weißen Schleier und in der Hand einen Brautstrauß getragen. Was hatte sie nur dazu gebracht, in dieser Aufmachung Selbstmord zu begehen? Ich stellte mir vor, wie sie in ihrer kleinen Wohnung so vor dem Spiegel stand.

Als ich zur Seite schaute, merkte ich, dass noch jemand die Braut anscheinend mit ähnlich gemischten Gefühlen betrachtete. Takahiro Kanbayashi. Er hielt sich ein wenig abseits der Menge, die sich um seine Schwester scharte, und musterte sie mit verschränkten Armen. Sein Gesicht war ausdruckslos. Ich überlegte, was ihn wohl bewegte, und meine Neugier wuchs, zugleich fürchtete ich mich davor, unter die Grabplatte zu spähen.

»Na, wen haben Sie denn da im Auge?«, sprach mich plötzlich jemand von der Seite an. Kaori Yukizasa stand direkt neben mir.

»Ach, Sie sind es ...«

Kaori Yukizasa war meinem Blick gefolgt und hatte sein Ziel sofort entdeckt.

»Sie haben den Bruder der Braut im Visier, stimmt's?«

»Nicht speziell. Er fiel mir nur zufällig auf.«

»Machen Sie mir nichts vor. Mich macht er auch nervös.«

»Wieso nervös?«

»Meinen Sie nicht, er könnte Unheil anrichten?« Sie sah mich vielsagend an. »Vorhin ist er in die Brautgarderobe gekommen.«

»Immerhin ist er ihr einziger Blutsverwandter, da ist das doch normal.«

»Er hat gewartet, bis wir alle draußen waren. Er hatte es darauf abgesehen, mit ihr allein zu sein.«

»Ich verstehe.«

»Nach ungefähr fünf Minuten kam er allein wieder heraus.«

»Na und?« Ich verstand nicht, worauf Kaori Yukizasa hinauswollte. Sie senkte die Stimme.

»Er hatte etwas Rotes am Mund ...«

»Etwas Rotes?«

Sie nickte kurz.

»Lippenstift. Miwakos Lippenstift.«

»Du meine Güte. Da haben Sie sich bestimmt verguckt.«

»Ich bin eine Frau. Ich sehe auf den ersten Blick, ob etwas Lippenstift ist oder nicht.« Kaori Yukizasa blickte geradeaus, fast ohne den Mund zu bewegen. Ein unbeteiligter Beobachter hätte ihr nichts angemerkt.

»Und wie wirkte Miwako Kanbayashi auf Sie?«, fragte ich ebenso unauffällig.

»Nach außen hin gelassen, aber ihre Augen waren gerötet.«

»Du meine Güte.« Ich stieß einen Seufzer aus.

Kaori Yukizasa und ich hatten bisher noch nie über das Verhältnis der Geschwister Kanbayashi gesprochen. Dennoch setzten wir in unserem Gespräch voraus, dass wir beide Bescheid wussten. Die Lektorin, die alle Aktivitäten ihrer Dichterin begleitete, nahm wohl an, dass ich, der eigentlich gar nichts von der verbotenen Liebe der Geschwister hätte wissen dürfen, diese ebenfalls bemerkt hatte.

»Ich hoffe jedenfalls, dass das ganze Ereignis reibungslos über die Bühne geht«, sagte ich, den Blick nach vorn gerichtet. Ich verbeugte mich leicht, als ein mir bekannter Lektor sich an uns vorbeidrängte.

»Gibt es übrigens Neuigkeiten in der bewussten Sache?«, fragte Kaori Yukizasa.

»Sie meinen wegen gestern?«, fragte ich hinter vorgehaltener Hand.

»Allerdings«, erwiderte sie mit einem Lächeln. Vermutlich dachte sie, es würde unnatürlich wirken, wenn sie beim Anblick der Braut ein besorgtes Gesicht machte.

»Im Augenblick nicht«, antwortete ich, ihrem Beispiel folgend, ebenfalls mit heiterer Miene.

»Haben Sie mit Hodaka gesprochen?«

»Gerade eben, ganz kurz. Er ist unverändert optimistisch und glaubt, alles würde sich zum Guten für ihn wenden.«

»Wenn sie gefunden wird, gibt es einen Skandal.«

»Damit ist zu rechnen.«

Als unser vertrauliches Gespräch so weit gediehen war, bat ein nicht mehr ganz junger Hotelangestellter in dunklem Anzug die Anwesenden mit lauter Stimme, man möge sich nun in die Kapelle begeben, da die Trauung in Kürze beginnen würde. Die Gäste setzten sich langsam in Bewegung. Die Kapelle befand sich ein Stockwerk höher.

»Bitte, nach Ihnen. Die Gäste des Bräutigams nehmen zuerst Platz, dann rücken wir langsam nach.«

»Ach so, Sie gehören zu den Gästen der Braut.«

»Wir sind in der Minderheit. Ach, ja, einen Moment noch.«

Sie drehte sich um. Weit genug entfernt, um unser Gespräch nicht mithören zu können, stand ihre Assistentin Eri Nishiguchi.

»Bitte geben Sie Herrn Suruga, was ich Ihnen vorhin anvertraut habe«, sagte Kaori Yukizasa.

Eri öffnete ihre Handtasche und nahm eine Pillendose heraus.

»Miwako hat mich vorhin gebeten, sie Herrn Hodaka zu geben. Aber ich bin bisher nicht an ihn herangekommen.«

»Sein Schnupfenmittel?« Ich öffnete den Deckel der Pillendose, die Ähnlichkeit mit einer Taschenuhr hatte. Eine weiße Kapsel befand sich darin.

»Aber ich muss jetzt auch sofort in die Kapelle«, sagte ich. Ich schloss den Deckel und schaute mich um. In dem Moment kam ein Hotelpage vorbei.

Ich hielt ihn an. »Geben Sie das bitte dem Bräutigam«, sagte ich und drückte ihm die Pillendose in die Hand.

3

Zusammen mit einigen Bekannten machte ich mich auf den Weg zur Kapelle. Unterwegs begegnete ich noch einmal dem Pagen, dem ich die Pillendose gegeben hatte.

»Der Herr war so beschäftigt. Ich solle sie in seine Garderobe legen, hat er gesagt«, erklärte er mir.

Ich fragte, ob Hodaka sein Medikament genommen habe. Nein, bisher nicht, antwortete der Junge entschuldigend.

Ich musste an Hodakas Scherz über sich als Bräutigam mit laufender Nase und Niesanfall denken. Es war unwahrscheinlich, dass er vergessen würde, seine Kapsel zu nehmen.

Wir wurden in die Kapelle geführt, die man auf dem Dach des zweistöckigen Teils des Hotelgebäudes gebaut hatte. Der Mittelgang war mit weißen Tüchern ausgelegt. Es handelte sich um den sogenannten Brautsteg. Der Zeremonienmeister wies uns laut darauf hin, ihn auf keinen Fall zu betreten. Der Altar war blumengeschmückt. Rechts gegenüber waren die Plätze für die Gäste des Bräutigams.

Hier wurde der Unterschied überdeutlich. Während auf der rechten Seite die Leute bis ganz hinten saßen, war die linke Seite nur halb so voll.

Ganz vorne auf der kurzen Seite saß Takahiro Kanbayashi in aufrechter, förmlicher Haltung. Sein Blick war schräg nach unten gerichtet. An seinem regelmäßigen, blassen Profil, das irgendwie an eine Schaufensterpuppe erinnerte, war nicht die geringste Regung abzulesen.

Vor uns auf der Bank lag ein Blatt Papier mit den Liedern, die gesungen werden sollten. Obwohl keiner der Gäste dem Christentum angehörte, schien man keine Bedenken zu haben, christliche Lieder zu singen. In der Regel hatten die Brautpaare keine Beziehung zum Christentum, aber ich erinnerte mich, dass Makoto Hodakas erste Ehe ebenfalls vor dem Altar geschlossen worden war.

Bald erschien der Priester, ein kleiner, älterer Mann mit einer goldgerahmten Brille, bei dessen Eintritt alle Geräusche abrupt verstummten.

Orgelmusik setzte ein. Der Bräutigam betrat als Erster die Kapelle. Gleich würde auch die Braut erscheinen. Ich hielt den Kopf gesenkt und blickte auf meine Hände.

Von hinten ertönten Schritte. Ich konnte förmlich vor mir sehen, wie Hodaka mit stolzgeschwellter Brust in die Kapelle Einzug hielt. Es war seine zweite Hochzeit, aber das machte ihm gewiss nicht zu schaffen. Bestimmt war er ebenso gut gelaunt wie damals.

Auf einmal verstummten die Schritte.

Ich wunderte mich. Eigentlich musste der Bräutigam doch bis an den Altar schreiten. Aber er kam nicht an mir vorbei. Ich schaute auf und drehte mich um. Seltsamerweise war Hodaka nirgends zu sehen.

Sekunden später sprangen mehrere Leute auf, die auf den Plätzen am Gang saßen. Einige Frauen schrien sogar.

»Was ist passiert?«, rief jemand.

»Oh, nein!«

»Herr Hodaka!«, schrie jemand und blickte auf den Boden. Nun erriet ich, was geschehen war.

»Verzeihung! Lassen Sie mich bitte durch!«, rief ich.

Makoto Hodaka war im Gang zusammengebrochen. Sein wachsbleiches Gesicht war hässlich verzerrt, und aus seinem Mund quoll weißlicher Schaum. Er war so entstellt, dass ich ihn im ersten Moment nicht erkannte. Aber natürlich waren es seine Frisur und sein weißer Frack.

»Einen Arzt ... Schnell, rufen Sie einen Arzt!«, wandte ich mich an die Umstehenden, die vor Schreck wie erstarrt waren. Endlich lief jemand los.

Ich sah in Hodakas Augen. Sie waren weit geöffnet und völlig leer. Wahrscheinlich erübrigte es sich, dass der Arzt die Pupillen untersuchte.

Plötzlich wurde es hell. Ein Lichtstrahl fiel von außen herein. Ich schaute hoch. Die Tür im hinteren Teil der Kapelle hatte sich geöffnet. In ihrem Rahmen sah ich Miwako Kanbayashis Silhouette. Neben ihr die Trauzeugen. Im Gegenlicht konnte ich ihren Gesichtsausdruck nicht erkennen, aber vermutlich hatte sie noch nicht bemerkt, was geschehen war.

Ihr schneeweißes Brautkleid verschwamm vor meinen Augen.

KAORI YUKIZASA
DIE LEKTORIN

1

Meine erste Aufgabe war es, Miwako in ein ruhiges Zimmer zu bringen und dafür zu sorgen, dass sie sich hinlegte. Sobald sie gemerkt hatte, dass mit Hodaka etwas nicht stimmte, war sie mit gerafftem Kleid den Brautsteg entlanggerannt, der eigentlich ihrem würdigen Einzug hätte dienen sollen. Beim Anblick ihres leblosen Bräutigams, mit dem sie in wenigen Minuten das Ehegelübde hätte austauschen sollen, fiel sie starr und ohne einen Laut zu Boden. Offenkundig hatte die seelische Belastung eine Schockstarre bei ihr ausgelöst, die es ihr unmöglich machte, auf jegliche Ansprache zu reagieren. Die Stimmen schienen nicht einmal zu ihr vorzudringen. Sie konnte weder ohne Hilfe aufstehen noch gehen.

Ihr Bruder, der als Erster an ihre Seite gestürzt war, und ich brachten sie in die Suite, in der das Brautpaar die Hochzeitsnacht hätte verbringen sollen.

»Ich hole den Arzt. Würden Sie sich bis dahin um meine Schwester kümmern?«, sagte Takahiro Kanbayashi, nachdem wir Miwako auf einen Sessel gesetzt hatten.

»Sie können sich auf mich verlassen«, sagte ich.

Als er gegangen war, zog ich Miwako das Kleid aus und führte sie zum Bett. Sie zitterte. Ihre Augen starrten ins Leere. Sie atmete unregelmäßig und keuchend und war nach wie vor nicht imstande zu sprechen. Doch als ich ihre schweißnasse rechte Hand drückte, erwiderte sie den Druck ziemlich stark.

Auf dem Bettrand sitzend, hielt ich weiter ihre Hand. Sicher würde Kanbayashi gleich mit dem Arzt zurückkommen, den man ins Hotel gerufen hatte, um nach Hodaka zu sehen, obwohl er nichts mehr für ihn tun konnte. Jetzt waren die Lebenden wichtiger.

Kurz darauf flüsterte Miwako etwas. »Wie bitte?«, fragte ich, aber es kam keine Antwort.

Ich lauschte. Sie bewegte kaum die Lippen, aber ich war ziemlich sicher, dass sie die Worte »warum, warum« murmelte. Wieder drückte ich ihre Hand.

Nach etwa zehn Minuten klopfte es an der Tür. Ich ließ Miwakos Hand los, um zu öffnen. Draußen standen ihr Bruder und ein älterer Herr in Weiß.

»Wo ist die Patientin?«, fragte der Arzt.

»Bitte, kommen Sie.« Ich führte ihn zum Bett.

Nachdem er der zitternden Miwako den Puls gefühlt hatte, verabreichte er ihr sofort ein Beruhigungsmittel. Gleich darauf schlief sie ein.

»Sie wird jetzt ungefähr zwei Stunden schlafen. Es wäre besser, wenn jemand bei ihr bliebe«, sagte der Arzt, während er seine Tasche packte.

»Ich bleibe hier«, sagte Takahiro Kanbayashi.

Ich brachte den Arzt zur Tür und wandte mich dann zu ihm um.

»Soll ich auch bleiben?«

»Nein, nicht nötig. Sie haben sicher eine Menge zu tun. Unten herrscht ein ziemliches Chaos.«

»Kann ich mir denken.«

»Hodaka«, sagte er mit unbewegtem Gesicht.

»Er ist tot, nicht wahr?« Auch ich verzog keine Miene. Was für ein Gesicht sollte man bei einer solchen Nachricht auch machen?

»Kennt man die Todesursache schon?«

»Nein, bisher nicht.« Kanbayashi schob sich einen Sessel

neben das Bett und setzte sich. Sein Blick ruhte auf seiner Schwester. Ich hatte nicht den Eindruck, als gehe Hodakas Tod ihm sonderlich nahe.

2

Zunächst fuhr ich mit dem Aufzug in den dritten Stock. Aber der Gang zur Kapelle war von uniformierten Polizisten abgesperrt.

»Moment, es hat einen Unfall gegeben. Sie können hier nicht durch«, sagte ein junger Beamter in ziemlich barschem Ton. Wortlos trat ich den Rückzug an.

Ich stieg erneut in den Aufzug und fuhr in den zweiten Stock. Aber nirgendwo war jemand. Auch das Foyer, in dem noch bis vor kurzem festlich gekleidete Menschen umhergegangen waren, war leer.

»Ah, Frau Yukizasa, da sind Sie ja«, rief jemand. Eri Nishiguchi kam mit aufgeregtem Gesicht auf mich zu. »Ich wollte Sie gerade holen.«

»Wo sind denn alle?«

»Hier entlang.«

Eri führte mich zu dem Empfangsraum für die geladenen Gäste, aber auch als wir näher kamen, war kein Geräusch daraus zu hören. Die Tür war fest verschlossen.

Eri öffnete sie. Ich betrat mit ihr den Raum, in dem die Menschen saßen, die eigentlich zur Trauung oder dem festlichen Empfang gekommen waren. Ich sah nur betrübte Gesichter. Hier und da ertönte Schluchzen. Vielleicht jemand von Hodakas Verwandten. Offenbar gab es Menschen, die den Tod dieses Mannes beweinten. Sonst war es still, und Zigarettenrauch hing in dichten, weißen Schwaden in der Luft.

An der Wand standen einige Männer, die offenbar die Anwesenden im Auge behielten. Aus ihrer ganzen Haltung schloss ich, dass es sich um Kriminalbeamte handelte.

Eri Nishiguchi ging auf einen von ihnen zu und sagte ihm etwas ins Ohr. Er nickte und trat an mich heran.

»Sie sind Frau Yukizasa, nicht wahr?«, fragte der Mann, der sein Haar sehr kurz trug. Ich schätzte ihn auf ungefähr fünfzig. Er war nicht groß, aber kräftig und breitschultrig. Auch sein Gesicht war breit, und seine grimmigen Augen schielten ein wenig.

»Ich habe einige Fragen an Sie«, sagte er.

Ich nickte wortlos, und wir gingen nach draußen. Ein jüngerer Mann folgte uns. Er hatte ein braun gebranntes Gesicht und sah aus wie ein Profi-Sportler.

Wir setzten uns auf eins der Sofas im Gang zum Foyer. Der Beamte mit dem kurzen Haar stellte sich als Watanabe vor. Er war Hauptkommissar bei der Kriminalpolizei. Der Braungebrannte hieß Kimura.

Zunächst musste ich mich ausweisen. Sie hatten Eri zwar gebeten, mich zu holen, schienen aber nicht zu wissen, wer ich war, also stellte ich mich ordnungsgemäß vor.

Als Nächstes fragte Kommissar Watanabe, wo ich denn gewesen sei. Ich erklärte ihm, ich hätte mich um die Braut gekümmert. Er nickte nachdrücklich.

»Das muss ein Riesenschock gewesen sein. Vermutlich hat sie sich hingelegt?«

»Ja.«

»Können wir mit ihr sprechen? Meinen Sie, sie ist dazu in der Lage?«

Ich zuckte die Achseln. »Wahrscheinlich hat es heute keinen Zweck.«

Ich spürte die Anspannung in meinem Gesicht. Was wollten diese Männer von Miwako hören? In ihrer jetzigen Verfassung war es zwecklos, sie zu befragen.

»Meinen Sie? Wir werden das mit dem Arzt besprechen.« Der

Kommissar warf Kimura einen Blick zu. Offenbar hatte er vor, Miwako trotz allem noch heute zu befragen, sofern der Arzt es ihm gestattete.

Kommissar Watanabe wandte sich wieder mir zu.

»Wissen Sie, dass Herr Hodaka verstorben ist?«

»Ich habe es gehört«, sagte ich. »Ich kann es noch gar nicht fassen. Es geschah so plötzlich.«

»Allerdings.« Der Kommissar nickte.

»Tatsächlich bestehen Zweifel hinsichtlich der Todesursache. Aus diesem Grund ermitteln wir. Es ist vermutlich unangenehm für Sie, aber es geht nicht anders.« Er war höflich, aber sein letzter Satz hatte etwas Einschüchterndes. Wahrscheinlich war dies die gängige Ankündigung der Polizei, dass sie bei ihren Ermittlungen keinerlei Rücksicht nehmen würde.

»Zweifel, sagen Sie?«, hakte ich nach.

»Erzählen Sie bitte von Anfang an«, sagte der Kommissar, ohne auf meine Frage einzugehen. »Natürlich waren Sie bei der Trauung anwesend?«

»Ja, war ich.«

»Haben Sie gesehen, wie Herr Hodaka zusammenbrach?«

»Nicht den genauen Moment. Ich saß auf einem der vorderen Plätze. Erst als ich den Lärm hörte, habe ich mich umgedreht.«

»Aha. Die meisten Gäste haben ausgesagt, sie hätten es nicht gesehen. Wahrscheinlich empfanden sie es als unhöflich, den Bräutigam bei seinem Einzug anzustarren.«

Ich hätte den Kommissar gern darüber belehrt, dass es immer unhöflich sei, Menschen anzustarren, aber es war mir zu mühsam, also schwieg ich.

»Dennoch haben einige gesehen, wie Herr Hodaka zusammenbrach. Diesen Zeugen zufolge schien ihm ganz plötzlich schlecht zu werden. Als hätte er einen Anfall oder so etwas. Dann ist er zusammengebrochen.«

»Einen Anfall …«

»Ein paar sagten, er habe sich, kurz bevor er stürzte, an den Hals gegriffen.«

Dazu wusste ich nichts zu sagen und schwieg.

Kommissar Watanabe beugte sich ein wenig vor und sah mich durchdringend an.

»Sie saßen bei den Gästen der Braut, aber Sie standen auch in Beziehung zu Herrn Hodaka, nicht wahr? Sie waren seine Lektorin?«

»Ja, aber nicht nur ich«, antwortete ich. Irgendwie klang das nach einer Ausflucht.

»Haben Sie je davon gehört, dass Herr Hodaka an einer chronischen Krankheit litt? Hatte er Herzprobleme oder vielleicht etwas an der Lunge?«

»Nein, nie.«

»Nahm Herr Hodaka regelmäßig Medikamente?«

Ich wollte schon antworten, ich wisse es nicht, schluckte den Satz jedoch gerade noch rechtzeitig herunter. Eine halbgare Lüge konnte mich in Schwierigkeiten bringen.

»Er nahm häufiger ein Mittel gegen Nasenkatarrh, weil ihm die Nase lief, wenn er aufgeregt war.«

»Nasenkatarrh, aha. Waren das Tabletten?«

»Kapseln.«

»Hat Herr Hodaka diese Kapseln heute auch genommen?«

»Bestimmt.«

Mein entschiedener Ton schien das Interesse des Kommissars zu wecken.

»Aha? Warum glauben Sie das?«

»Weil Miwako Kanbayashi das Medikament mir gegeben hatte. Ich sollte es an Herrn Hodaka weiterreichen.«

»Warten Sie mal einen Moment.« Kommissar Watanabe hob die Hand und warf Kimura einen Blick zu. Die Geste bedeutete wohl, dass er sich das Folgende gut merken solle, weil es wichtig war. »Miwako Kanbayashi war also im Besitz dieses Medikaments?«

»Ja. Sie wollten anschließend auf Hochzeitsreise gehen, und deshalb hatte sie wohl die Medikamente für sie beide in ihrer Obhut.«

»Aha. Wann und wo gab sie Ihnen das Medikament?«

»Kurz vor Beginn der Trauung. Es muss gegen halb zwölf gewesen sein. In der Brautgarderobe.«

»Wo bewahrte Miwako Kanbayashi das Medikament auf?«

»In ihrer Handtasche.«

Die Brautgarderobe hatte eine Größe von etwa dreizehn Quadratmetern. Gegen halb zwölf hatte Miwako noch in ihrem prachtvollen Hochzeitskleid vor dem Spiegel gestanden. Ich muss bekennen, dass ich sie um ihre Schönheit und ihren angeborenen Liebreiz beneidete. Kein bisschen beneidete ich sie allerdings um ihre Stellung als Hodakas Braut. Mein Verstand sagte mir, dass dies der Beginn ihres Unglücks war. Der Anblick der strahlenden Miwako, die nicht ahnte, welch düstere Wolken sich über ihrem künftigen Lebensweg zusammenbrauten, tat mir in der Seele weh.

Miwakos Gepäck war in einer Ecke an der hinteren Wand des Raumes zusammengestellt. Ihre Handtasche war auch dabei, und sie bat mich, sie ihr zu holen, was ich auch tat.

Eri Nishiguchi war ebenfalls anwesend. Vor unseren Augen öffnete Miwako die Tasche und nahm das Medikamentenfläschchen und die Pillendose heraus. Sie gab eine der Kapseln in die Pillendose, reichte sie mir und bat mich, sie Hodaka zu geben.

Ich nahm sie in Empfang, aber da ich fürchtete, es zu vergessen, vertraute ich sie gleich Eri Nishiguchi an.

Kurz darauf war es Zeit für die Braut, die Garderobe zu verlassen. Frau Nishiguchi und ich gingen hinaus. Unmittelbar darauf trafen wir Naoyuki Suruga, und ich wies Frau Nishiguchi an, ihm die Pillendose zu geben.

Obwohl Kommissar Watanabe nickte, maß er mich mit einem strengen Blick.

»Warum haben Sie die Dose Herrn Suruga gegeben? Und nicht gleich Herrn Hodaka?«

»Weil Herr Suruga zu den Gästen des Bräutigams gehörte. Und ich bei Miwako Kanbayashi bleiben musste.«

»Ich verstehe«, sagte der Kommissar und warf Kimura einen erneuten Blick zu. Was wohl bedeutete, er solle ja mitschreiben.

Mir fiel auf, dass die Kommissare sich nicht erkundigten, wer Herr Suruga sei. Woraus ich schloss, dass sie ihn bereits befragt hatten. In dem Fall hatten sie natürlich von ihm erfahren, dass er das Medikament von mir erhalten hatte. Dennoch hatte Watanabe so getan, als höre er zum ersten Mal von der Existenz des Mittels. Sein Verhalten machte mich nicht einmal wütend, ich bekam nur schlechte Laune.

»Heißt das, mit dem Medikament war etwas nicht in Ordnung?«, fragte ich.

»Was meinen Sie mit ›nicht in Ordnung‹?« Der Kommissar musterte mich und schielte dabei. Das unergründliche Glitzern in seinen Augen wirkte wie Verschlagenheit auf mich.

»Hat das Mittel etwas mit Herrn Hodakas Ableben zu tun?«

»Meinen Sie, ob er daran gestorben ist?«

»Also, eigentlich –« Ich brach ab. Wieder forschte ich in den Gesichtern der Kommissare, die etwas Lauerndes zu haben schienen. So hartnäckig, wie sie nach den Kapseln fragten, war ich sicher, dass sie deren Inhalt in Verdacht hatten. Sie stellten sich nur dumm, weil sie so das meiste aus ihrem Gegenüber herauszubekommen hofften. Das war ihre Ermittlungstaktik. Ich beschloss, mich darauf einzulassen.

»Heißt das, dass vielleicht jemand Gift oder so etwas in die Kapseln gefüllt hat?«, fragte ich.

»Oho!« Kommissar Watanabe schürzte die Lippen. »Eine interessante Vermutung. Wie kommen Sie darauf?«

»Nun, weil Sie so hartnäckig nach dem Medikament fragen ...«
Der Kommissar lachte. Es war ein schlaues Lachen.

»Wir versuchen nur möglichst genau in Erfahrung zu bringen, was vor Herrn Hodakas Zusammenbruch geschah. Bei dem voreiligen Schluss, er könnte vergiftet worden sein, sind wir noch nicht angelangt.«

Ich hätte entgegnen können, warum denn die Kriminalpolizei kam, wenn kein Mord vorlag, aber ich hielt lieber den Mund.

»Frau Yukizasa«, sagte Kommissar Watanabe nun etwas förmlicher. »Sie haben doch sicher einen weiteren Grund für Ihre Annahme?«

»Grund?«

»Sagen Sie nur, woran Sie denken.«

Der junge Beamte brachte sich in Position wie ein witternder Vorsteherhund. Ich spürte, dass diese Frage den beiden wirklich unter den Nägeln brannte. Natürlich zogen sie auch die Möglichkeit in Betracht, dass ich das Medikament manipuliert hatte.

»Nein, mit einem Grund kann ich Ihnen leider nicht dienen«, antwortete ich.

Kimura war seine Enttäuschung deutlich anzusehen, aber Kommissar Watanabe lächelte nur und nickte. Er wusste sicher aus Erfahrung, dass die Dinge in der Regel nicht so einfach waren.

Anschließend fragte er mich, ob mir im Umfeld des Brautpaars in letzter Zeit etwas Ungewöhnliches aufgefallen sei. Nein, nichts, antwortete ich. Eigentlich hätte ich Junko Namioka erwähnen müssen, aber ich vermutete, dass Suruga nichts gesagt hatte, also schwieg ich.

3

Schließlich hielt man uns bis nachmittags um fünf fest. Auch wenn der Empfangssaal für die Gäste einigermaßen geräumig war, baut sich natürlich Spannung auf, wenn über zweihundert Menschen über längere Zeit in einem Raum sitzen. Hodakas Verwandte und auch Gäste, die bisher geschwiegen hatten, begannen sich zu beschweren. Manche beschimpften sogar die Beamten. Überall wurden dröhnende Männer- und hysterische Frauenstimmen laut. Hätte man uns nur dreißig Minuten später entlassen, wäre es womöglich zu einem Ausbruch von Gewalt gekommen.

Nachdem die Polizei unsere Personalien und unseren Verbleib am heutigen Abend festgestellt hatte, durften wir endlich das Hotel verlassen. Ich wollte noch einmal nach Miwako sehen, aber sie war nicht mehr da. An der Rezeption erfuhr ich, dass die Geschwister Kanbayashi schon nach Hause gegangen waren. Ob die Polizei sie noch befragt hatte, konnte ich nicht in Erfahrung bringen.

Vor dem Hotel nahm ich ein Taxi. »Ginza«, sagte ich zu dem Fahrer.

Vor dem Kaufhaus Mitsukoshi auf der Ginza stieg ich aus. Im übernächsten Gebäude befanden sich im Erdgeschoss ein Café und im ersten Stock ein Restaurant mit internationaler Küche. Ich ging die Treppe hinauf. Der Uhr auf dem Kaufhaus Wako zufolge war es kurz nach sechs.

Es war Sonntag und Abendessenszeit, aber das Lokal war halb

leer. Als ich mich umschaute, sah ich an einem der hinteren Tische, am Fenster zur Harumi-dori, Naoyuki Suruga sitzen. Er hatte – vielleicht weil er fürchtete, aufzufallen – sein elegantes Jackett ausgezogen, doch aus der Entfernung sah er in seinem weißen Hemd und seiner weißen Krawatte dennoch sonderbar aus.

Als Suruga mich bemerkte, legte er seine Serviette ab. Vor ihm stand ein noch halb voller Teller mit einem Currygericht. Im Augenblick trank er Kaffee. Er musste ziemlich hungrig gewesen sein, da wir ja seit dem Morgen nichts gegessen hatten.

Kurz vor dem Verlassen des Hotels hatten wir beschlossen, uns hier zu treffen. Er war katzengleich an mir vorbeigehuscht und hatte mir ins Ohr geflüstert: »Um sechs im Restaurant neben Mitsukoshi.« Wir waren schon mehrmals dort gewesen, um die Organisation der Hochzeit zu besprechen.

Auch ich hätte Hunger haben müssen, bestellte aber vorläufig nur einen Orangensaft. Mein Magen war angegriffen.

Eine Weile wechselten wir kein Wort. Sahen uns nicht einmal an. Erst als Suruga seinen Kaffee ausgetrunken hatte, sprach er.

»Es ist alles so schrecklich«, sagte er mit einem tiefen Seufzer.

Ich blickte auf. Es war das erste Mal, dass wir uns ansahen. Surugas Augen waren blutunterlaufen.

»Was haben Sie der Polizei gesagt?«

»Ich weiß nicht mehr genau. Die haben mich ausgequetscht wie eine Zitrone. Einfach nur, was ich gesehen habe, schätze ich.« Suruga nahm eine Schachtel Marlboro vom Tisch und zog eine heraus. Im Aschenbecher lagen sechs Stummel.

»Aber«, sagte ich, »Sie haben den Kommissaren nichts von Junko Namioka erzählt?«

Suruga zündete sich mit einem Streichholz die Zigarette an, schüttelte es aus und warf es in den Aschenbecher.

»Natürlich nicht.«

»Ich habe auch nichts von ihr gesagt.«

»Das hatte ich gehofft.« Suruga schien erleichtert.

»Und die Todesursache –«

Suruga streckte die Hand aus, um mich zu bremsen, denn die Bedienung brachte gerade meinen Orangensaft.

Als sie wieder gegangen war, beugte ich mich zu ihm. »Wissen Sie, woran Hodaka gestorben ist?«

»Die Polizei hat nichts darüber gesagt. Vermutlich weiß man das erst nach der Obduktion?«

»Aber Sie wissen es?«, fragte ich.

»Genau wie Sie«, gab er zurück.

Ich nahm den Strohhalm aus dem Orangensaft und trank.

»Sie haben mich sehr ausführlich zu den Kapseln befragt.«

»Stimmt.« Suruga nickte und ließ seinen Blick durch den Raum schweifen, als befürchte er, von der Polizei beobachtet zu werden. »Mich auch. Aber unter den Umständen liegt das ja nahe.«

»Haben Sie dem Kommissar von dem Medikament erzählt?«

»Nein, er hat das Thema von sich aus angeschnitten. Offenbar hatte er von dem Hotelpagen davon gehört.«

»Von welchem Pagen?«

»Die Polizei hat zuerst untersucht, ob Hodaka, kurz bevor er zusammenbrach, etwas in den Mund genommen hat. Anscheinend konnte man aus dem Zustand seiner Leiche schließen, dass vielleicht eine Vergiftung vorliegt. Darauf hat sich der Junge gemeldet und ausgesagt, er habe ihm die Pillendose in die Garderobe gebracht. Und dass er sie von einem Herrn Suruga bekommen habe.«

»Und dann haben sie Sie vernommen. Und Sie haben natürlich gesagt, dass Sie die Pillendose von Frau Nishiguchi bekommen hatten. Denn so war es ja.«

»Sie waren zu der Zeit mit Frau Nishiguchi zusammen. Deshalb wurden Sie auch vernommen.«

»Ja, so muss es gewesen sein.« Endlich wurde der Vorgang verständlich. »Die Polizei mutmaßt wohl, jemand habe vergiftete Kapseln in das Fläschchen geschmuggelt, das Miwako bei sich hatte.«

»Ja, wenn sie Gift darin finden, kann man annehmen, dass Hodaka das Gleiche genommen hat. Aber wenn die übrigen Kapseln nichts Problematisches enthalten, bleibt das nur eine Möglichkeit. Auch wenn die Autopsie ergibt, dass er Gift im Körper hatte, wüsste man nicht, auf welche Weise er es zu sich genommen hat.«

Der Rauch, den Suruga ausblies, breitete sich vor der Scheibe aus. Die abendliche Stadtlandschaft wirkte für einen Moment wie im Nebel.

Das alles war schon seltsam. Dieser Mann und ich hatten uns noch nie so vertraulich unterhalten. Das Einzige, was uns verband, war dieser geltungssüchtige Makoto Hodaka gewesen. Doch der existierte nun nicht mehr.

Ja, tatsächlich. Er war tot. Ich verspürte den Drang, es auszusprechen. Aber ich beschloss, den Impuls zu unterdrücken, bis ich allein zu Hause war. In meiner Wohnung, hinter verschlossener Tür, bei fest zugezogenen Vorhängen.

»Hören Sie mal.« Ich neigte mich wieder Suruga zu.

»Ja?«

»Es war doch Junko Namioka, die das Gift hineingetan hat, oder?«, flüsterte ich.

Ein Anflug von Panik huschte über Surugas Gesicht. Dann schaute er sich wieder um und nickte kurz. »Könnte sein. Wie kommen Sie darauf?«

»Die Kapseln in der Flasche, die sie bei sich hatte. Die waren bestimmt vergiftet.«

»Der Gedanke bietet sich an.« Suruga zog hektisch an seiner Zigarette. »Ich hatte gedacht, dass es bei einem Versuch bleiben würde, Hodakas Medikament zu vertauschen. Aber anscheinend ist es ihr doch irgendwie gelungen, ihm eine vergiftete Kapseln unterzuschieben.«

»Aber Miwako war es doch, die die Kapsel in die Pillendose gelegt hat. Demnach müssten ja schon vergiftete Kapseln in der Flasche gewesen sein. Ich frage mich, wann Junko Namioka die Gelegenheit hatte, sie hineinzufüllen?«

»Vielleicht hat sie das schon viel früher getan. Und gar nicht gestern.« Suruga drückte seinen Zigarettenstummel im Aschenbecher aus. »Schließlich ist sie früher bei Hodaka ein und aus gegangen. Also muss sie auch gewusst haben, wo er sein Medikament aufbewahrte. Später schlich sie sich einfach ins Haus. Bei Hodakas Unachtsamkeit ergaben sich bestimmt eine Menge Gelegenheiten.«

»Das heißt wohl, sie wollte einen Doppelselbstmord erzwingen. Nun, das ist ihr gelungen, nicht wahr?«

»Genau. Hodaka hat für seine Sünden bezahlt. Und dass Frauen gefährliche und unberechenbare Wesen sind, ist ja nichts Neues.«

Ich ließ die abgedroschene Phrase unkommentiert. Was sollte das noch? Und überlegte lieber, ob die Geschichte einen Widerspruch enthielt. Aber ich konnte kein Problem entdecken.

Ich sah Suruga an. »Und wann wird Junko Namiokas Leiche gefunden?«

»In dieser Frage möchte ich Sie um Verständnis bitten. Deshalb habe ich Sie auch hergebeten«, sagte er in verbindlichem Ton.

»Worum geht es genau?«, fragte ich.

»Im Prinzip möchte ich zunächst, dass Sie von gar nichts wissen. Weder, dass Junko Namioka sich in Hodakas Garten umgebracht hat, noch, dass er und ich ihre Leiche weggeschafft haben.«

»Das verstehe ich.«

»Da die Situation sich nun geändert hat, werde ich der Polizei auch von der Beziehung zwischen Junko und Hodaka erzählen. Andernfalls gibt es keine Erklärung dafür, warum sie Hodaka Gift gegeben hat.«

»Genau.«

»Natürlich wird auch Miwako Kanbayashi davon erfahren. Das wird ein zweiter Schock für sie.«

Was Suruga sagte, leuchtete mir ein.

»Ich verstehe. Wenn es so weit ist, werde ich dafür sorgen, dass sie nicht in Panik gerät.«

»Das wäre gut. Sie hat schon genug mitgemacht.« Suruga steckte sich eine neue Zigarette an. Als er den Rauch ausblies, wirkte er gefasster als noch kurz zuvor.

»Und was haben Sie jetzt vor?«, fragte ich.

»Ich kann den Dingen nur ihren Lauf lassen«, antwortete er, während er aus dem Fenster schaute.

Nachdem wir uns vor dem Restaurant verabschiedet hatten, nahm ich ein Taxi und fuhr in meine Wohnung in Tsukishima. Unterwegs drehte ich mich immer wieder um, um mich zu vergewissern, dass mir niemand folgte. Aber die Polizei schien mich nicht zu beschatten.

Zu Hause angekommen, riss ich mir das unbequeme Kostüm herunter, in das ich mich für die Hochzeit gezwängt hatte, und stellte mich in der Unterwäsche vor den Spiegel. Die Hände an die Hüften gelegt, die Brust herausgestreckt, betrachtete ich mich.

Etwas wallte in mir auf. Ohne zu wissen, wie ich es herauslassen sollte, ballte ich die Fäuste.

Ich fühlte mich wie neugeboren. Kaori Yukizasa, deren Herz Makoto Hodaka gebrochen hatte, war auferstanden.

Ich hatte es getan, dachte ich. Ich habe ihn getötet.

NAOYUKI SURUGA
DER MANAGER

1

Nachdem ich mich von Kaori Yukizasa verabschiedet hatte, konnte ich nicht einfach nach Hause fahren wie sie. Zu Fuß kehrte ich in das Hotel in Akasaka zurück, wo ich in der Lounge mit Hodakas Vater und Bruder verabredet war. Der Vater war Taxiunternehmer gewesen, lebte jedoch inzwischen im Ruhestand bei seinem ältesten Sohn und dessen Frau. Hodakas Bruder, jener älteste Sohn also, arbeitete bei einer Kreditbank. Die offenkundig soliden Familienverhältnisse überraschten mich ein wenig.

Die Ehefrauen der beiden Männer ruhten sich gerade auf ihren Zimmern aus. Die Familie war heute am frühen Morgen mit ihrem Privatwagen, einem Esteem, aus Ibaraki gekommen. Sie hatten beabsichtigt, nach der Hochzeit noch eine Nacht zu bleiben, am nächsten Tag das Disneyland Tokio zu besuchen und dann über die Autobahn wieder nach Hause zu fahren. Der Bruder und seine Frau hatten ein Mädchen im Kindergartenalter. Eigentlich hätte die Kleine als Höhepunkt der Feierlichkeiten dem Brautpaar ein Bouquet überreichen sollen. Für diese bedeutende Rolle hatte man sie so kostbar ausstaffiert, dass die Eltern darauf verzichtet hatten, sich selbst neu einzukleiden. Das hatte mir Hodaka erzählt.

Und nun kam mir die Aufgabe zu, mit ihnen zu besprechen, wann, wo und wie seine Bestattung stattfinden sollte und wen man zu benachrichtigen hatte. Es gab eine Menge Entscheidungen zu treffen. Die beliebte Redensart, Beerdigungen seien dazu da, die Angehörigen von ihrer Trauer abzulenken, trifft meiner Meinung nach den Nagel auf den Kopf.

Sie waren nach Tokio gekommen, um die Hochzeit ihres Sohnes und Bruders zu feiern, und mussten sich nun mit seiner Bestattung befassen. Auch sie hatten selbstverständlich die weißen Krawatten abgelegt, trugen aber noch die Anzüge für die Hochzeit.

Hodakas Vater schien seit dem Morgen, an dem ich ihn kennengelernt hatte, um zehn Jahre gealtert, und nichts von dem, was ich sagte, kam bei ihm an. Dem Bruder war offenbar bewusst, dass er jetzt handeln musste, aber auch er war wie vor den Kopf geschlagen und konnte mir nicht richtig folgen. Immer wieder musste ich ihnen das Gleiche erklären und immer wieder die gleichen Fragen beantworten. Am Ende lief es darauf hinaus, dass so gut wie alle Entscheidungen von mir getroffen wurden.

Am nächsten Tag sollte ich ein Bestattungsunternehmen in Ibaraki kontaktieren. Anschließend legte ich die Kostenvoranschläge, die ich mir für mehrere Möglichkeiten hatte erstellen lassen, der Familie Hodaka vor, damit sie entscheiden konnte, welches Ausmaß die Feierlichkeiten haben sollten. Außerdem musste ich mich bei der Polizei nach der Freigabe der Leiche erkundigen. Insgesamt dauerte es etwa zwei Stunden, bis wir alles so weit besprochen hatten, obwohl das die Situation nicht richtig beschreibt, denn eigentlich redete ich die ganzen zwei Stunden fast allein.

»Es tut mir leid, dass jetzt alles an Ihnen hängen bleibt. Aber ich weiß so gut wie nichts über das Leben meines Bruders«, entschuldigte sich Michihiko Hodaka am Ende unseres Gesprächs. Seit etwa zwei Jahren sei Hodaka nicht zu Hause gewesen, nicht einmal zu Neujahr.

»Aber nein, Sie brauchen sich doch nicht zu entschuldigen. Was ich für Sie tun kann, tue ich gern«, log ich. Ich hatte vor, Vater und Sohn sich selbst zu überlassen, sobald ich alles in gewisse Bahnen gelenkt hatte. Hodakas Schulden würde ich mir jedenfalls nicht aufdrücken lassen.

»Das Leben eines Menschen hängt doch immer an einem seidenen Faden. Ausgerechnet am Tag seiner Hochzeit musste ihm das passieren. Er war körperlich immer sehr robust, ich hätte nie geglaubt, dass er einmal so etwas wie eine Herzlähmung bekäme«, sagte Michihiko Hodaka traurig.

Aus dieser Bemerkung schloss ich, dass die Polizei der Familie bisher nichts von einem möglichen Mord gesagt und stattdessen eine unverfängliche Erklärung geliefert hatte.

»Was ist denn jetzt mit seiner – wie soll ich sagen – zukünftigen Frau?«, brachte der Vater, der bis jetzt geschwiegen hatte, stockend hervor. »Miwako, so heißt sie doch«, fuhr er fort. »Ja genau, Miwako. Was wird jetzt aus ihr? Ist sie schon ins Familienregister eingetragen?«

»Nein, noch nicht«, sagte ich.

»Ah, das ist gut. Das erspart uns lästige Formalitäten«, sagte Michihiko merklich erleichtert.

Was denn für lästige Formalitäten?, überlegte ich, doch gleich fiel mir ein, dass es ihm um die Erbschaft ging. Natürlich. Stünde Miwako bereits im Familienregister, wäre sie die Erbin von Hodakas Vermögen, angefangen mit seinem Haus am Shakujii-Park. Ich musterte noch einmal Michihikos schlichtes Gesicht. Vielleicht täuschte der äußere Eindruck, und er war gar nicht so ein harmloser Charakter.

»Bitte, richten Sie seiner Braut aus, wir wünschen ihr alles Gute«, sagte der alte Vater einfach. Die Augen von zahllosen Runzeln umgeben, lächelte er.

Es war nach elf, als ich vor meinem Haus in Nerima ankam. Trotz des verhältnismäßig kühlen Wetters war mein Hemd unter den Armen völlig durchgeschwitzt. Mein Gesicht war verschmiert, die Haare klebten mir auf der Stirn, und ich fühlte mich äußerst unbehaglich.

Mein Anzugjackett über der Schulter, wollte ich gerade durch den Vordereingang ins Haus gehen, als ich vor der Tür zwei Männer stehen sah. Der eine trug einen braunen Anzug, der andere beigefarbene Chinos und ein dunkelblaues Jackett. Beide waren etwa Mitte dreißig und von ähnlicher Statur, obwohl der im braunen Anzug ein bisschen schlaksiger und größer war.

Kaum hatten sie mich entdeckt, preschten sie, wie ich es fast erwartet hatte, auf mich zu. Ich hatte auf den ersten Blick erkannt, welche Art von Menschen sie waren. Man sagt das oft, aber sie hatten tatsächlich einen besonderen Geruch.

»Herr Suruga? Wir sind von der Kriminalpolizei«, sagte der im braunen Anzug und hielt mir seinen Ausweis unter die Nase. Doi war sein Name. Der in der blauen Jacke hieß Nakagawa.

»Was ist denn noch?«, fuhr ich ihn bemüht barsch an.

»Es haben sich neue Fragen ergeben. Hätten Sie vielleicht noch etwas Zeit?«, fragte Doi.

Sie wären sowieso nicht wieder gegangen, auch wenn ich Nein gesagt hätte, davon war ich überzeugt. Außerdem interessierte mich, was die Polizei herausgefunden hatte.

»Ja, bitte«, sagte ich und schloss die Tür auf.

Meine Wohnung hat zwei Zimmer und einen Ess- und Küchenbereich, aber sie diente auch als Hodakas Projektbüro. In letzter Zeit hatte er alle möglichen Kartons angeschleppt, und es sah aus wie im Lager eines Elektrohändlers. Ich hatte eine vage Ahnung, was sich in ihnen befand, Dinge nämlich, die etwas mit seiner früheren Ehe zu tun hatten. Hodaka war nicht gerade einfühlsam, aber wahrscheinlich wollte nicht einmal er seine Frischangetraute mit T-Shirts im Partnerlook von ihm und seiner Ex-Frau und den Fotos aus seiner ersten Ehe konfrontieren.

In den Kartons befanden sich auch Sachen, die seine erste Frau ihm geschickt hatte, als sie selbst sich wiederverheiratet und keine Verwendung mehr für solche Andenken hatte.

So sei das eben bei einer Scheidung, hatte Hodaka einmal mit bitterem Lächeln gesagt.

Selbst die beiden Beamten schienen etwas erstaunt über das Chaos in der Wohnung. Vorsichtig über das Gerümpel hinwegsteigend, führte ich sie an den Esstisch. Mein Anrufbeantworter blinkte, aber ich beschloss, ihn vorerst nicht abzuhören. Womöglich hatte Kaori Yukizasa eine unbedachte Nachricht hinterlassen.

Hinter einem Karton tauchte meine Katze Sari auf. Die Besucher wachsam im Auge behaltend, schmiegte sie sich an meine Beine. Ich nahm sie hoch.

»Das ist aber eine hübsche Katze. Was ist das für eine Rasse?«, fragte Kommissar Doi. Als ich ihm sagte, man nenne sie Russisch Blau, nickte er nur unverbindlich. Vermutlich hatte er keine Ahnung von Katzen.

»Was wird aus diesem Büro, jetzt wo der Autor tot ist?«, fragte Nakagawa mit einem Blick auf das Durcheinander.

»Es wird aufgelöst«, sagte ich. »Ist doch klar.«

Die beiden Männer tauschten einen Blick. Offenkundig fanden sie die Situation einigermaßen bizarr. Unsinnigerweise stellen viele Menschen sich vor, Schriftsteller seien reich und führten ein glamouröses Dasein, um das sie sie – ebenfalls unsinnigerweise – beneiden.

»Was also wollten Sie mich fragen?«, drängte ich. Ich war sehr müde und hatte keine Lust auf überflüssiges Geplauder.

»Es geht um eine Aussage, die Takahiro Kanbayashi gemacht hat«, sagte Kommissar Doi in etwas strengem Ton. »Gestern hatten sich mehrere Personen bei Herrn Hodaka versammelt, nicht wahr? Um letzte Vorbereitungen für die Hochzeit heute zu treffen.«

»Ja.« Ich nickte. Was jetzt kam, konnte ich mir denken.

»Herr Kanbayashi hat ausgesagt, bei dieser Gelegenheit sei eine Dame im Garten erschienen.«

Wie erwartet. Ich nickte mit unbeteiligter Miene. »Ja, so war es tatsächlich.«

»Wer war diese Dame? Herrn Kanbayashi zufolge haben Sie sich ziemlich vertraulich mit ihr unterhalten.«

Dieser Takahiro Kanbayashi hatte also alles gesehen. Jetzt durfte ich nicht so ungeschickt sein, mich in eine Lüge zu flüchten.

Ich sah den Kommissar an, seufzte und schüttelte resigniert den Kopf.

»Sie heißt Junko Namioka und arbeitet in einer Tierklinik.«

»Tierklinik?«

»Ja, in der Praxis, in die ich manchmal meine Katze bringe«, sagte ich und setzte Sari ab, die zu ihrer Klappe rannte.

»Dann ist sie eine Bekannte von Ihnen?«, fragte Doi.

»Ursprünglich war sie das, ja.«

»Was heißt das?« Doi bekam einen neugierigen Blick. Auch Nakagawa beugte sich interessiert vor.

»Sie war ein Fan von Makoto Hodaka, also habe ich sie ihm vorgestellt. Bei dieser Gelegenheit sind sie sich anscheinend näher gekommen.«

»Näher gekommen? Herr Hodaka sollte sich doch heute mit einer anderen Frau verheiraten.«

»So ist es. Ja, wie soll ich sagen ...« Nachdem ich einen Blick mit Doi gewechselt hatte, zuckte ich die Achseln. »Er hat sie sitzen gelassen.«

»Darüber würde ich gern Genaueres hören.« Doi setzte sich auf seinem Stuhl zurecht. Er machte es sich richtig bequem, um seine Aufforderung zu unterstreichen.

»Das ist kein Problem, aber wäre es nicht besser, Sie würden sie selbst fragen? Sie wohnt nicht weit.«

»Ach, wirklich?«

»Ja.« Ich nickte nachdrücklich. »Sogar in diesem Haus.«

Nahezu gleichzeitig rissen die beiden die Augen auf.

»Ist das ein Zufall?«, fragte Doi.

»Ja, so könnte man sagen. Wir haben uns kennengelernt, weil wir im gleichen Haus wohnen.«

»Ich verstehe. Welche Nummer hat ihr Apartment?«

»203.«

Schon halb im Stehen, notierte Nakagawa rasch die Nummer.

»Worüber haben Sie gestern mit dieser Frau Namioka gesprochen?«, fragte Doi.

»Ich habe sie getröstet. Sie war sehr aufgeregt, wollte Herrn Hodakas Verlobte sprechen und solche Sachen.«

»Oho! Und dann?«

»Ist sie wieder gegangen. Das war's.«

Kopfschüttelnd erhob sich Doi.

»Ich glaube, wir fragen sie wirklich besser selbst.«

»Nummer 203 liegt direkt gegenüber vom Aufzug.«

Doi bedankte sich. Nakagawa hatte sich bereits die Schuhe angezogen.

Als die beiden gegangen waren, nahm ich mir eine Dose Budweiser aus dem Kühlschrank. Der Wanduhr zufolge war es zwei Minuten vor halb zwölf.

Es würde nicht lange dauern, bis die beiden wieder hier wären. Bis dahin wollte ich in Ruhe mein Bier genießen.

2

Mittlerweile war es eine halbe Stunde nach Mitternacht. Das Datum hatte gewechselt, aber der Tag war für mich noch längst nicht zu Ende. Wie erwartet, war er schrecklich lang geworden.

»Noch einmal, um ganz sicherzugehen: Junko Namioka ist vorgestern in Herrn Hodakas Garten gekommen, hat aber zu keinem Zeitpunkt das Haus betreten«, sagte Kommissar Watanabe mit grimmiger Miene.

»Soweit ich gesehen habe, war es so«, antwortete ich vorsichtig.

Das Gespräch fand in meiner Wohnung statt. Zwei Stockwerke tiefer war wohl noch die kriminaltechnische Untersuchung im Gange. Es tat mir ein bisschen leid, dass die Nachbarn auf der Etage nun so spät noch Unannehmlichkeiten hatten. Da ich die Fenster geschlossen hatte, war fast nichts zu hören, aber vor dem Haus wimmelte es von Gaffern. Von oben sah ich, dass sich alle möglichen Leute aus der Nachbarschaft um fünf Streifenwagen versammelt hatten. Es war mein Plan gewesen, einen günstigen Zeitpunkt abzuwarten, um der Polizei von Hodakas sitzen gelassener Freundin Junko zu erzählen. Aber damit, dass man sie ausgerechnet heute Abend finden würde, hatte ich nicht gerechnet. Immerhin ersparte mir dieser Umstand einige Mühe.

Es war 23 Uhr 33 gewesen, als Kommissar Doi, etwas blass um die Nase, in meine Wohnung zurückgekommen war. Ich hatte mein Budweiser noch nicht einmal zur Hälfte getrunken.

Anschließend musste ich ihm in die Wohnung 203 folgen, um Junko Namioka zu identifizieren. »Das ist sie, ohne jeden Zweifel«, antwortete ich. Natürlich gab ich mich angemessen entsetzt und tat, als könne ich den Anblick der Leiche kaum ertragen.

Doi wies mich an, in meiner Wohnung zu warten. Irgendwann kam dann ein Hauptkommissar Watanabe, der der Verantwortliche am Tatort zu sein schien, und befragte mich zu dem Verhältnis zwischen Junko Namioka und Makoto Hodaka. Ich berichtete wahrheitsgemäß, nur, dass Hodaka und ich Junkos Leiche in ihre Wohnung verfrachtet hatten, ließ ich unerwähnt. Ich klärte ihn auch darüber auf, dass Junko Hodakas Kind abgetrieben hatte.

»Ihre Schilderung legt natürlich den Schluss nahe, dass Frau Namioka Herrn Hodaka gehasst hat. Wie war das?« Watanabe sah mir forschend in die Augen.

»Tja, einerseits vielleicht. Aber ...«, ich blickte in das kantige Gesicht des Kommissars, der vermutlich noch nie ernsthaft über die Gefühle einer Frau nachgedacht hatte, »ich glaube dennoch, sie hat Hodaka geliebt. Bis zum Schluss.«

Kommissar Watanabe nickte. Ich konnte seine Miene nicht deuten. Wahrscheinlich spielte meine letzte Bemerkung für seine Ermittlungen keine Rolle.

Es war bereits ein Uhr morgens, als die Beamten gingen und ich einen Becher Instant-Nudeln aß, um meinen leeren Magen zu besänftigen. Ein recht kärgliches Mahl zum Abschluss eines langen Tages.

Anschließend beschloss ich zu duschen. Endlich kam ich aus dem Anzug, den ich seit dem Morgen trug. Dennoch hängte ich meine Hose Bügelfalte auf Bügelfalte ordentlich auf, damit sie nicht zerknitterte. Wahrscheinlich musste ich sie noch die nächsten beiden Tage bei der Totenwache tragen.

Als ich aus dem Bad kam, fiel mir der Anrufbeantworter ein, und ich drückte den Knopf. Zu meinem Erstaunen hatte ich dreizehn Nachrichten, alle von irgendwelchen Medien, die über Hodakas Tod berichten wollten. Morgen würde der Ansturm wahrscheinlich noch schlimmer werden. Allein der Gedanke, mich damit auseinandersetzen zu müssen, bereitete mir Kopfschmerzen.

Hodakas Tod hatte sich mittags um zwölf ereignet, also war bereits in den Abendnachrichten darüber berichtet worden. Und inzwischen wusste ganz Japan davon.

Versuchsweise schaltete ich den Fernseher ein, aber gegen zwei Uhr morgens liefen nirgendwo Nachrichten.

Dann also die Zeitung, aber sonntags gab es keine Abendausgabe. Und selbst wenn, hätte noch nichts darin stehen können.

An diesem Punkt fiel mir ein, dass ich die Sonntagszeitung noch nicht heraufgeholt hatte. Nicht, dass es mich besonders drängte, sie zu lesen, aber ich beschloss, dennoch an den Briefkasten zu gehen. Außerdem konnte ich unterwegs nachschauen, wie die polizeilichen Ermittlungen vorankamen.

Also ging ich, statt den Aufzug zu nehmen, die Treppe hinunter, um zu sehen, was im zweiten Stock vor sich ging. Doch soweit ich von der Treppe aus sehen konnte, war die Tür zur Wohnung 203 geschlossen, und ich hatte auch nicht den Eindruck, als wären Kriminaltechniker darin. Sonst hätte sicher ein Uniformierter davor Wache gehalten, aber es war niemand zu sehen.

Ich stieg doch noch in den Aufzug und fuhr ins Parterre. Die Briefkästen befanden sich gleich links von der Haustür.

Dort stand ein einzelner Mann in einem dunkelgrünen Anzug, der fast schwarz erschien. Er war etwa einen Meter achtzig groß und hatte sehr breite Schultern. Offensichtlich trieb er Sport. In Abständen bückte er sich, um die Namensschilder zu lesen. Aufgeregt begriff ich, dass der Mann nun in den Briefkasten von 203 spähte. Wahrscheinlich war er von der Polizei.

Gleichgültigkeit vortäuschend, ging ich an meinen Briefkasten. Um ihn zu öffnen, musste ich einen dreistelligen Code eingeben. Dabei merkte ich, wie der große Mann zu mir herübersah. Gleich würde er mich ansprechen.

»Sie sind Herr Suruga, nicht wahr?«, bestätigte er meine Ahnung. Er hatte eine tiefe, tragende Stimme.

»Ja«, antwortete ich. »Woher kennen Sie meinen Namen?«

»Von Ihrem Briefkasten«, sagte der Mann. Er war leicht gebräunt und hatte ein markantes Gesicht. Ich schätzte ihn auf etwa Mitte dreißig.

»Und Ihr werter Name?«, fragte ich.

Der Mann machte eine leichte Verbeugung. »Ich bin Kommissar Kaga vom Polizeirevier Nerima.«

»Herr Kaga?«

»Ja, wie in Kaga Yuzen – die schwimmenden Lampions beim Hyakumangoku-Fest in Kanazawa.«

»Aha.« Eine ungewöhnliche Schreibweise. »Und was tun Sie da?«

»Ich schaue mir den Briefkasten an.« Kaga drückte auf den Tasten von 203 herum. »Aber irgendwie bekomme ich ihn nicht auf.«

Überrascht sah ich ihn an.

»Ach, ich dachte, alle Polizisten können so was.«

»Ja, es ist mir auch peinlich.« Er grinste und spähte wieder in den Briefkastenschlitz. »Aber da ist was drin, das ich gern herausholen würde.«

»Was denn?«

»Kommen Sie mal her.« Kaga winkte mich zu sich und deutete auf den Briefkastenschlitz. »Schauen Sie bitte mal. Das ist doch eine Paketbenachrichtigung, oder?«

»Sieht so aus.« Er hatte recht, aber es war zu dunkel, um zu erkennen, was darauf stand. »Was das wohl ist?«

»Sie ist von Samstagnachmittag 15 Uhr 30«, sagte Kaga und spähte noch einmal in den Briefkasten. »Aber wenn die Karte um 15 Uhr 30 eingeworfen wurde, heißt das doch, dass Frau Namioka um die Zeit nicht zu Hause war. Laut Zeugenaussagen, also Ihrer Aussage, hat Frau Namioka Herrn Hodakas Haus bereits gegen 13 Uhr verlassen. Wenn sie um diese Zeit vom Shakujii-Park aufgebrochen ist, hätte sie spätestens um 14 Uhr wieder hier sein müssen. Wo war Frau Namioka also noch?«, fragte der Kommissar scharfsichtig.

Einen Moment lang war ich verblüfft. Um 15 Uhr 30 am Samstag war Junko mit Sicherheit in Hodakas Garten gewesen. Und hatte mich kurz vor ihrem Selbstmord mit ihrem Handy angerufen.

»Das muss doch nicht heißen, dass sie nicht zu Hause war«, sagte ich.

Kaga sah mich fragend an.

»Ich meine, vielleicht war sie zu dem Zeitpunkt schon tot.«

Eigentlich war an dieser Erklärung nichts auszusetzen, aber der Kommissar vom Revier Nerima wirkte unzufrieden. »Haben Sie Zweifel?«, fragte ich.

Kaga sah mich an. »Die Leute unter ihr haben Geräusche gehört.«

»Die Leute unter ihr?«

»Ja, die Nachbarn aus 103. Am Samstagabend, es muss gegen sechs Uhr gewesen sein, denn draußen dämmerte es schon. Sie sagen, sie hätten um diese Uhrzeit definitiv Geräusche von oben gehört. Für gewöhnlich achten sie nicht so genau darauf, aber an dem Abend hat der Mann sie zufällig wahrgenommen, weil er mit einer Erkältung im Bett lag.«

»Aha.« Um die Zeit hatten Hodaka und ich die Leiche in die Wohnung geschafft. Natürlich hatten wir andere Sorgen gehabt, als auf unsere Schritte zu achten.

»Also liegt es nahe, dass Frau Namioka erst danach gestorben ist«, sagte Kaga. »Ganz anders sieht es natürlich aus, wenn es nicht Frau Namiokas Schritte waren.«

Der letzte Teil des Satzes klang so bedeutungsschwer, dass ich

Kaga forschend ins Gesicht sah. Anscheinend jedoch hatte er damit nichts Besonderes ausdrücken wollen.

»Aber ...«, ich klemmte mir die Zeitung unter den Arm und machte mich bereit, nach oben zu gehen, »könnte sie nicht, nachdem sie von Hodaka weggegangen ist, noch irgendwo herumgeirrt sein? Da sie plante, sich umzubringen, war sie seelisch sicher sehr aufgewühlt.«

»Da haben Sie recht. Aber wo war sie ...?«

Als ich die Haustür öffnete und hineinging, kam Kaga mir wie selbstverständlich hinterher. Offensichtlich hatte er vor, mit mir in den Aufzug zu steigen.

»Werden Sie noch weitere Untersuchungen anstellen?«, fragte ich, als wir einstiegen und ich die Knöpfe für den vierten und den zweiten Stock drückte.

»Nein, ich sehe mir nur den Tatort an. Reine Routine«, sagte Kaga, aber es klang keineswegs bescheiden. Sein leichtes Lächeln wirkte auf unbestimmte Weise selbstgewiss, und mir wurde etwas mulmig.

Der Fahrstuhl hielt im zweiten Stock.

»Sie hatten einen schweren Tag und müssen müde sein. Ich wünsche Ihnen eine gute Nacht«, sagte Kaga beim Aussteigen.

»Danke, Herr Kommissar. Ihnen auch.« Ich drückte den Knopf zum Schließen der Aufzugtür.

Doch Kaga steckte plötzlich die Hand zwischen die sich schließende Tür, sodass sie sich noch einmal öffnete. Unwillkürlich wich ich ein wenig zurück.

»Darf ich Ihnen noch eine letzte Frage stellen?«

»Ja, bitte«, sagte ich etwas bestürzt.

»Sie kannten ja Frau Namioka auch recht gut, nicht wahr, Herr Suruga?«

»Ja, in gewissen Grenzen«, sagte ich innerlich gewappnet. Was er wohl mit dieser Frage bezweckte?

»Was war Frau Namioka für eine Frau, Herr Suruga? Soweit

Sie es sagen können. War sie sensibel oder, wie soll ich es ausdrücken, eher der Typ, der aus einer Mücke einen Elefanten macht?«

Der Mann stellte seltsame Fragen. Was hatte er vor?

»Sie war sehr feinfühlig. Sonst hätte sie wohl nicht mit Tieren arbeiten können.«

Kaga nahm meine Antwort mit einem Nicken zur Kenntnis.

»Sie sagten, sie sei in einer Tierarztpraxis beschäftigt gewesen, nicht?«

»Ja.«

»Hat sie viel Wert auf ihr Äußeres gelegt?«

»Ich habe nie gesehen, dass sie besonders auffällig zurechtgemacht war, wenn Sie das meinen.«

»Ich verstehe. Offenbar war ihr das nicht wichtig.«

»Noch etwas?«, fragte ich etwas gereizt. Wollte der Mann die Aufzugtür ewig blockieren?

Kaga deutete auf Apartment 203.

»Es gab einen Abschiedsbrief. Sie haben davon gehört?«

»Ja.«

»Sie hatte ihn auf die Rückseite einer Wurfsendung von einem Schönheitssalon geschrieben.«

»Ach?« Ich tat, als hörte ich das zum ersten Mal.

»Finden Sie das nicht seltsam? Warum hat sie ihre letzte Botschaft ausgerechnet auf die Rückseite eines Werbeblattes geschrieben? Als wir uns in der Wohnung umschauten, fanden wir sehr schönes Briefpapier. Außerdem war der Zettel am Rand abgerissen.«

Ich hatte geahnt, dass dies jemandem auffallen würde. Darauf war ich vorbereitet.

»Wenn jemand Selbstmord begehen will, hat er den Kopf voll und verliert vielleicht den Überblick?«

»Aber so wie ich die Situation einschätze, kann ich mir nicht vorstellen, dass es ein spontaner Selbstmord war.«

Ich zuckte die Achseln und seufzte. »Ich weiß es nicht. Ich habe ja keine Erfahrung mit Selbstmord.«

»Da haben Sie recht. Ich natürlich auch nicht.« Kaga zeigte seine weißen Zähne, wurde jedoch gleich wieder ernst. »Noch etwas stört mich.«

»Und das wäre?«

»Das Gras.«

»Welches Gras?

»Frau Namioka hatte Gras im Haar. Welkes Gras. Ich frage mich, wie es da hingekommen ist. Es sei denn, sie hat sich in einen Park gelegt.«

Ich schwieg. Besser gesagt, ich war sprachlos.

»Herr Suruga«, sagte der Kommissar. »Hat Herr Hodakas Garten einen Rasen?«

Ich nickte ergeben. »Ja, der größte Teil besteht aus Rasen.«

»Ach, wirklich?« Kaga sah mir lange ins Gesicht. Ich hätte gern den Blick abgewendet, aber ich starrte tapfer zurück.

Endlich nahm Kaga die Hand aus der Aufzugtür.

»Danke, tut mir leid, dass ich Sie aufgehalten habe.«

»Macht nichts.« Als die Tür sich geschlossen hatte, konnte ich endlich aufatmen.

Ich ging in meine Wohnung und trank ein Glas Wasser. Meine Kehle war wie ausgedörrt.

Ich konnte nicht umhin, mir wegen des Schlüssels zu Junkos Apartment Sorgen zu machen. Aber wir hätten nicht von außen abschließen können, da es keinen Zweitschlüssel gab. Man konnte sich aussuchen, was sonderbarer war: dass die Wohnung keinen Schlüssel hatte oder dass sie nicht abgeschlossen war.

Aber das war schon in Ordnung, diese kleine Ungereimtheit würde die Wahrheit nicht ans Licht bringen.

Man musste nur standhaft jedes Wissen leugnen.

Allerdings –.

Und dann dieser Kommissar Kaga vom Revier Nerima. Vor

dem Mann musste man sich in Acht nehmen. Das Gras in Junkos Haar war ein törichter Fehler. Andererseits – was konnte ein einzelner Kommissar schon ausrichten?

Sari, die auf dem Esstisch eingeschlafen war, wachte auf und streckte sich. Ich nahm sie auf den Arm und stellte mich mit ihr ans Fenster. Es gehörte zu meinen kleinen Freuden, meine Katze und mich darin zu spiegeln.

»Streicheln Sie sie bitte jeden Tag auf diese Weise. Die Katze hat dann ein ähnliches Gefühl, als würde sie von ihrer Mutter geleckt.« Ich sah Junkos Profil vor mir, als sie das sagte und dabei Saris Rücken streichelte.

Endlich fiel der Vorhang dieses langen Tages.

Ich empfand kein Gefühl von Schuld. Ich hatte nur getan, was ich tun musste.

Junkos Gesicht schob sich über das Spiegelbild der Katze in der Scheibe.

Ich habe dich gerächt, Junko, flüsterte es in meinem Herzen.

Denn ich habe Makoto Hodaka getötet.

TAKAHIRO KANBAYASHI
DER BRUDER DER BRAUT

1

Wie eine erfrischende Brise zog die glasklare Sopranstimme durch mein Herz. Der erste Akt der *Hochzeit des Figaro*. Wenn ich die Augen schloss, sah ich statt Wolken einen ungetrübten Himmel über mir. Diese herrliche Stimme befreite mich von all dem dunklen Bodensatz, der sich auf dem Grund meiner Seele abgesetzt hatte. So mussten sich die Insassen im Shawshank-Gefängnis in dem Film *Die Verurteilten* gefühlt haben, als aus den Lautsprechern Gesang ertönte.

Miwakos Bett stand gleich neben mir. Beim Anblick ihres friedlichen, schlafenden Gesichts wünschte ich fast, ich könnte sie für alle Ewigkeit schlafen lassen. Denn wenn sie aufwachte, würde ja doch nur die betrübliche Gegenwart über sie herfallen.

Es war nach drei Uhr morgens, aber ich verspürte nicht die geringste Anwandlung von Schläfrigkeit.

Miwako war gegen vier Uhr nachmittags im Hotel aufgewacht. Anfangs hatte sie sich kaum erinnern können, was passiert war und warum man sie dort hatte schlafen lassen. Sie hatte mich verstört angesehen und gemurmelt: »Was ist mit mir ...?«

Ich wollte ihr die Situation erklären, weil ich glaubte, sie hätte alles vergessen. Doch bevor ich sprechen konnte, verzog sie den Mund.

»Dann war es doch kein Traum«, schluchzte sie.

Was sollte ich sagen. Ich verstand sehr gut, dass das ganze Ereignis so grauenhaft für sie war, dass sie es am liebsten für einen Albtraum gehalten hätte.

Einige Minuten weinte sie laut. Sie plärrte fast wie ein Kind, das sich wehgetan hatte. Und sie war ja auch tief verletzt worden. In ihrem Herzen war eine tiefe Wunde wie von einem Messerstich, aus der unaufhörlich das Blut strömte. Ich wachte aufmerksam über sie.

Plötzlich hörte sie auf zu weinen, stieg aus dem Bett und machte Anstalten, das Zimmer zu verlassen. Ich griff nach ihrer Hand und fragte sie, wohin sie wolle.

»Zu Makotos Haus. Ich will ihn sehen.«

Energisch versuchte sie meine Hand abzuschütteln. »Ich muss gehen, ich muss gehen«, wiederholte sie wie besessen.

»Vermutlich hat man seine Leiche bereits fortgebracht«, sagte ich. Und sie blieb abrupt stehen wie eine Aufziehpuppe, deren Mechanismus versagte.

»Wohin?«, fragte sie.

»Vielleicht in ein Krankenhaus? Die Polizei hat ihn mitgenommen, weil die Todesursache untersucht werden muss.«

»Todesursache? Polizei?« Miwako runzelte die Stirn und setzte sich aufs Bett. Sie legte beide Hände an den Kopf und schwankte. »Was ist passiert? Warum das denn? Ich verstehe überhaupt nichts.«

Ich setzte mich neben sie und legte sacht den Arm um ihre schmalen Schultern.

»Im Augenblick weiß noch niemand, was passiert ist. Sicher ist nur, dass Makoto Hodaka tot ist.«

Erneut begann sie zu schluchzen. Sie lehnte sich an mich und barg zitternd ihr Gesicht an meiner Brust, während ich ihr den Rücken streichelte.

Ich fand, sie sollte noch ein wenig schlafen, aber sie wollte nicht. Sie könne es nicht ertragen, länger hierzubleiben, es schmerze sie zu sehr. Und mir wurde erst jetzt richtig klar, dass sie in diesem Zimmer ja ihre Hochzeitsnacht hätte verbringen sollen.

Kurz darauf klopfte der Kommissar im braunen Anzug an die Tür. »Ich würde Ihrer Schwester gern ein paar Fragen stellen«, sagte er.

Als ich ihn bat, sie heute noch zu verschonen, bestand er darauf, zumindest mich zu befragen.

»Ich will sie jetzt auf keinen Fall allein lassen und sie auch möglichst sofort nach Hause bringen«, erklärte ich entschieden. »Dort können Sie mich von mir aus vernehmen.«

Mein Vorschlag wurde widerspruchslos akzeptiert, und wir durften mit dem Taxi nach Hause fahren, auch wenn uns ein Polizeiwagen in geringem Abstand folgte.

In Yokohama angekommen, brachte ich Miwako in ihr vertrautes Bett und ließ anschließend die Beamten ins Haus.

Viele der Fragen, mit denen sie mich regelrecht bombardierten, waren mir im Grunde unverständlich. Ich hatte den Eindruck, dass sie sprunghaft, ohne Bezug zur Logik und ohne Rücksicht auf Zeit und Raum vorgingen. Als ich schon dachte, es würde bei diesen belanglosen Fragen bleiben, und mich fast besorgt fragte, ob eine derart zusammenhanglose Vernehmung zu etwas führen konnte, erkundigten sie sich unvermittelt nach Makoto Hodakas zwischenmenschlichen Beziehungen. Natürlich war das alles Berechnung. Ich vermute, sie wollten absichtlich verschleiern, worauf es ihnen bei den Ermittlungen ankam. Dabei äußerten sie nicht einmal Zweifel, dass es sich bei Hodakas Tod um einen Mord handelte.

Am Ende waren die Informationen, die ich der Polizei geben konnte, natürlich eher dürftig, da ich so gut wie nichts über Makoto Hodaka wusste. Anscheinend war man auf der Suche nach Personen, die etwas gegen seine Hochzeit mit meiner Schwester gehabt hatten, aber meinen Namen konnte ich ihnen ja nicht nennen.

Doch bei einer Sache gingen ihnen die Augen über, nämlich als ich ihnen von der sonderbaren Frau erzählte, die wir am

Samstagnachmittag in Hodakas Garten gesehen hatten. Die Frau mit den langen Haaren und dem weißen Kleid, die uns – oder eher Hodaka – mit leerem Blick angestarrt hatte.

Die Beamten wollten nun alles wissen. Alter? Name? Aussehen?

Und ich erzählte ihnen, dass Naoyuki Suruga die Frau in einen Winkel des Gartens geführt und ernsthaft auf sie eingeredet hatte.

Als sie gegangen waren, machte ich eine Gemüsesuppe und brachte sie mit einem Croissant und einem Glas Milch in Miwakos Zimmer. Sie lag im Bett, schlief aber nicht. Sie weinte nicht mehr, doch ihre Lider waren rot und geschwollen.

Obwohl sie nichts essen wollte, zwang ich sie, zumindest die Hälfte der Suppe zu sich zu nehmen. Dann musste sie sich wieder hinlegen, und ich deckte sie zu. Sie blickte mich mit geröteten Augen an.

»Takahiro?«, sagte sie leise.

»Was ist denn?«

»Kannst du mir etwas von deiner Medizin geben?«

»Was für eine Medizin?«

»Von dem Schlafmittel.«

Wir sahen uns an, und einen Augenblick lang schienen sich unsere Gedanken und Empfindungen zu vermischen. Doch keiner von uns sagte etwas.

Ich ging in mein Zimmer und holte eine Schlaftablette aus der Schublade meines Schreibtischs. Der Arzt hatte sie mir verschrieben. Seit ich damals bei Verwandten untergekommen war, litt ich immer wieder an schrecklichen Schlafstörungen. Bis heute.

Ich kehrte in Miwakos Zimmer zurück, steckte ihr die Tablette in den Mund und gab ihr einen Becher Wasser zu trinken. Ihre Kehle bewegte sich beim Schlucken.

Anschließend legte sie sich zurück und schaute mich lange

an, ein Blick, mit dem sie mir sagte, dass sie gern mehr genommen hätte. Aber das hätte ich natürlich nie zugelassen.

Kurz darauf fielen ihr die Augen zu, und sie begann ruhig zu atmen. Ich holte meine Kopfhörer und drei Mozart-CDs aus meinem Zimmer, setzte mich, den Rücken an die Wand gelehnt, auf den Boden, und fing an, sie der Reihe nach zu hören. *Figaros Hochzeit* war die dritte CD.

Morgen würde bestimmt wieder ein harter Tag. Wie sollte ich das gebrochene Herz meiner Schwester heilen? Außer bei ihr zu sein, konnte ich wohl nichts tun.

Ich hingegen brauchte nicht mehr zu meinem Glück, als, die Arme um die Knie geschlungen, neben der friedlich schlafenden Miwako zu sitzen und meiner Lieblingsmusik zu lauschen. Diese Zeit wollte ich bewahren. Ich wollte einfach nicht, dass unsere Welt zerstört wurde.

Auf Miwakos gebrochenem Herzen würde ein hässlicher Schorf entstehen. Gleichwohl war ich erleichtert, denn sie war um Haaresbreite entkommen.

Ihr Bräutigam war ein ganz normaler Mann gewesen.

Dennoch hatte jemand mir diesen Erpresserbrief geschrieben.

Selbstverständlich hatte ich der Polizei nichts von dem Brief und der Kapsel darin erzählt.

2

Ein Telefon klingelte. Als ich die Augen aufschlug, wusste ich einen Moment lang nicht, wo ich war, was vermutlich an der ungewohnten Tapete lag. Erst nach ein paar Sekunden wurde mir klar, dass ich mich in Miwakos Zimmer befand. Die Tapete erschien mir fremd, weil bis vor kurzem noch so viele Möbel hier gestanden hatten, dass man die Wand kaum sah.

Das Läuten kam von dem Telefon in meinem Zimmer. Die Hände an die Schläfen gepresst, ging ich hinüber und hob ab. Ich sah auf die Uhr. Es war erst kurz nach acht Uhr morgens.

Eine Frau überfiel mich mit einem Wortschwall. Außerdem war ihre Stimme so schrill, dass ich den Hörer unwillkürlich von meinem Ohr weghielt. Auch war ich zu verschlafen, um den Sinn ihrer Rede zu erfassen. Nach mehrmaligem Nachfragen stellte sich heraus, dass sie von einem Fernsehsender war und Miwako zum plötzlichen Ableben ihres Verlobten interviewen wollte.

Ich sagte, sie sei jetzt nicht in der Lage zu sprechen, und legte auf. Sofort bereute ich es, denn ich wusste, die Frau würde schon diese knappe Bemerkung ausschlachten.

Als Nächstes rief ich die Universität an und nahm mir für diesen und den folgenden Tag Urlaub. Die Sekretärin schien bereits von dem Unglücksfall in meiner Familie zu wissen und fragte nicht nach dem Grund.

Kaum hatte ich aufgelegt, klingelte erneut das Telefon. Auch diesmal war es ein Fernsehsender. Ich sagte, sie sollten sich gefälligst bei der Polizei erkundigen, und legte auf.

Irgendwie mussten die Medien unsere Nummer herausbekommen haben, denn es kam ein Anruf nach dem anderen. Ich überlegte, ob ich das Telefon abstellen sollte, wollte es aber wegen dringender Anrufe von der Universität nicht riskieren.

Der Fall war der Morgenzeitung eine Schlagzeile wert und wurde ziemlich ausführlich auf den Gesellschaftsseiten besprochen. Immerhin handelte es sich bei dem Toten um einen bekannten Schriftsteller, doch die große Sensation waren die ungeklärten Umstände seines Todes. Ich las die Zeitung von vorne bis hinten durch, stieß aber auf keine nennenswerten Neuigkeiten. Mehr als dass die Todesursache vermutlich eine Vergiftung gewesen sei, stand nicht da. Das Medikament wurde mit keinem Wort erwähnt.

Gewiss witterten die Journalisten, dass Mordverdacht bestand, und versuchten hartnäckig an Informationen heranzukommen. Das konnte sehr lästig werden, falls die Sache mit den Kapseln bekannt würde.

Nun klingelte es aufdringlich an der Haustür. Entnervt nahm ich den Hörer der Sprechanlage ab. Jetzt kommt die Bande schon bis vors Haus, dachte ich.

Doch eine Männerstimme stellte sich als Ermittler des örtlichen Polizeireviers vor.

Als ich eine Treppe hinunterging und die Haustür öffnete, standen die beiden Beamten davor, die mich schon gestern befragt hatten. Der etwas ältere Kommissar Yamazaki und sein jüngerer Kollege Sugawara.

»Nach unserem gestrigen Gespräch haben sich neue Fakten ergeben, über die wir dringend mit Ihrer Schwester sprechen möchten«, sagte Kommissar Yamazaki.

»Aus meiner Aussage?«

»Ja, wegen der weiß gekleideten Dame in Herrn Hodakas Garten.«

»Aha.« Ich nickte. »Haben Sie herausgefunden, wer sie ist?«

»Ja, allerdings.« Der Kommissar rieb sich das Kinn. Anscheinend wollte er mir seine Erkenntnisse nicht sofort mitteilen. »Könnten wir bitte mit Ihrer Schwester sprechen?«

»Sie schläft gerade. Außerdem ist sie nervlich noch sehr angegriffen.«

»Darauf können wir keine Rücksicht nehmen.«

»Aber ...«

In diesem Moment knarrten hinter mir die Dielen. Die beiden Polizisten blickten an mir vorbei. Kommissar Yamazaki öffnete ein wenig den Mund.

Als ich mich umdrehte, sah ich Miwako in Jeans und Sweatshirt die Treppe herunterkommen. Sich mit der rechten Hand an der Wand abstützend, tastete sie sich behutsam Stufe für Stufe nach unten. Man konnte nicht behaupten, dass sie sehr gut aussah.

»Miwako? Ist alles in Ordnung?«, fragte ich.

»Ja, es geht schon.« Noch auf der Treppe sah sie den Polizisten entgegen. »Bitte sagen Sie mir, worum es geht. Was für eine Frau im weißen Kleid? Was hatte sie in Herrn Hodakas Garten zu suchen?«

Kommissar Yamazaki sah mich verdutzt an. »Wusste Ihre Schwester nichts von der betreffenden Dame ...?«

»Ich habe ihr nichts erzählt«, antwortete ich. »Bei ihrer gestrigen Verfassung schien mir das nicht ratsam.«

»Worum geht es denn? Bitte sagen Sie es mir. Ich bin wirklich ganz gefasst«, drängte Miwako. Die Kommissare sahen mich an.

»Bitte kommen Sie doch erst mal herein«, sagte ich.

Wir führten die Kommissare in unser japanisches Zimmer mit der Schmucknische, und ich erzählte Miwako von der Frau im weißen Kleid, die ich am Samstag gesehen hatte. Wie vermutet, hatte sie keine Ahnung, wer sie war.

Kommissar Yamazaki sagte, dass sie Junko Namioka hieß.

»Sie war in einer Tierklinik beschäftigt und wohnte im gleichen Haus wie Herr Suruga«, fügte er hinzu.

»Aber warum war sie in Makotos Garten?«, fragte Miwako völlig verständnislos.

Kommissar Yamazaki wechselte einen Blick mit seinem jüngeren Kollegen, bevor er sich mit betretener Miene Miwako zuwandte. »Hat Herr Hodaka diese Dame Ihnen gegenüber denn nie erwähnt?«

»Nein, nie.« Miwako schüttelte den Kopf.

»Ja dann ...« Kommissar Yamazaki rieb sich wieder das Kinn, was er anscheinend immer tat, wenn er nach Worten suchte. Dann hatte er offenbar einen Entschluss gefasst. »Naoyuki Suruga zufolge war die Dame eine ehemalige Freundin von Herrn Hodaka.«

Miwako richtete sich kerzengerade auf und schluckte energisch. »Und weiter?«, fragte sie. »Warum ist diese ehemalige Freundin an dem Tag zum Haus meines Verlobten gekommen?« Ihre Stimme klang außergewöhnlich fest. Unwillkürlich musterte ich sie von der Seite.

»Das wissen wir nicht genau. Allerdings scheint Frau Namioka nicht mit Herrn Hodakas Hochzeit einverstanden gewesen zu sein.«

»Und was heißt das jetzt?«

»Als einer unserer Kollegen sie gestern Abend aufsuchen wollte«, Kommissar Yamazaki zögerte, brach ab und befeuchtete sich die Lippen, »lag Frau Namioka tot in ihrer Wohnung.«

Auch ich richtete mich unwillkürlich auf. Die Frau war tot!

Ich hörte, wie Miwako scharf die Luft einsog. Aber ausatmen hörte ich sie nicht. »War sie ... krank?«, fragte sie dann.

»Nein, wie es aussieht, ist sie an einer Vergiftung gestorben.«

»An einer Vergiftung?«

»Strychninnitrat.« Kommissar Yamazaki schlug sein Notizbuch auf und nahm seine Brille zu Hand. »Eine Stimulanz, die auf das zentrale Nervensystem von Tieren einwirkt und bei aussetzender Atmung und Herztätigkeit zu Reanimierung eingesetzt wird. Allerdings sei die Spanne zwischen einer wirksamen und einer tödlichen Dosis sehr gering, weshalb das Risiko einer zum Tode führenden Überdosierung hoch ist, wurde mir gesagt. Auch in der Tierklinik, in der Frau Namioka beschäftigt war, stand dieses Mittel immer bereit.«

Ich nickte. Diese Wirkung war mir bekannt. Ich sah den sterbenden Hodaka, dem ich das Gift verabreicht hatte, jetzt noch wie in meine Lider eingebrannt vor mir.

»Dann hat diese Frau Selbstmord begangen …?«, fragte ich.

»Mit hoher Wahrscheinlichkeit.«

»Wollen Sie damit sagen, es besteht eine Verbindung zwischen dem Tod meines Verlobten und dem dieser Dame?« Miwako sah den Kommissar herausfordernd an.

Wieder tauschten die beiden Beamten einen Blick. Der jüngere zog ein Foto aus dem Jackett und legte es auf den Tisch.

»Würden Sie sich das bitte einmal anschauen«, sagte Kommissar Yamazaki.

Auch ich warf von der Seite einen Blick auf das Polaroidfoto, das eine auf einem Papiertaschentuch liegende Kapsel zeigte. Ich kannte sie.

»Haben Sie eine solche Kapsel schon einmal gesehen?«

»Sie hat Ähnlichkeit mit dem Medikament, das mein Verlobter gegen seinen Nasenkatarrh einnahm«, sagte Miwako.

»Wir haben sie in Frau Namiokas Wohnung gefunden«, sagte Kommissar Yamazaki. »Der Inhalt wurde gegen Strychninnitrat ausgetauscht.«

»Was?!« Miwako schaute ihn mit aufgerissenen Augen an.

»Und«, fuhr der Kommissar in dienstlichem Ton fort, »die Todesursache bei dem gestern verstorbenen Makoto Hodaka hat sich als eine durch Strychninnitrat hervorgerufene Vergiftung herausgestellt.«

Die Stimme des Kommissars klang sonorer und lauter als bisher. Vielleicht weil es nach seinen Worten so still wurde. Miwako starrte ihm ins Gesicht wie eine Angeklagte, die gerade ihr Urteil vernommen hat. Sie blinzelte nicht einmal.

»Also«, setzte ich an und musste mich räuspern, weil mir die Stimme versagte. »Also, was heißt das nun? Bei beiden ist die Todesursache die gleiche, und Sie sagen, die vergiftete Kapsel sei in der Wohnung dieser Frau Namioka gefunden worden. Hat sie Herrn Hodakas Medikament manipuliert?«

»Darüber kann ich noch nichts Genaues sagen. Wir teilen Ihnen nur die Fakten mit«, sagte Kommissar Yamazaki. »Aber eins steht fest. Es kann unmöglich ein Zufall sein, dass diese beiden, die ein Verhältnis miteinander hatten, im Abstand von einem Tag auf gleiche Weise vergiftet wurden.«

»Dann …« Miwako bewegte nur die Lippen. »Dann war die vergiftete Kapsel in der Pillendose, die ich ihm gegeben habe?«

Ich sah, wie kreidebleich sie war.

»Miwako«, sagte ich, »selbst wenn es so gewesen sein sollte, ist das nicht deine Schuld.«

Mit solchen hohlen Worten konnte ich sie natürlich nicht trösten. Sie hatte sich so sehr vor den Kommissaren zusammengenommen, aber augenscheinlich war nun eine Grenze erreicht. Miwako presste die Lippen zusammen und blickte nach unten. Dicke Tränen klatschten auf die Tatami. »Es ist so furchtbar«, flüsterte sie. »So furchtbar.«

»Im Moment interessiert mich vor allem, ob jemand die Möglichkeit hatte, die vergiftete Kapsel in Herrn Hodakas Arzneifläschchen zu schmuggeln? Wenn ja, wann könnte das geschehen sei? Haben Sie eine Idee?« Kommissar Yamazaki fielen diese Fragen sichtlich schwer.

»Ich weiß es nicht, auch wenn Sie mich noch so oft fragen.«

»Seit wann hatten Sie das Fläschchen in Ihrer Obhut?«

»Samstagmittag. Er hat es mir gegeben, bevor wir alle in das italienische Restaurant gingen. Ich sollte es für ihn aufbewahren.«

»Wo hatte Herr Hodaka das Fläschchen bis dahin?«

»In einer Schublade in seinem Arbeitszimmer.«

»Bewahrte er es immer dort auf?«

»Soweit ich weiß, ja.«

»Haben Sie gesehen, wie jemand anders außer Herrn Hodaka das Fläschchen berührt hat?«

»Nein, eigentlich nicht. Ich erinnere mich nicht.« Miwako schlug beide Hände vors Gesicht. Ihre Schultern bebten.

»Herr Kommissar«, sagte ich, »meinen Sie nicht, das reicht jetzt?«

Angesichts von Miwakos Verfassung mussten auch die Polizisten einsehen, dass mein Einwand berechtigt war. Kommissar Yamazaki zögerte einen Moment, anscheinend hätte er gern noch weiter gefragt, aber am Ende nickte er, wenn auch unwillig.

Miwako blieb im Zimmer, während ich die Polizisten in den Flur begleitete.

»Sie halten mich sicher für unsensibel, aber so ist eben unser Beruf. Es tut mir leid.« Nachdem Kommissar Yamazaki seine Schuhe angezogen hatte, verbeugte er sich höflich.

»Ich würde Ihnen selbst gern noch eine Frage stellen«, sagte ich.

»Fragen Sie nur.«

»Wann ist denn diese Junko Namioka verstorben? Ich meine, war es vor Herrn Hodaka oder danach?«

Der Kommissar schien ein wenig zu überlegen, ob er diese Frage beantworten durfte. Dann entschied er sich dafür.

»Als Frau Namioka gefunden wurde, war sie schon länger als einen Tag tot.«

»Also ...«

»War sie bereits tot, als Herr Hodaka starb.«

»Ich verstehe.« Ich nickte. »Haben Sie vielen Dank.«

Die Kommissare verabschiedeten sich, und ich schloss die Haustür hinter ihnen ab.

Junko Namiokas Leiche war also am Vorabend gefunden worden. Das hieß, sie war vorgestern Abend gestorben.

Also konnte sie es nicht gewesen sein, die mir den Erpresserbrief geschickt hatte.

Vor meinem inneren Auge stiegen die Gesichter zweier Personen auf.

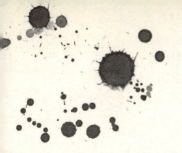

KAORI YUKIZASA
DIE LEKTORIN

1

Vier Reihen von Männern und Frauen in Trauerkleidung bewegten sich langsam im Nieselregen vorwärts. Leiser Sutrengesang ertönte. Ich tauschte mit einem anderen Gast, um am Ende der Reihe zu gehen. Zufällig kannte ich den Mann neben mir – er war auch Lektor – und er ließ mich unter seinen Schirm.

Der Tempel lag in dem schachbrettartig angelegten Wohngebiet Kami-Shakujii. Warum die Trauerfeier für Makoto Hodaka ausgerechnet in diesem Tempel stattfand, war mir unklar. Ich konnte mir nicht vorstellen, dass er als alleinlebender Junggeselle einem Gemeindetempel angehörte.

Nachdem er in einem Tokioter Krematorium eingeäschert worden war, sollte die Urne nach Ibaraki in sein Elternhaus gebracht werden, wo eine weitere Trauerfeier im Kreise der Familie geplant war. Für sie war es eine sehr traurige Angelegenheit.

Vier Tage waren seit Makoto Hodakas Tod verstrichen. Mittlerweile war Donnerstag. Die Bestattung hatte sich verzögert, weil die Leiche erst jetzt von der Polizei freigegeben worden war.

»Anscheinend können diese Boulevard-Magazine gar nicht genug von der Bestattung bekommen.« Der Lektor, unter dessen Schirm ich ging, warf einen raschen Blick nach hinten. Fernsehkameras nahmen uns aus der Ferne auf. Die Kameraleute trugen sogar durchsichtige Regencapes.

»Keine Ahnung, was sie so lange machen. Vielleicht drehen sie ein bisschen mehr Material, weil das, was sie bis jetzt haben, zu unspektakulär ist«, sagte ich. »Immerhin enthält unser Fall die drei großen Faktoren, die das Herz der Hausfrau erfreuen.«

»Welche drei Faktoren?«

»Promi, Mord und Eifersucht.«

»Verstehe. Und dass das Opfer in einer Kapelle verstorben ist, bietet sogar noch Stoff für ein zweistündiges Melodram.« Er schlug die Hand vor den Mund, weil er merkte, dass er zu laut gesprochen hatte. Die Trauergäste hinter uns grinsten.

Wir näherten uns der Stelle, an der man das Weihrauchopfer bringt. Ich fasste meine Gebetskette fester. Was die Medien noch daraus machen würden, wusste ich nicht, dennoch war es nur eine Frage der Zeit, bis die Allgemeinheit das Interesse an Makoto Hodakas mysteriösem Tod verlieren würde. Denn das Rätsel war in den vergangenen drei Tagen zu etwa neunzig Prozent gelöst worden.

Am Montag nach dem Mord hatte bereits eine Abendzeitung über den Leichenfund in dem Apartment in Nerima berichtet und dass es sich bei der Toten um die alleinstehende Junko Namioka handelte. Die Dienstagsausgabe einer Go-Zeitung enthüllte, dass diese und Makoto Hodaka ein Verhältnis gehabt hatten. Ich konnte mir nicht vorstellen, dass die Polizei etwas hatte durchsickern lassen, also kam diese Information vermutlich von seinem Manager. Zweifellos wollte er, dass der Fall möglichst schnell abgeschlossen wurde.

Gestern stand dann in einer anderen Zeitung, dass Makoto Hodaka und Junko Namioka an dem gleichen Gift – Strychninnitrat – gestorben seien und dieses vermutlich aus der Tierklinik stamme, in der Junko Namioka gearbeitet hatte.

Natürlich entspann sich daraus die Geschichte von einer von dem berühmten Autor betrogenen Frau, die seine Hochzeit mit Gewalt verhindert hatte. Im Fernsehen wurden Kolleginnen von Junko Namioka interviewt, die sich darin überboten, diese Vermutung zu stützen.

Schon war ich an der Reihe, das Räucheropfer zu vollziehen. Ich holte tief Luft und trat vor.

Vor dem Altar stand ein Porträt von Makoto Hodaka, das auch häufig in seinen Büchern abgebildet war. Es war schon älter, und dass er es immer weiter verwendet hatte, lag wohl daran, dass es ihm selbst gefiel. Er blickte darauf nicht frontal in die Kamera, sondern ein wenig zur Seite.

Ich war dabei gewesen, als das Bild aufgenommen wurde. Damals kam ein Buch von ihm bei uns heraus, und ich war mit ihm und einem Fotografen losgezogen, um an dem Weiher im Shakujii-Park ein Pressefoto von ihm zu machen. Ich hatte ihm etwas zugerufen, und der Fotograf hatte seinen Ausdruck eingefangen, als er sich zu mir umwandte. Ich war es, der sein Blick auf diesem Porträt galt.

Mit den Fingerspitzen griff ich in die Schale mit dem Räucherwerk und verbrannte etwas davon. Einmal, zweimal.

Andächtig legte ich die Hände zusammen.

Als ich die Lider schloss, wallte plötzlich ein unerwartetes Gefühl in mir auf. Meine Augen wurden heiß und füllten sich mit Tränen. Ich musste diesen schwachen Moment unbedingt überwinden. Die kleinste Träne, und es gäbe kein Halten mehr. Und ich wusste nicht, was die Umstehenden davon halten würden.

Ich presste die Hände aneinander, versuchte mit aller Kraft, meinen Atem zu regulieren, und wartete, dass meine Gefühlsaufwallung sich beruhigte.

Glücklicherweise verebbte sie, und ich gewann meine Fassung zurück. Ich machte Platz für den Nächsten, als wäre nichts geschehen.

Im Empfangszelt stehend, beobachtete ich unverwandt die nach und nach kürzer werdenden Reihen der Trauergäste, die an dem Räucherbecken anstanden. Außer ein paar Verlagsleuten sah ich keine bekannten Gesichter. Ich dachte über die Empfindung nach, die mich so unerwartet überkommen hatte. Warum war ich plötzlich den Tränen so nah gewesen?

Dabei war ich nicht einmal traurig, dass Hodaka tot war. Ich litt überhaupt nicht. All das geschah dem Kerl ganz recht.

Es war wohl das Porträt gewesen, das mich aus der Bahn geworfen hatte. Sein Blick, der einmal mir gegolten hatte. Meinem früheren Ich, das damals noch nichts vom Leben gewusst hatte. Nichts von Liebe, nichts von Schmerz und Verletzungen und nicht, was es hieß zu hassen. Dem Ich, das sein Herz diesem Schuft geschenkt hatte. Beim Anblick des Bildes hatte mich Mitleid mit der Frau überwältigt, die ich einst gewesen war, und fast zum Weinen gebracht.

2

Als die nächsten Angehörigen ihre Reden beendet hatten, wurde der Sarg hinausgetragen. Mehrere Lektoren halfen dabei.

Miwako Kanbayashi und ihr Bruder fuhren anscheinend auch zum Krematorium. Offenbar betrachtete man sie als Familienmitglieder, wenn auch nur für diesen Tag.

Nachdem ich beim Aufräumen geholfen hatte, beschloss ich, kurz nach Hause zu fahren, um mich umzuziehen. Anschließend wollte ich in den Verlag.

Beim Verlassen des Tempels sprach mich jedoch jemand von hinten an. »Entschuldigung!« Als ich mich umwandte, stand ein unbekannter Mann vor mir. Er war groß und hatte einen durchdringenden Blick. Er trug einen dunklen Anzug, aber keinen Traueranzug.

»Kaori Yukizasa, wenn ich mich nicht irre?«, fragte der Mann.

»Ja?«, antwortete ich.

»Kriminalpolizei. Hätten Sie etwas Zeit für mich? Es dauert nicht lange.« Im Gegensatz zu den anderen Beamten, die mich bisher befragt hatten, war der Blick, mit dem er mich musterte, nicht abschätzig.

»Ja, zehn Minuten hätte ich.«

Er bedankte sich.

Wir gingen in ein etwas schäbiges Café in der Nähe, das unter normalen Umständen nicht mein Stil war. An der Wand klebte ein Zettel – die Speisekarte. Ein Eiskaffee kostete 380 Yen. Wir waren die einzigen Gäste.

Der Beamte stellte sich als Kommissar Kaga vor. Vom Revier Nerima.

»Nach üblichen Maßstäben war das eine etwas ungewöhnliche Trauerfeier, nicht wahr? Ich habe aus der Ferne zugesehen. Anscheinend gab es eine Menge prominenter Gäste«, sagte er, während wir auf unseren Kaffee warteten.

»Weshalb sind Sie überhaupt gekommen, Herr Kommissar?«, fragte ich, um gesprächsweise die Stimmung etwas aufzulockern.

»Ich wollte mir einfach mal das Umfeld ansehen«, sagte der Kommissar und sah mich an. »Unter anderem auch Sie«, fügte er hinzu.

Ich schaute beiseite. Ich hatte diese Art der Anmache satt. Oder meinte der Kommissar es ernst? Hatte er mich aus irgendeinem Grund im Visier?

Die nicht mehr ganz junge Bedienung brachte uns den Kaffee. Sie schien das Lokal ganz allein zu führen.

»Ich habe gehört, der Fall sei so gut wie gelöst«, sagte ich.

»So, haben Sie das?«, fragte der Kommissar, der seinen Kaffee schwarz trank, ein wenig erstaunt. Allerdings schien sein Erstaunen weniger meiner Bemerkung als dem fragwürdigen Geschmack des Kaffees zu gelten. »Wie lautet denn die Lösung?«

»Ist es nicht so, dass diese Junko Namioka aus Kummer darüber, von Hodaka betrogen worden zu sein, mit einem Gift, das sie an ihrer Arbeitsstelle entwendet hatte, einen Doppelselbstmord inszeniert hat?«, fragte ich und trank von meinem Milchkaffee. Ich verstand seine Verwunderung. Der Kaffee hatte überhaupt keinen Geschmack.

»Das Dezernat hat offiziell nichts in diese Richtung verlauten lassen.«

»Aber wenn man sich die Berichte in den Medien ansieht, liegt das nahe.«

»Ich verstehe.« Kaga nickte. »Aber für uns gilt der Fall keineswegs als geklärt. Wer auch immer das sagt.«

Schweigend trank ich meinen faden Kaffee und dachte über das nach, was der Kommissar gesagt hatte. Bei der von ihm erwähnten Dienststelle handelte es sich natürlich nicht um eine Abteilung des Polizeipräsidiums. Sein Revier in Nerima war bestimmt nicht für Fälle in Akasaka zuständig und nur hinzugezogen worden, weil man Junko Namiokas Leiche in dem Apartment dort gefunden hatte. Und Kaga musste untersuchen, wie alles zusammenhing.

»Und was wollten Sie jetzt von mir?«

Kaga nahm ein Notizbuch hervor und schlug es auf.

»Etwas sehr Simples. Ich wollte Sie bitten, mir möglichst ausführlich zu schildern, was Sie am 17. Mai, also am Samstag voriger Woche, gemacht haben?«

»Am vorigen Samstag?« Ich runzelte die Stirn. »Wozu das denn?«

»Natürlich weil das Teil meiner Ermittlungen ist.«

»Das verstehe ich nicht. Was haben meine Aktivitäten am vorigen Samstag mit dem Fall zu tun? Warum sind sie Teil Ihrer Ermittlungen?«

Der Kommissar zog die Brauen hoch, wodurch sein Blick etwas Einschüchterndes bekam. »Eben weil ich mich vergewissern will, dass Sie nichts mit dem Fall zu tun haben. Bitte bedenken Sie, dass ich noch in der Ausschlussphase bin.«

»Trotzdem verstehe ich das nicht. Für mich klingt das, als würden Sie mich nach meinem Alibi für den Samstag fragen.«

Kaga sah mich an und verzog den Mund zu einem etwas dreisten, ungerührten Lächeln.

»Sie haben ganz recht. Ich frage Sie nach Ihrem Alibi. Nennen Sie es mir, und ich bin zufrieden.«

»Aber was denn für ein Alibi?«

Ich hatte die Stimme etwas erhoben. Kaga schaute sich kurz um. Als er sah, dass die Wirtin mit einer Zeitung auf der anderen Seite der Theke saß, entspannte er sich.

»Ich möchte nur, dass Sie mir etwas über Junko Namiokas Tod erzählen«, sagte Kaga.

»Sie hat Selbstmord begangen, nicht wahr? Was gibt es da zu ermitteln?«, fragte ich leise.

Kaga trank seinen Kaffee aus. »Uralte Bohnen«, brummte er mit einem Blick in die leere Tasse, ehe er sich erneut mir zuwandte. »Sagen Sie mir einfach, was Sie am Samstag gemacht haben. Oder wollen Sie nicht?«

»Es ist wohl meine Pflicht ...«

»Natürlich nicht«, sagte Kaga. »Sie dürfen auch die Aussage verweigern. Aber daraus müsste ich schließen, dass Sie kein Alibi haben. Folglich könnte ich Ihren Namen nicht von meiner Liste streichen.«

»Was ist das für eine Liste?«

»Darauf kann ich Ihnen keine Antwort geben.« Der Kommissar stieß einen Seufzer aus. »Die Polizei beantwortet nämlich keine Fragen. Sie stellt nur welche.«

»Das weiß ich.« Ich warf ihm einen ärgerlichen Blick zu. »Also für wann am Samstag brauche ich ein Alibi?«

»Vom Nachmittag bis zum Abend.«

Ich holte meinen Terminkalender hervor. Obwohl ich mich, auch ohne nachzuschauen, an alles genau erinnerte, wollte ich ihn zumindest ein wenig auf die Folter spannen.

»Ich bin zu Hodakas Haus gefahren, wo ich ein Arbeitstreffen mit Miwako Kanbayashi hatte.«

»Erinnern Sie sich, ob Herr Hodaka zu diesem Zeitpunkt sein Medikament genommen hat?«

»Ja. Er sagte, er habe gerade eine Kapsel genommen, aber die Wirkung hätte schon nachgelassen. Er holte sich eine aus der Schreibtischschublade, und ich wunderte mich ein bisschen, dass er sie mit Kaffee herunterspülte.«

»War das, was Hodaka aus der Schublade nahm, ein Arzneifläschchen? Oder ein anderes Behältnis?«

»Ein Fläschchen. Oder nein, genauer gesagt, war es eine Schachtel mit einem Fläschchen.«

»Was machte er mit der Schachtel?«

Ich überlegte. »Ich glaube, er warf sie in den Papierkorb neben sich. Denn Miwako hatte ja dann nur die Flasche.«

Ich begriff nicht, warum Kaga so hartnäckig nach solchen Nebensächlichkeiten fragte. Ich konnte mir nicht vorstellen, was das mit dem Mord zu tun hatte.

»Was machten Sie nach dem Arbeitstreffen?«

»Wir gingen alle in ein italienisches Restaurant.«

»Ist während des Essens etwas Ungewöhnliches passiert?«

»Was denn Ungewöhnliches?«

»Irgendetwas, ganz gleich, es kann alles sein. Haben Sie jemanden getroffen, oder bekam jemand einen Anruf?«

»Ja, ein Anruf ...«

Kaga sah mich an und lächelte. Es war nicht gerade ein charmantes Lächeln, es kam mir eher berechnend und lauernd vor.

Bestimmt war der Kommissar in dem Restaurant gewesen und hatte erfahren, dass Naoyuki Suruga beim Essen aufgestanden war, weil sein Mobiltelefon geklingelt hatte. In dem Fall wäre es keine gute Taktik, sich ahnungslos zu stellen.

»Ich glaube, es war nichts Wichtiges«, sagte ich und erzählte ihm, dass das Mobiltelefon des Managers geklingelt habe, worauf dieser das Restaurant vorzeitig verlassen habe. Kaga machte sich Notizen, als höre er zum ersten Mal davon.

»Wenn er Ihr gemeinsames Essen verlassen hat, muss es doch etwas ziemlich Dringendes gewesen sein, nicht wahr?«

»Das weiß ich nicht. Vielleicht auch nicht?« Es war besser, nicht zu viel zu reden.

»Wohin sind Sie nach dem Essen gefahren?«, fragte Kaga erwartungsgemäß.

Natürlich konnte ich ihm nicht sagen, dass ich heimlich zu Hodakas Haus gefahren, ihm und seinem Manager gefolgt und in Junko Namiokas Wohnung eingedrungen war, wo ich ihre Leiche vorgefunden hatte.

Ich war drauf und dran, zu erklären, ich sei in den Verlag gefahren, bremste mich aber gerade noch rechtzeitig. Samstags waren nur wenige Angestellte dort. Er brauchte nur nachzufragen, und es käme sofort heraus, dass ich mich an dem Tag nicht hatte blicken lassen.

»Ich bin nach Hause gefahren«, antwortete ich. »Und dort geblieben, weil ich so erledigt war.«

»Ohne Umwege?«

»Ich war unterwegs kurz auf der Ginza, aber am Ende bin ich, ohne etwas zu kaufen, nach Hause gefahren.«

»Und Sie waren allein, nicht wahr?«

»Ja, und zu Hause war ich auch die ganze Zeit allein«, sagte ich mit einem Lächeln. »Also habe ich wohl kein Alibi, nicht wahr?«

Kaga antwortete nicht sofort. Er sah mir nur unverwandt in die Augen, sodass ich mich fragte, ob er meine Gedanken zu lesen versuchte.

Dann klappte er sein Notizbuch zu. »Entschuldigen Sie, dass ich Sie aufgehalten habe.«

»War's das schon?«

»Ja, das war's für heute.« Er nahm die Rechnung vom Tisch und stand auf.

Auch ich erhob mich. Plötzlich wandte er sich mir wieder zu.

»Eine Frage hätte ich noch.«

»Ja, bitte?«

»Eine originalverpackte Flasche des Medikaments, das Herr Hodaka verwendete, enthält zwölf Kapseln. Junko Namioka hat vermutlich eine Packung gekauft und daraus vergiftete Kapseln hergestellt.«

»Und was ist damit?«

»Aber wir haben in Frau Namiokas Apartment nur sechs von

diesen Kapseln sichergestellt. Was hat das wohl zu bedeuten? Herr Hodaka hat nur eine davon genommen. Was ist also aus den übrigen Kapseln geworden?«

»Vielleicht ... hat Frau Namioka sie selbst genommen?«

»Aber warum sollte sie das tun?«

»Um Selbstmord zu begehen?«

Kaga schüttelte den Kopf.

»Warum sollte sie eigens solche Kapseln herstellen, um sie dann in ihrer Wohnung zu schlucken? Außerdem hätte sie wohl nur eine, höchstens zwei genommen. Die Anzahl kommt überhaupt nicht hin.«

Fast wäre mir unwillkürlich etwas herausgerutscht. Aber ich hielt mich gerade noch zurück und verzog keine Miene.

»Das ist ... wirklich ein wenig seltsam.«

»Nicht wahr? Das ist kein gewöhnlicher Selbstmord«, sagte Kaga und ging auf die Theke zu. Sein breiter Rücken übte einen stummen Druck auf mich aus.

»Danke für die Einladung«, sagte ich und verließ das schäbige Café.

TAKAHIRO KANBAYASHI
DER BRUDER DER BRAUT

1

Während Makoto Hodakas Leichnam verbrannt wurde, stand Miwako am Fenster des Wartesaals und blickte unverwandt ins Freie. Noch immer fiel unablässig ein feiner Regen und benetzte die Bäume, die um das Krematorium gepflanzt waren. Der Himmel war grau, und der Asphalt glänzte dunkel. Die Szenerie vor dem Fenster, auf die Miwako stumm ihren Blick gerichtet hielt, wirkte wie ein monochromes Gemälde.

Im Wartesaal saßen nur etwa zwanzig Personen. Alle sahen erschöpft aus. Hodakas Mutter, eine kleine alte Frau mit gebeugtem Rücken, weinte noch immer. Sie sagte etwas zu dem Mann neben ihr und drückte sich ein gefaltetes Taschentuch an die Augen. Er hörte ihr mit kummervoller Miene zu und schüttelte mitunter heftig den Kopf. Ich hatte Hodakas Mutter vor vier Tagen bei der Hochzeit kennengelernt. Seitdem schien sie mir auf die Hälfte zusammengeschrumpft zu sein.

Bier und Sake standen bereit, aber kaum jemand trank davon. Alle wollten lieber heißen Tee. Obwohl wir bereits Mai hatten, war es so kühl, dass man einen elektrischen Ofen hätte gebrauchen können.

Ich schenkte zwei Schalen Tee ein und ging zu meiner Schwester hinüber. Doch auch als ich direkt neben ihr stand, wandte sie den Kopf nicht gleich in meine Richtung.

»Ist dir kalt?«, fragte ich und reichte ihr eine der Schalen.

Wie eine Aufziehpuppe drehte Miwako mir zunächst nur das Gesicht zu, dann zog sie das Kinn ein und senkte den Blick auf meine Hände. Aber ihre Augen brauchten mehrere Sekunden, um die Teeschale wahrzunehmen.

»Ah ... danke.« Miwako nahm die Schale entgegen und umschloss sie, um sich die kalten Hände zu wärmen.

»Denkst du an ihn?« Nachdem ich die Frage gestellt hatte, kam sie mir sehr dumm vor. Wieder einmal hatte ich etwas zu Miwako gesagt, ohne vorher nachzudenken.

Glücklicherweise schien sie mir meine Bemerkung nicht übel zu nehmen. »Ja, schon«, sagte sie leise. »Ich denke an seine Anzüge.«

»Seine Anzüge? Was für Anzüge?«

»Er hatte sich für unsere Reise eigens drei Anzüge anfertigen lassen, die er nur einmal beim Schneider anprobiert hat. Ich überlege, was ich damit machen soll.«

Was sollte das? Vielleicht führte sie Stück für Stück eine Bestandsaufnahme der Dinge durch, die sie verloren hatte.

»Vielleicht kann seine Familie etwas damit anfangen?«, sagte ich ohne jeden Hintergedanken.

Aber Miwako verstand meine Worte in einem anderen Sinn. Sie blinzelte. »Ja, stimmt, ich gehöre ja nicht zu seiner Familie«, sagte sie leise.

»So habe ich das doch nicht gemeint ...«

In diesem Moment betrat ein Mann im schwarzen Anzug den Wartesaal, um uns zu sagen, dass die Verbrennung nun beendet sei, woraufhin sich alle zum Aufbruch rüsteten. Auch Miwako und ich machten uns auf den Weg zum Krematorium.

Makoto Hodakas durchtrainierter, gesunder Körper hatte sich in mit weißen Knochenstückchen durchsetzte Asche verwandelt. Ich war überrascht, wie klein die Menge war. Ich hatte gewissermaßen die Essenz eines Menschen vor Augen. Mehr würde auch von mir nicht bleiben, wenn ich verbrannt wurde.

Das Einsammeln der Knochen ging in nüchternem Schweigen vor sich. Eigentlich hatte ich nur neben Miwako stehen und zuschauen wollen, doch eine Frau mittleren Alters, die mich offenbar für einen Verwandten hielt, drückte mir ein Paar Stäbchen in die Hand. Also nahm ich ein Knochenfragment aus der Asche und legte es in die Urne. Es war nicht ersichtlich, von welchem Teil es stammte. Es war nur ein weißer Splitter, aus dem jedes Leben getilgt war.

Als das Ritual beendet war, verließen wir das Krematorium und verabschiedeten uns von Hodakas Angehörigen. Sein Vater trug die Urne.

Michihiko gab Miwako zu verstehen, dass sie nicht eigens zur Trauerfeier nach Ibaraki zu kommen brauche. Er war zwar Hodakas leiblicher Bruder, aber weder an seinem Gesicht noch seiner Statur war die geringste Ähnlichkeit festzustellen. Er war gedrungen und hatte einen großen runden Kopf.

»Wenn ich Ihnen etwas helfen kann, komme ich natürlich gern«, sagte Miwako mit dünner Stimme.

»Aber nein, das ist doch viel zu weit ... Und unter all den fremden Menschen würden Sie sich doch nur einsam fühlen. Es ist wirklich nicht nötig, dass Sie kommen.«

Michihiko ließ keinen Zweifel daran, dass er ihr Kommen nicht wünschte. Vielleicht befürchtete er, man würde sie während der ganzen Trauerfeier neugierig anstarren. Doch gleich wurde mir klar, dass dies nicht der Grund war. Alle möglichen Medien hatten täglich über Hodakas Tod berichtet, und inzwischen herrschte die Meinung vor, eine frühere Geliebte hätte ihn umgebracht. Seine Familie war natürlich daran interessiert, dies zu leugnen und zumindest in ihrer Heimatstadt eine weniger peinliche Erklärung zu liefern. Dazu mussten sie allerdings die Tatsachen etwas verdrehen. Und dabei würde die Anwesenheit meiner Schwester nur stören.

Miwako schien das zu spüren, denn sie drängte nicht länger.

»Gut«, sagte sie nur, »aber wenn etwas ist, rufen Sie mich bitte an.«

Michihiko Hodaka wirkte erleichtert.

Wir gingen zum Parkplatz, wo wir in unseren alten Volvo stiegen, um nach Yokohama zurückzufahren.

Wir waren noch nicht lange unterwegs, als Miwako sich unsicher an mich wandte. »Was bin ich eigentlich ...«

»Wie bitte?« Ich drehte ihr das Gesicht ein wenig zu.

»Ich frage mich, was ich für Makoto war.«

»Seine Liebste, oder? Und außerdem seine Verlobte.«

»Seine Verlobte ... Ja. Er hat sogar ein Hochzeitskleid für mich schneidern lassen. Mir hätte es genügt, eins zu leihen.«

Der Regen wurde stärker. Ich schaltete die Scheibenwischer eine Stufe höher. Weil die Wischerblätter so alt waren, quietschte es leise, sooft sie über die Windschutzscheibe fuhren.

»Aber eine richtige Braut ist nicht aus mir geworden«, sagte sie. »Auch wenn ich in meinem Hochzeitskleid die Tür zur Kapelle geöffnet habe ...«

Die Szene, wie Hodaka im weißen Frack auf dem Brautsteg zusammenbrach, auf dem er meine Schwester hätte zum Altar führen sollen, stieg vor mir auf.

Wir schwiegen, und nur das regelmäßige Quietschen der Scheibenwischer war zu hören. Ich schaltete das Autoradio ein. Klassische Musik ertönte aus dem Lautsprecher, ein ausgesprochen trauriges Stück.

Miwako zog ein Taschentuch hervor und drückte es sich auf die Augen. Ich hörte sie schniefen.

»Soll ich ausmachen?« Ich streckte die Hand nach dem Knopf des Radios aus.

»Nein, kein Problem, die Musik stört mich nicht.«

»Dann ist ja gut.«

Die Scheiben des Wagens beschlugen, und ich schaltete das Gebläse ein.

»Tut mir leid«, sagte Miwako. Sie sprach ein wenig durch die Nase. »Eigentlich hatte ich mir vorgenommen, heute nicht mehr zu weinen. Den ganzen Vormittag über hat es ja auch geklappt, nicht?«

»Du kannst doch ruhig weinen«, sagte ich.

Wieder schwiegen wir eine Weile. Ich lenkte den Volvo zügig über die Autobahn in Richtung Yokohama.

»Takahiro?«, fragte Miwako, als wir in die Stadt einfuhren. »Glaubst du, dass diese Frau es wirklich getan hat?«

»Welche Frau?«

»Na diese Junko Namioka.«

»Ach so, ja, es sieht ganz so aus. Immerhin ist sie an dem gleichen Gift gestorben. Ich kann mir nicht vorstellen, dass das ein Zufall war.«

»Aber die Polizei hat nichts dergleichen gesagt.«

»Sie ist ja noch mitten in den laufenden Ermittlungen. Solange es keine Beweise gibt, lässt sie nichts verlauten.«

»Das leuchtet ein.«

»Und was denkst du?«

»Eigentlich nichts Besonderes, aber es gibt ein paar Dinge, die ich nicht überzeugend finde. Aber vielleicht sind das nur Belanglosigkeiten.«

»Worum geht es denn? Oder nützt es nichts, mit mir darüber zu reden?«

»Nein, das ist es nicht.«

Miwako lachte sogar ein bisschen. Zumindest kam es mir so vor, obwohl ich nach vorne schaute.

»Diese Sache mit der vergifteten Kapsel in dem Arzneifläschchen kommt mir so unwahrscheinlich vor ... Überhaupt nicht plausibel.«

»Meinst du, das Gift wurde Hodaka auf andere Weise zugeführt?«

»Nein, ich bin sicher, die vergiftete Kapsel war in seinem Arzneifläschchen. Außerdem hat er vor der Trauung sonst nichts zu sich genommen.«

»Was ist denn dann so unplausibel?«

»Vielleicht ist das nicht der richtige Ausdruck, aber dass diese Frau Namioka das eingefädelt haben soll, beschäftigt mich. Da stimmt doch was nicht.«

»Warum?«

»Du hast doch gesagt, Herr Suruga habe sie gleich nachdem sie in Makotos Garten aufgetaucht war, hinausgeführt, ja? Da hatte sie doch gar keine Möglichkeit, an das Arzneifläschchen heranzukommen.«

»Sie muss den Austausch ja nicht an dem Tag vorgenommen haben. Sie war früher Hodakas Freundin. Wahrscheinlich konnte sie in seinem Haus ein und aus gehen, wie es ihr beliebte. Vielleicht hatte sie sogar einen Zweitschlüssel? Es wäre doch denkbar, dass sie sich den Schlüssel hat nachmachen lassen, bevor sie ihn zurückgab. Dann hätte sie die Kapseln jederzeit austauschen können.«

Ich antwortete so prompt, weil auch ich darüber nachgedacht hatte. Schließlich hatte ich selbst die ganze Zeit in Hodakas Wohnzimmer gesessen und wusste am allerbesten, dass Junko Namioka an jenem 17. Mai keine Gelegenheit gehabt hatte, das Gift ins Haus zu schmuggeln. Und hatte deshalb auch darüber nachgegrübelt, wann sie das hätte tun können, wenn überhaupt.

»Aber was wollte Frau Namioka dann überhaupt in seinem Garten?«

»Abschied nehmen vielleicht?«

»Von Makoto?«

»Ja. Zu dem Zeitpunkt war sie wohl schon zu ihrem Selbstmord entschlossen. Vielleicht wollte sie ihn noch ein letztes Mal sehen? Aber seltsam finde ich das auch.«

»Ja, das kann man nur seltsam finden.«

»Irgendetwas stimmt da nicht.«

»Ich habe mir überlegt, was ich an ihrer Stelle getan hätte.

Wenn ein geliebter Mensch mich hintergehen und dann eine andere heiraten würde ...«

»Aber du würdest dich doch nicht umbringen!« Ich warf ihr einen kurzen Blick zu. »So etwas Dummes würdest du doch nicht tun.«

»Ich weiß nicht. In so einem Moment ...«, sagte sie. »Ich kann schon verstehen, dass man den Geliebten und sich selbst lieber töten will, als ihn einer anderen zu überlassen.«

»Dann verstehst du wohl auch, was Junko Namioka getan hat?«

»Im Prinzip schon. Aber ...«, sie machte eine kleine Pause, bevor sie fortfuhr, »ich hätte mich nicht ganz allein in meiner Wohnung umgebracht.«

»Was hättest du getan?«

»Ich hätte zuerst meinen Geliebten getötet und dann mich. An seiner Seite.«

»Aber das war zu dem Zeitpunkt völlig aussichtslos. Immerhin waren drei weitere Personen anwesend. Außerdem konnte sie bei der Methode, für die sie sich entschieden hatte, nicht damit rechnen, dass ihr Opfer planmäßig vor ihren Augen sterben würde. Es war ja nicht vorhersehbar, wann er die vergiftete Kapsel einnehmen würde. Zudem würde er am nächsten Tag gleich nach der Hochzeit in die Flitterwochen aufbrechen und so bald nicht zurückkommen. Demnach war die Wahrscheinlichkeit groß, dass er auf der Hochzeitsreise sterben würde. Es war also völlig unmöglich für Junko Namioka, in die Nähe von Hodakas Leiche zu kommen. Ergo konnte sie nur allein sterben, oder?«

»Ja, das weiß ich auch. Aber selbst wenn es unmöglich wäre, an der Seite des Geliebten zu sterben, würde ich mich nie für einen Ort entscheiden, der nichts mit ihm zu tun hat. Das wäre furchtbar.«

Die Ampel vor uns wurde rot, und ich trat langsam auf die

Bremse. Als der Wagen zum Stehen gekommen war, wandte ich mich ihr zu.

»Und wo würdest du sterben?«

»Gute Frage.« Miwako überlegte. »Aber doch wohl an einem Ort, der mit diesem Menschen und meinen Erinnerungen an ihn in Verbindung steht.«

»Und der wäre?«

»Sein Haus.« Sie sprach leise, aber nachdrücklich. »Mein Tod müsste ganz offensichtlich zu diesem Mann in Beziehung stehen. Allein und unbemerkt in meiner eigenen Wohnung zu sterben käme für mich nicht infrage. Es wäre doch entsetzlich traurig, wenn er an dem Gift sterben würde, ohne etwas von meinem Tod zu wissen.«

»Ich verstehe.«

Die Ampel wurde grün, ich nahm den Fuß von der Bremse und trat aufs Gaspedal.

So etwas gab es wahrscheinlich, dachte ich. Was Junko Namioka gewollt hatte, war letztendlich ein doppelter Liebestod.

»Aber dass sie sich in ihrer Wohnung umgebracht hat, ist eine unverrückbare Tatsache. Wir müssen das akzeptieren, so ungewöhnlich es uns erscheint.«

»Ich weiß«, sagte Miwako und verfiel erneut in Schweigen, ein Schweigen, das mich ängstigte.

Als wir zu Hause ankamen, war die Sonne bereits untergegangen. Das Licht der Scheinwerfer spiegelte sich auf dem nassen Asphalt, aber es hatte aufgehört zu regnen.

Ich ließ meine Schwester aussteigen, bevor ich den Volvo in die Garage fuhr. Sie war so klein, dass man die Beifahrertür nicht öffnen konnte.

Miwako wartete noch vor dem Haus, als ich ankam.

»Du hättest doch schon reingehen können«, sagte ich.

»Schon, aber irgendwie fiel es mir schwer. Wahrscheinlich weil ich mich die ganze Zeit selbst überzeugen wollte, dass es nicht mehr mein Haus ist.« Miwako sah unser altes Haus mit zusammengekniffenen Augen an.

»Natürlich ist das dein Haus«, sagte ich. »Daran hätte doch auch die Hochzeit nichts geändert.«

Sie wandte den Blick ab. »Wahrscheinlich nicht«, flüsterte sie.

Ich wollte gerade das Tor öffnen, als jemand meinen Namen rief. »Herr Kanbayashi!« Ich wandte mich um. Von der anderen Straßenseite kam ein unbekannter Mann auf uns zu. Er war groß und breitschultrig und wirkte vielleicht aus diesem Grund ein bisschen wie ein Ausländer.

»Takahiro und Miwako Kanbayashi, nicht wahr?«, fragte der Mann, und ich wusste sofort, wer er war. Zugleich breitete sich ein Gefühl von Resignation in mir aus. Ich hatte gehofft, wir könnten diesen Abend in Ruhe allein verbringen.

Aber es kam wie befürchtet. Der Mann zückte einen Polizeiausweis. »Kriminalpolizei. Ich hätte einige Fragen an Sie«, sagte er.

»Ginge das nicht auch morgen? Meine Schwester und ich sind sehr müde.«

»Tut mir leid. Sie kommen von der Trauerfeier in Kami-Shakujii?«, sagte der Beamte. Das hatte er wohl aus unserer Kleidung geschlossen.

»Ja. Deshalb würden wir uns jetzt gern ein wenig ausruhen.« Ich öffnete die Tür und schob Miwako sacht ins Haus. Aber als ich ihr folgen und die Tür hinter mir schließen wollte, drückte der Kommissar sie wieder auf.

»Es dauert nur eine halbe Stunde, vielleicht sogar nur zwanzig Minuten«, sagte er und drängte sich durch den Spalt.

»Bitte kommen Sie doch morgen wieder.«

»Das geht nicht. Es gibt neue Erkenntnisse«, erwiderte er.

Das wirkte. »Was für neue Erkenntnisse?«, fragte ich.

»Verschiedene.« Der Kommissar sah mir geradewegs in die Augen. Er hatte einen durchdringenden, scharfen Blick, der mir sagte, dass dahinter eine fest gefügte, selbst geschaffene Weltsicht stand. Seine ganze Erscheinung strahlte eine vereinnahmende Kraft aus.

»Von mir aus können wir ihn ruhig hereinbitten, Takahiro«, sagte Miwako hinter mir.

Seufzend wandte ich mich zu ihr um. Dann sah ich wieder den Kommissar an.

»Aber nicht länger als eine halbe Stunde?«

»Ich verspreche es Ihnen«, sagte er.

Ich ließ die Tür los, und der Kommissar trat ins Haus.

2

Der Mann hieß Kaga und kam vom Polizeirevier Nerima. Er sagte es nicht ausdrücklich, aber offenbar ermittelte er hauptsächlich im Selbstmord von Junko Namioka, da seine Dienststelle dafür zuständig war. Also nahm ich automatisch an, dass seine Befugnisse begrenzt waren, auch wenn er an den Untersuchungen beteiligt war.

»Zuerst möchte ich Ihnen einige Fragen zum Vormittag des 17. Mai stellen.« So wie der große Mann in seinem dunklen Anzug im Flur stand, hätte man meinen können, der Totengott persönlich statte uns einen Besuch ab.

»Bitte kommen Sie doch herein«, sagte Miwako, aber er lehnte höflich ab. Er wirkte ein wenig aufgeregt und alert, wie ein Amateur-Sportler vor einem Wettkampf. Gar nicht wie ein Kriminalkommissar, fand ich.

»Ich habe Ihren Kollegen doch schon mehrfach geschildert, wie diese Frau Namioka in Herrn Hodakas Garten aufgetaucht ist«, sagte ich.

Kaga nickte. »Ja, aber ich möchte es sicherheitshalber noch einmal mit eigenen Ohren hören.«

Ich stieß einen Seufzer aus. »Also gut, was möchten Sie wissen?«

»Zunächst mal, was Sie beide am 17. getan haben.« Er nahm seinen Notizblock heraus und machte sich bereit mitzuschreiben. »Am Vormittag hatten Sie morgens dieses Haus verlassen, um die Nacht in dem Hotel zu verbringen, in dem die Hochzeit stattfinden sollte. Erzählen Sie mir bitte möglichst genau, was in dieser Zeit passiert ist.«

An diesem Satz merkte ich, dass er sich nicht mit der Aussage »Morgens verließen wir das Haus, fuhren zu Herrn Hodaka und abends ins Hotel« abspeisen lassen würde. Ergeben berichtete ich ihm mit Miwakos gelegentlicher Unterstützung ausführlich, was wir an jenem Tag erlebt hatten. Ich fragte mich, ob es nicht überflüssig war zu erzählen, was wir gemacht hatten, nachdem wir das italienische Restaurant verlassen und uns von den anderen getrennt hatten, aber Kommissar Kaga unterbrach mich nicht. Schließlich zählte ich nahezu alles auf, was ich unternommen hatte, bis ich im Hotel zu Bett gegangen war.

Kaga schrieb eifrig mit. Als er zum Ende gekommen war, überlegte er einige Sekunden und hob dann den Kopf.

»Sie beide waren also die ganze Zeit zusammen, außer zwischen 18 und 20 Uhr, als Ihre Schwester den Termin im Schönheitssalon hatte?«

»So ist es.«

Auch Miwako nickte. Wir trugen immer noch unsere Trauerkleidung.

»Sie sagten, dass Sie sich währenddessen in der Kaffeelounge aufhielten. Waren Sie die ganzen zwei Stunden dort?«, fragte Kommissar Kaga.

Am liebsten hätte ich der Einfachheit halber mit Ja geantwortet, aber der gebieterische Blick seiner scharfen Augen sagte mir, er würde es sofort merken würde, wenn ich mich drückte.

Ergeben stand ich Rede und Antwort. »Zuvor habe ich einige Einkäufe gemacht. In einem Buchladen in der Nähe und in einem kleinen Supermarkt.«

»Erinnern Sie sich noch, wo genau diese Geschäfte waren?«

Ich erinnerte mich überhaupt nicht. Aber dafür fiel mir etwas anderes ein. »Wenn Ihnen das hilft ...« Ich zog mein Portemonnaie aus der Tasche und suchte darin. Wie vermutet, fand ich darin einen Kassenzettel, den ich Kommissar Kaga zeigte. »Der ist von dem Supermarkt.«

Bevor er ihn anfasste, nahm er ein Paar weiße Handschuhe aus seiner Jacketttasche und streifte sie über.

»Aha, der ist in der Nähe vom Hotel«, sagte er mit einem Blick auf die aufgedruckte Adresse des Supermarkts. »Haben Sie auch einen von dem Buchladen?

»Ich glaube nicht. Wahrscheinlich habe ich ihn weggeworfen. Aber ich weiß noch, wo er ist. Auf der gleichen Straßenseite wie der Supermarkt.«

»Du hast etwas von Crichton gekauft, oder?«, steuerte Miwako bei.

»Ja.«

»Michael Crichton?«, fragte der Kommissar, der davon etwas besänftigt wirkte.

»Ja, eine Taschenbuchausgabe in zwei Bänden.«

»Dann war es *Enthüllung*?«

»Ja.« Ich sah ihn erstaunt an. Denn auch jemand, der Crichton kannte, hätte normalerweise *Jurassic Park* oder *Vergessene Welt* genannt.

»Sie kennen sich aus, nicht wahr?«, sagte ich.

»Intuition«, sagte er. »*Airframe* ist auch spannend«, fügte er hinzu.

Ich begriff, dass er ein Fan dieses Autors war.

»In dem Supermarkt haben Sie Whisky und etwas zum Knabbern gekauft«, sagte er mit einem Blick auf den Kassenzettel.

»Ja, einen Schlaftrunk. Ich kann schlecht einschlafen.«

»Das kann ich gut verstehen.« Kaga ließ seinen Blick zwischen mir und meiner Schwester hin- und herwandern und nickte. Offenbar dachte er an die Hochzeit am nächsten Tag, aber den wahren Grund für die Schlaflosigkeit, mit der ich in jener Nacht gerechnet hatte, kannte auch der scharfsinnige Kommissar nicht.

»Kann ich den behalten?« Er wedelte mit dem Kassenzettel in seinen Fingern.

»Bitte, natürlich«, sagte ich, konnte mir jedoch nicht vorstellen, was er ihm nützen sollte. Aber der Kommissar zog eine kleine Plastiktüte aus seinem Jackett und schob ihn behutsam hinein. Ich hätte ihn gern gefragt, was er denn noch so alles in der Tasche habe.

»Als Ihre Schwester im Schönheitssalon fertig war, haben Sie beide in dem japanischen Restaurant im Hotel gegessen. Können Sie beweisen, dass Sie die ganze Zeit zusammen waren, bis Sie anschließend wieder auf Ihre Zimmer gingen? Hat vielleicht jemand Sie gesehen?«, fragte Kaga als Nächstes.

Ich verbarg meinen Unwillen nicht und runzelte die Stirn. Das Wort »beweisen« störte mich.

»Ist es ein Problem, dass meine Schwester und ich für uns waren?«

Der Kommissar schüttelte den Kopf. »Nein, das natürlich nicht.«

»Warum dann diese Frage?«

»Ich möchte mir einen Überblick über das Verhalten aller Beteiligten an diesem 17. Mai verschaffen – mehr nicht.«

»Und zu welchem Zweck? Gewiss haben wir indirekt etwas mit Junko Namioka zu tun, aber Sie sagen doch, sie habe Selbstmord begangen. Warum wollen Sie das alles wissen? Sind wir so verdächtig, dass Sie Beweise für meinen Besuch im Buchladen und im Supermarkt brauchen und dafür, dass wir beide zusammen gewesen sind?«

Eigentlich war ich gar nicht so wütend, aber ich sprach absichtlich barsch, um gegenüber dem Kommissar nicht klein beizugeben.

Kommissar Kaga schwieg einen Moment und warf dann einen Blick auf seine Armbanduhr. Offensichtlich war es ihm zuwider, mit so etwas seine Zeit zu verschwenden.

»Frau Yukizasa hat mich auch gefragt, was ihre Unternehmungen an dem Tag mit dem Fall zu tun hätten.«

»Ich finde, das ist eine ganz normale Reaktion«, sagte ich.

Der Kommissar seufzte. »Wir glauben nicht an einen gewöhnlichen Selbstmord.«

»Was bedeutet das?«, fragte ich.

»Es bedeutet nur, es kann so sein oder so.«

»Heißt das, Junko Namiokas Tod war kein Selbstmord?«

»So kann man es auch nicht sagen. Dass sie sich umgebracht hat, ist wahrscheinlich Fakt, aber es besteht die Möglichkeit, dass sich dahinter noch etwas anderes verbirgt. Etwas, das mit dem Mord an Makoto Hodaka in Beziehung steht.« Kaga räusperte sich. »Vielleicht stellt sich am Ende heraus, dass wir zu viel in die Sache hineininterpretiert haben, aber zunächst müssen wir ermitteln.«

»Sie drücken sich sehr unklar aus. Ich bitte Sie, ein wenig deutlicher zu werden.«

»Gut, dann sagen wir es mal so«, sagte Kommissar Kaga. »Es könnte sein, dass bei Junko Namiokas Selbstmord noch jemand die Finger im Spiel hatte, und wir versuchen herauszufinden, wer das gewesen sein könnte.«

»Die Finger im Spiel?«, fragte ich nach. »Auf welche Weise? Und wer sollte das sein?«

»Darüber kann ich jetzt noch nicht sprechen«, sagte der Kommissar.

Ich verschränkte die Arme. Aus dem Augenwinkel bemerkte ich, dass Miwako etwas sagen wollte.

»Jedenfalls haben wir nichts damit zu tun«, kam ich ihr zuvor. Es war besser, sie sagte nicht zu viel. »Nachdem wir uns an dem Tag von Herrn Hodaka und seinen Freunden verabschiedet hatten, waren wir für uns, und niemand kann bezeugen, dass wir die ganze Zeit im Hotel waren. Aber mit Frau Namiokas Selbstmord haben wir nicht das Geringste zu tun.«

Kommissar Kaga hatte mir mit ernstem Gesicht zugehört. Mir war unklar, inwieweit er mir glaubte.

»Ich verstehe.« Er nickte. »Ich werde Ihre Aussage bei meinen Ermittlungen berücksichtigen.«

Seine nächste Frage betraf Junko Namiokas Auftauchen in Hodakas Garten. Kaga zog eine einfache Skizze des Anwesens hervor und wollte genau wissen, wo diese gestanden und wo jeder von uns sich zu dem Zeitpunkt befunden hatte. Außerdem ließ er sich anhand der Skizze von Miwako erklären, wo ihr Verlobter sein Schnupfenmittel aufzubewahren pflegte.

Kommissar Kaga blickte auf die Skizze in seiner Hand. »Hieraus geht eindeutig hervor, dass Junko Namioka an dem betreffenden 17. Mai unmöglich an das Medikament herankommen konnte.«

»Das hat meine Schwester vorhin auch gesagt.«

»Ach ja?« Der Kommissar blickte auf. »Und was halten Sie davon?«

»Sie könnte ihm die vergiftete Kapsel also nur an einem Tag davor untergeschoben haben. Anders ist es nicht vorstellbar.«

Doch der Kommissar musterte mich, ohne zuzustimmen, wie ein Wissenschaftler, der den Ausgang eines Experiments betrachtet. Sein Blick war so kalt, dass mir unbehaglich wurde. Gleich darauf wich die Kälte aus seinen Augen, und er lächelte.

»Sie diskutieren also auch untereinander über den Tathergang?«

»Ja, schon ein wenig. Man muss ja unwillkürlich darüber nachdenken.« Mein Blick huschte zu Miwako. Sie hielt die Augen gesenkt.

Kommissar Kaga steckte sein Notizbuch und die Skizze wieder ein.

»Vorläufig habe ich keine Fragen mehr. Tut mir leid, dass ich Sie so lange bemüht habe.«

»Wir sind ja noch in der Zeit«, sagte ich mit einem Blick auf meine Uhr. Seit seiner Ankunft waren genau 26 Minuten vergangen.

»Trotzdem.« Er sah sich um. »Ein schönes Haus haben Sie. Es hat Charakter.«

»Unser Vater hat es gebaut. Es ist ein ganz normales Haus. Nur schon etwas älter.«

»Das merkt man nur, wenn man ganz genau hinsieht. Wie viele Jahre wohnen Sie denn schon hier?«, fragte Kommissar Kaga im Plauderton.

»Tja, wie viele Jahre ...?« Ich sah Miwako an, die zu überlegen schien. »Aus verschiedenen Gründen haben wir eine Zeit lang nicht hier gewohnt.«

Aber Kommissar Kaga wusste bereits Bescheid. »Ja, Sie haben voneinander getrennt bei Verwandten gelebt.«

Darauf war ich nicht vorbereitet gewesen, und einen Augenblick lang verschlug es mir fast die Sprache.

»Woher ... wissen Sie das?«

»Nehmen Sie es mir nicht übel. Ich wollte Sie natürlich nicht ausspionieren, aber wenn man Nachforschungen anstellt, stößt man unweigerlich auf solche Dinge.«

Ich überlegte, was für Nachforschungen das waren, beschloss aber, die Sache auf sich beruhen zu lassen.

»Fünf Jahre«, sagte ich.

»Bitte?«

»Meine Schwester und ich sind vor fünf Jahren hierher zurückgekehrt.«

»Aha, vor fünf Jahren.« Kommissar Kaga presste nachdenklich die Lippen zusammen und blickte zwischen mir und Miwako hin und her. Seine breite Brust hob und senkte sich, während er langsam ein- und ausatmete. »Und in diesen fünf Jahren haben Sie alles miteinander geteilt.«

»Ja, so kann man sagen«, sagte ich.

»Jetzt habe ich Sie aber lange aufgehalten.« Kommissar Kaga verbeugte sich kurz und schaute dann auf seine Uhr.

»Kommen Sie gut nach Hause«, sagte ich ebenfalls mit einer leichten Verbeugung.

Kommissar Kaga öffnete selbst die Tür und trat hinaus. Ich wartete, bis er sie geschlossen hatte, und ging die Stufe hinunter, um abzuschließen.

In dem Moment öffnete sie sich plötzlich wieder, und Kommissar Kaga schaute durch den Spalt. Erschrocken wich ich zurück.

»Entschuldigen Sie. Etwas habe ich noch vergessen, Ihnen zu sagen.«

»Was denn?«

»Wir wissen jetzt, woher das Gift in der Kapsel stammte.«

»Ach ja, wie hieß es noch mal?«

»Strychninnitrat. Es wurde tatsächlich aus der Tierklinik entwendet, in der Frau Namioka beschäftigt war.«

»Ich verstehe.« Ich war nicht sonderlich überrascht, das war ja vorauszusehen gewesen. Zumindest war es keine Neuigkeit, die es wert war, eigens noch einmal umzukehren.

»Der Praxisinhaber sagt, der Zeitpunkt des Diebstahls lasse sich nicht bestimmen. Er hat wohl kaum damit gerechnet, dass eine seiner Angestellten sich damit umbringen würde, aber Nachlässigkeit bleibt Nachlässigkeit. Das kann einem schon fast leidtun.«

»Ja, sehr bedauerlich«, sagte ich ein wenig nervös, weil ich Kommissar Kagas wahre Absicht nicht durchschaute. »Und?«

»Das Problem liegt bei den Kapseln«, sagte er beinahe verschwörerisch.

»Was ist denn damit?«, fragte ich.

»Wie Sie wissen, stammen sie von diesem Schnupfenmittel, das der Ermordete regelmäßig einnahm. Ihr Inhalt wurde ausgetauscht.«

»Ja, das weiß ich.«

»Wir haben zwei oder drei Tage gebraucht, um herauszufinden, wo sie gekauft wurden, aber gestern ist es uns endlich gelungen. Sie stammen aus einer Apotheke in der Nähe von Frau Namiokas Wohnort.«

»Das bestätigt wohl, dass sie die vergifteten Kapseln hergestellt hat.«

»Ja, davon gehen wir aus. Allerdings hat sich ein großes Problem ergeben.« Kommissar Kaga hob den Zeigefinger.

»Welches denn?«

»Dem Apotheker zufolge«, an dieser Stelle warf Kommissar Kaga meiner Schwester einen Blick zu und sah dann wieder mich an, »hat Frau Namioka das fragliche Medikament am Freitag um die Mittagszeit gekauft.«

Ein überraschter Ausruf entfuhr mir. Ohne darauf einzugehen, schüttelte Kommissar Kaga nur ratlos den Kopf. »Eine schwere Aufgabe, die ich da zu lösen habe. Ich fahre jetzt ins Revier zurück und werde gründlich darüber nachdenken.«

Panisch überlegte ich, was ich sagen sollte, aber mir fiel nicht ein Wort ein. Unterdessen entschuldigte sich Kommissar Kaga noch einmal und zog diesmal endgültig die Tür hinter sich zu.

Ich stand wie angewurzelt vor der geschlossenen Tür. Alle möglichen Gedanken drehten sich in meinem Kopf, bis meine Schwester mich rief.

»Takahiro!«

Ich kam wieder zu mir und schloss erst einmal die Tür ab. Als ich mich umdrehte, begegnete ich Miwakos Blick, wich ihm jedoch aus.

»Ich bin ziemlich müde«, sagte ich und ging an ihr vorbei in mein Zimmer.

3

Ich fuhr mein Notebook hoch, aber meine Finger lagen nur auf den Tasten, ohne dass ich ein einziges Zeichen tippte. Mein Bericht sollte bis morgen Nachmittag fertig sein. Bei meinem jetzigen Tempo würde ich wohl die Nacht durcharbeiten müssen.

Ich wollte gerade nach meiner Kaffeetasse greifen, als mir einfiel, dass sie längst leer war. Ich überlegte, ob ich frischen Kaffee machen sollte, zögerte aber, weil ich dazu in die Küche hinuntergemusst hätte. Nicht, dass ich die Mühe scheute, aber ich fürchtete mich davor, Miwako ins Gesicht zu sehen.

Als ich nach einer Weile doch hinunterging, um Kaffee zu kochen, saß sie vor einer aufgeschlagenen Zeitung am Esstisch und las mit ernster Miene einen Artikel. Ich konnte die Schlagzeile *Rätselhafter Tod eines bekannten Autors auf seiner Hochzeit* schon von weitem sehen. Auf dem Tisch lag noch ein ganzer Stapel von Zeitungen, wahrscheinlich die der letzten Tage.

»Was hältst du von dem, was Kommissar Kaga uns gerade erzählt hat?«, fragte sie, während ich die Kaffeemaschine einschaltete.

»Was meinst du?« Ich stellte mich dumm, obwohl ich natürlich genau wusste, wovon sie sprach.

»Na dass Junko Namioka das Medikament am Freitag gekauft hat.«

»Ach so.« Ich nickte unverbindlich. »Das hat mich ein bisschen erstaunt.«

»Ein bisschen? Ich war völlig verblüfft. Wenn das stimmt,

hatte Frau Namioka nicht die geringste Gelegenheit, die Kapseln zu manipulieren.«

Die Kaffeemaschine sprotzelte, und ich sah schweigend zu, wie die dunkelbraune Flüssigkeit in den Glasbehälter tröpfelte. Ich sann über eine Erklärung nach, mit der ich sie irgendwie überzeugen konnte, aber mir fiel keine ein.

»Und wenn sie es nicht war, dann muss jemand anderer Makoto ...« Die Vorstellung war ihr wohl zu schrecklich, weshalb sie den Satz nicht beendete.

»Hör auf damit«, sagte ich. »Es steht doch fest, dass Junko Namioka die Giftkapseln präpariert hat. Also liegt es auch nahe, dass sie die Täterin ist.«

»Aber sie hatte keine Gelegenheit.«

»Das wissen wir doch gar nicht. Auf den ersten Blick mag es so erscheinen, aber vielleicht haben wir etwas übersehen.«

»Ja, mag sein ...«

»Bestimmt. Anders kann ich es mir nicht vorstellen.«

Miwako senkte, ohne zu antworten, wieder den Blick auf die Zeitung. Kaffeeduft erfüllte den stillen Raum.

»In der Zeitung steht, dass in Frau Namiokas Wohnung noch mehrere Giftkapseln sichergestellt wurden. Es wäre doch vorstellbar, dass jemand eine von ihnen gestohlen und Makoto gegeben hat.«

»Und wer?«, fragte ich.

»Das weiß ich nicht. Aber Kommissar Kaga hat doch gesagt, bei Frau Namiokas Selbstmord hätte noch jemand die Finger im Spiel gehabt. Wäre es nicht möglich, dass diese Person die Kapsel gestohlen hat?«

»Dieser Kommissar sagt, was ihm in den Kram passt.« Ungeschickt schenkte ich mir Kaffee ein, sodass etwas auf den Boden tropfte.

Miwako sagte nichts mehr und starrte auf die Zeitung. Ich hatte keine Ahnung, was in ihrem Kopf vorging. Beim Anblick ihres grüblerischen Gesichtsausdrucks war mir, als wäre zwischen uns eine transparente, aber undurchdringliche Mauer entstanden. Beinahe fluchtartig verließ ich mit meiner Kaffeetasse den Raum.

Danach verging etwa eine Stunde. Der Gedanke an Miwako, die, die Ellbogen auf den Esstisch gestützt, im Dämmerlicht allen möglichen unangenehmen Vorstellungen nachhing, nahm mir den Mut, noch einmal hinunterzugehen.

Ich dachte an den Tag der Hochzeit. An den Brief, den ich an jenem Morgen in meinem Zimmer vorgefunden hatte. Ich hatte ihn sofort verbrannt, aber die Drohung hatte sich mir unauslöschlich ins Gedächtnis eingeprägt.

Wenn Du nicht willst, dass Dein widernatürliches Treiben mit Miwako Kanbayashi bekannt wird, tauschst Du Makoto Hodakas Schnupfenmittel gegen die Kapsel in diesem Umschlag aus.

Der Verfasser des Erpresserbriefs war über drei Punkte informiert. Erstens wusste er über meine Beziehung zu Miwako Bescheid. Dann hatte er herausgefunden, dass Makoto Hodaka regelmäßig dieses Schnupfenmittel verwendete. Außerdem kannte er die Nummer meines Hotelzimmers. Dieser dritte Punkt war besonders schwerwiegend, denn man konnte die Nummer nicht einfach an der Rezeption erfragen. Es waren zwei Einzelzimmer auf den Namen Kanbayashi reserviert gewesen. Welches von den beiden ich bewohnte, war am Empfang nicht vermerkt.

Als wir am Samstagabend auf unsere Zimmer gegangen waren, wollte Miwako noch mit Kaori Yukizasa und Makoto Hodaka telefonieren. Es war gut vorstellbar, dass sie den beiden bei dieser Gelegenheit ihre Zimmernummer genannt hatte. Außerdem hatte Hodaka diese eventuell bereits an Suruga weitergegeben.

Das engte den Kreis der Verdächtigen stark ein, denn der Ermordete und Miwako schieden praktisch aus. Demnach stand fest, dass entweder Naoyuki Suruga oder Kaori Yukizasa mich hatten veranlassen wollen, Hodaka zu töten. Wer immer von beiden es war, er oder sie wiegte sich in Sicherheit, da ja mutmaßlich ich statt einer von ihnen das Gift verabreicht hatte.

Aber wer hatte nun die vergifteten Kapseln in Umlauf gebracht? Wie Miwako ganz richtig gesagt hatte, lag es nahe, dass der Täter in irgendeiner Form mit Junko Namiokas Selbstmord zu tun und die Kapseln aus ihrer Wohnung entwendet hatte.

Noch einmal rief ich mir ihr geisterhaftes Erscheinen am Mittag des 17. Mai vor Augen. Damals hatte Naoyuki Suruga, während er sie nach draußen geleitete, die ganze Zeit vertraulich mit ihr geredet. Außerdem wohnte er der Polizei zufolge im gleichen Haus wie Junko Namioka. Also bestand die Möglichkeit, dass er ihre Leiche zuerst entdeckt, den Fund jedoch nicht gemeldet, sondern die Gelegenheit genutzt hatte, seinen Plan, Hodaka zu töten, in die Tat umzusetzen.

Ich dachte an das spitze Kinn des Managers und seine hervorquellenden Augen. Welches Motiv hätte er haben können, Makoto Hodaka zu töten? Soweit ich hatte beobachten können, war es mit ihrer Freundschaft nicht weit her gewesen. Vermutlich ging es dabei vor allem um Geld. Also wäre es nicht verwunderlich, wenn es zu einem für Außenstehende nicht erkennbaren Streit gekommen wäre.

Aber was war mit Kaori Yukizasa? Momentan sah ich zwischen ihr und Junko Namioka keinerlei Verbindung. Was könnte ihr Motiv sein?

Sie war Hodakas Lektorin. Beruflich war sein Tod ein Nachteil für sie, aber wie sah es persönlich aus?

Tatsächlich hatte ich, als ich sie kennenlernte, mehrmals überlegt, ob sie vielleicht einmal etwas mit Hodaka gehabt hatte. Es war kein begründeter Eindruck, eher ein flüchtiges Gefühl, das ich hatte, wenn sie über meine Schwester und ihren Verlobten sprach. Aber was, wenn ich mir das nicht einbildete? War es denkbar, dass sie sich für einen Verrat gerächt hatte?

Und dann war ja da noch Miwako.

Kaori Yukizasa sah in ihr einen Schatz, den sie entdeckt hatte, und überschüttete sie mit schwesterlicher Zuneigung. Was, wenn sie diesen wertvollen Schatz nicht einem dahergelaufenen Kerl wie Hodaka überlassen wollte? Selbst wenn er dafür sterben musste?

Ich verschränkte die Hände hinter dem Kopf und lehnte mich weit im Stuhl zurück. Die metallene Stuhllehne quietschte unangenehm.

Wer von den beiden hatte den Erpresserbrief geschrieben und mich veranlasst, Makoto Hodaka zu töten? Bei keinem von beiden wäre es seltsam gewesen.

Dennoch blieben viele Ungereimtheiten. Ich wusste nicht, wie ich weiter vorgehen sollte, ohne zu wissen, wer der Urheber des Briefes war.

Von unten ertönten leise Geräusche. Sicher grübelte Miwako jetzt auch darüber nach, wer ihren Bräutigam getötet hatte? Fest umschloss ich meine leere Kaffeetasse und wappnete mich.

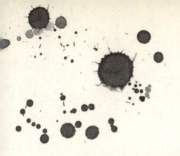

KAORI YUKIZASA
DIE LEKTORIN

1

Am Tag nach Makoto Hodakas Beisetzung, also am Nachmittag des 23. Mai, nahm ich den Keihin-Express nach Yokohama, um mich mit Miwako zu treffen. Gestern war sie ins Krematorium gefahren, und mich hatte dieser seltsame Kommissar festgehalten, sodass sich keine Gelegenheit ergeben hatte, in Ruhe mit ihr zu sprechen.

Während ich am Fenster stand und die vorüberziehende Landschaft betrachtete, ließ ich mein Gespräch mit Kaga Revue passieren.

Hodakas Tod erregte eindeutig sein Misstrauen. Genauer gesagt, schien er längst nicht überzeugt, dass Junko Namioka ihren ehemaligen Liebhaber umgebracht hatte.

Was wohl der Grund für seine Zweifel war? Er hatte mich darauf hingewiesen, dass mit der Anzahl der Kapseln etwas nicht stimmte, aber das allein konnte es nicht sein. Wahrscheinlich hatte er noch weitere Verdachtsmomente und Widersprüche entdeckt.

Ich sah vor mir, wie Suruga und Hodaka die Leiche von Junko Namioka fortgeschafft hatten, und hätte am liebsten mit der Zunge geschnalzt. Auch wenn alles sehr schnell gegangen war, wäre es doch verwunderlich, wenn niemand einen so auffälligen Transport beobachtet hätte. Vielleicht hatte jemand sie gesehen und die Polizei benachrichtigt. Oder vielleicht hatten sie doch ein entscheidendes Indiz hinterlassen. Wie dem auch sei, der Umgang mit all diesem Material machte die Lage so unübersichtlich und kompliziert, dass Kaga bestimmt Kopfschmerzen bekäme.

Aber selbst wenn er darüber hinaus etwas witterte, hatte ich nichts zu befürchten. Kein Fünkchen könnte zu mir überspringen. Solange ich kein Geständnis ablegte, würde niemand je erfahren, dass ich etwas mit Hodakas Tod zu tun hatte.

Die Fahrt von Shinagawa nach Yokohama dauerte nicht lange. Als ich aus dem Zug stieg und die zahllosen Menschen, die aneinander vorbei zu den Treppen eilten, hinter mir gelassen hatte, atmete ich tief durch. Das düstere Wetter vom Vortag hatte sich völlig gewandelt, und der Himmel erstrahlte in einem klaren Blau. Es war warm, und hin und wieder wehte eine frische Brise.

Ich spürte, wie eine neue Kraft mich erfüllte. Die Energie schien bis in meine Finger- und Zehenspitzen zu strömen. Ein Gefühl der Leichtigkeit, wie ich es seit Jahren nicht empfunden hatte, breitete sich in mir aus. Die hässliche, schwärende Wunde in meinem Herzen war wie weggeblasen.

Nach der gestrigen Beisetzung fühlte ich mich bis in mein Innerstes gereinigt. Passend zum Wetter war es ein düsteres, trübes Ritual gewesen.

Ich hatte sogar Tränen vergossen. Um mein früheres Ich geweint. So gesehen hatte ich mit Hodaka auch mich selbst begraben. Doch im gleichen Moment war ich zu neuem Leben erwacht. Eigentlich war ich die ganzen Jahre wie tot gewesen, von Hodaka getötet. Oder in seinem Bann gewesen. Und dieser Bann hatte sich gestern gelöst.

Wären nicht so viele Leute um mich herum gewesen, hätte ich Arme und Beine weit ausgestreckt und geschrien: Ich habe gesiegt. Ich habe mich selbst zurückgewonnen!

Direkt neben mir war ein Spiegel, aus dem mir mein strahlendes Gesicht entgegenblickte. Voller Selbstvertrauen. Und Stolz.

Noch etwas hätte ich gern gerufen: Ich habe ihn in den Tod

geschickt – diesen Makoto Hodaka. Ich stellte mir vor, wie ich diesen Satz hinausschrie.

Allein die Vorstellung versetzte mich in beste Laune. Ich hatte nicht einen Funken Schuldgefühl. Glücklich und zufrieden setzte ich meinen Weg fort. Ein Mann, augenscheinlich ein Büroangestellter, und ich stießen mit den Schultern zusammen. Er blickte mich nur entrüstet an, ohne sich zu entschuldigen.

»Verzeihung«, sagte ich mit einem liebenswürdigen Lächeln und ging weiter.

Miwako und ich waren bei ihr zu Hause verabredet. Bei einem Blick auf die Uhr stellte ich fest, dass ich noch Zeit hatte, und beschloss, in einen großen Buchladen in einem Shoppingcenter hineinzuschauen. Natürlich hatte ich ein bestimmtes Ziel und ging gleich in die Abteilung, wo die Bestseller und Sachbücher ausgestellt waren.

Ich ließ meinen Blick über einen Ständer schweifen, um zu sehen, wie viele von den Büchern, die ich betreut hatte, darauf lagen. In der zweiten Reihe entdeckte ich zwei Bände von Miwako Kanbayashi.

Wie ich vermutet hatte. Ich lächelte in mich hinein. Die Nachricht von Hodakas Tod wirkte sich nicht nur auf seine Bücher aus, sondern auch auf ihre. Vom Sensationswert her war eine Schlagzeile wie *Miwako Kanbayashi, die Braut, die bei der Hochzeit zur Witwe wurde* weit interessanter als *Makoto Hodaka unter rätselhaften Umständen bei Hochzeit gestorben*. Ein großer Buchladen würde sich eine solche Chance nicht entgehen lassen.

Wenn alles gut lief, würden wir vielleicht schon nächste Woche eine neue Auflage drucken. Und ich musste meinem verschnarchten Chef nicht mal Beine machen.

Doch als ich meinen Blick über die anderen Bücher schweifen

ließ, sank meine gute Laune sofort um etliche Prozentpunkte. Es waren fünf von Hodaka, darunter auch ganz alte.

Ärgerlich schnalzte ich mit der Zunge. Was hatten die Bücher von diesem Kerl hier zu suchen? Ich konnte mir nicht vorstellen, dass die Leute Interesse an den alten Schwarten eines Autors hatten, nur weil es hieß, er sei ermordet worden.

Es missfiel mir, dass dieses Zeug neben Miwakos Büchern stand, als hielte man es für literarisch gleichwertig. Lachhaft!

Unterdessen griff eine junge Büroangestellte direkt neben mir nach Miwakos Buch und blätterte darin.

Kaufen Sie es! Ich sandte ihr telepathische Wellen zu. Ich arbeitete schon lange als Lektorin, hatte aber noch nie gesehen, wie jemand in einem Buchladen ein Buch kaufte, das ich betreut hatte.

Die junge Frau zögerte einen Moment, schloss dann das Buch und legte es zurück. Innerlich stampfte ich mit dem Fuß auf.

Doch im nächsten Augenblick geschah das Unglaubliche. Die junge Frau nahm den anderen Band von Miwako Kanbayashi und ging damit zur Kasse. Ich sah ihr nach. Der Laden war voll, und sie musste sich anstellen. Solange sie nur ihre Meinung nicht änderte. Die trägen Bewegungen des Kassierers zerrten an meinen Nerven.

Endlich war die Frau mit Miwakos Buch an der Reihe. Der Mann packte es ein, und sie nahm das Geld aus dem Portemonnaie. Alles war in Ordnung.

Mein Schicksal schien sich wirklich zum Besseren zu wenden. In Hochstimmung verließ ich die Buchhandlung.

2

Jetzt musste ich mir überlegen, wie ich Miwako am schnellsten über die Erinnerung an Hodaka hinweghelfen konnte. Es wäre fatal für ihre Zukunft, wenn sie diesem Kerl noch ewig nachtrauerte. Aber allzu große Sorgen machte ich mir deshalb nicht. Ich wusste aus eigener Erfahrung, wie vergesslich die Menschen sind.

Ich nahm ein Taxi. Miwako und ihr Bruder wohnten in einem Viertel, in dem es noch ziemlich viele alte Häuser gab. Ich freute mich richtig, wieder hierherkommen zu können. Wenn aus der Hochzeit etwas geworden wäre, hätte ich, solange ich Miwakos Lektorin war, immer zu Hodakas Haus pilgern und Zeugin ihres Eheglücks sein müssen. Bei diesem Gedanken überlief es mich jetzt noch kalt. Wieder überkam mich eine Welle der Erleichterung.

Ich traf etwas zu früh ein, klingelte aber trotzdem. »Ja?«, ertönte Miwakos Stimme aus der Sprechanlage. »Ich bin's, Kaori«, sagte ich hinein.

»Oh, du bist schon da«, sagte sie.

»Ja, ein bisschen zu früh«, sagte ich mit einem Blick auf meine Uhr.

»Ich mache auf.« Es knackte unangenehm laut, als sie den Knopf losließ.

Mich beschlich ein ungutes Gefühl. Miwakos Stimme hatte angespannt geklungen. Seltsam, dass sie sich nach fünf Tagen noch immer nicht beruhigt haben sollte.

Die Eingangstür öffnete sich, und Miwako erschien. »Hallo«, sagte sie

»Hallo«, erwiderte ich lächelnd. Mein Instinkt hatte mich nicht getrogen. Sie sah noch schlechter aus als gestern während der Beisetzung.

Gut, dass ich gekommen war. Hoffentlich war es noch nicht zu spät für eine Heilung.

»Komm doch rein.«

»Danke.«

Bevor ich durch die Tür ging, warf ich einen kurzen Blick in die Garage. Der dunkle Volvo stand nicht da. Wahrscheinlich war Takahiro Kanbayashi zur Universität gefahren. Eine gute Gelegenheit, in Ruhe mit Miwako zu sprechen.

Ihre Möbel waren noch nicht wieder hier, weshalb wir beschlossen, unten im Esszimmer zu bleiben. Bisher hatten wir immer an einem kleinen Klapptisch in Miwakos Zimmer gesessen.

Auf einer Seite des Esstischs lagen eine Menge zusammengefalteter Zeitungen, aus denen hier und da etwas herausgeschnitten worden war. Während Miwako Kaffee kochte, schlug ich eine davon auf. Wie ich mir gedacht hatte, fehlte ein Artikel aus den Gesellschaftsseiten. Ich musste nicht fragen, worum es darin ging.

Miwako bemerkte, was ich tat, und schenkte mit verlegenem Gesicht zwei Tassen Kaffee ein.

»Entschuldige. Ich wollte noch aufräumen.«

Ich stieß einen betont tiefen Seufzer aus, faltete die Zeitung zusammen und sah dann mit verschränkten Armen zu Miwako auf. »Du schneidest die Artikel über den Vorfall aus?«

Sie nickte schüchtern. Wie ein junges Mädchen.

Ich seufzte noch einmal. »Wozu das denn?«, fragte ich.

Doch Miwako antwortete nicht. Sie stellte die beiden Tassen auf ein Tablett, legte auf jeden Untertasse ein Plastikdöschen

Milch und trug alles langsam an den Tisch. Ob sie dabei über eine Erklärung nachdachte?

Nachdem sie jeder von uns eine Tasse hingestellt hatte, setzte sie sich. Die ganze Zeit hielt sie den Blick gesenkt.

»Ich versuche das Geschehene auf meine Weise zu ordnen und es mir zu erklären«, sagte sie ohne Hast.

»Zu erklären?« Ich runzelte die Stirn. »Was denn erklären?«

»Also ...« Miwako öffnete ein Milchdöschen und leerte es in den Kaffee, den sie darauf langsam mit ihrem Teelöffel umrührte. Sie tat das sicher nicht mit Absicht, aber es machte mich nervös. »Ich möchte herausfinden, was in Wahrheit geschehen ist.«

»Welche Wahrheit?«

»Die Wahrheit, die hinter Makotos Tod steckt.«

»Das klingt sonderbar. Du hast doch die Zeitungen gelesen? Dann müsstest du eigentlich wissen, wie es zu seinem Tod kam.«

»Du meinst, dass diese Junko Namioka eine Art Doppelselbstmord inszeniert hat?«

»Ja.« Ich nickte.

Miwako trank von ihrem Kaffee und sah mich fragend an. »Ob das wirklich stimmt?«

»Warum nicht? Was stört dich daran?«

»Gestern war dieser Kommissar hier. Ein Herr Kaga vom Revier in Nerima.«

»Ach ja, der.« Ich nickte. Ich sah den Mann mit dem durchdringenden Blick und den markanten Zügen vor mir. »Ich habe ihn auch kennengelernt. Als ihr im Krematorium wart.«

»Ah, ja, jetzt wo du es sagst, er hat erwähnt, dass er mit dir gesprochen hat.«

»Er hat mich nach meinem Alibi gefragt. Seltsamerweise für den 17. Mai.« Ich zuckte mit den Schultern und griff nach meiner Kaffeetasse.

»Bei uns war es genauso. Er hat sich ganz genau erkundigt, was wir am Samstag gemacht haben.«

»Mach dir keine Gedanken. Der spinnt sich was zurecht.«

»Herr Kaga sagte, dass vielleicht noch eine dritte Person mit Junko Namiokas Selbstmord zu tun hat.«

Das ahnte er also schon. Ein bitterer Geschmack breitete sich in meinem Mund aus.

»Aus welchem Grund? Was für eine dritte Person?«

»Das hat er uns nicht gesagt ...«

Miwakos Antwort erleichterte mich zunächst.

»Er redet unausgegorenes Zeug. Er will sich profilieren, weil der Fall so viel öffentliche Aufmerksamkeit erregt«, sagte ich etwas zu schroff.

Miwako sah mich an. »Denke doch mal gründlich darüber nach. Junko Namioka hatte nicht die geringste Gelegenheit, Makoto die Giftkapsel unterzuschieben.«

»Wie kommst du denn darauf?« Ich erwiderte ihren Blick.

Miwako erzählte mir von Kagas neuen Erkenntnissen und der Aussage ihres Bruders. Wenn man beides in Zusammenhang brachte, hatte Junko Namioka wirklich keine Gelegenheit gehabt.

Dem konnte ich natürlich nicht so einfach beipflichten. Ich bekam einen beträchtlichen Schreck, hütete mich aber, mir etwas anmerken zu lassen.

»Ach, tatsächlich?«, sagte ich, vorgeblich unbeeindruckt. »Andererseits merkt man bei einem geschickten Taschendieb ja auch nicht, wenn er klaut, selbst wenn man direkt danebensteht. Nicht einmal der Bestohlene bekommt etwas mit. Es gibt Profis, die nie von der Polizei geschnappt werden. Ich sage ja nicht, dass Junko Namioka eine professionelle Killerin war, aber sie könnte doch in einem unbeobachteten Moment das Gift ins Haus geschmuggelt haben.« Mir erschien diese These selbst nicht besonders überzeugend, und ich verstummte.

»Und wann soll dieser unbeobachtete Moment gewesen sein?«, fragte Miwako ungläubig.

»Sie hat also das Mittel am Freitag gekauft, nicht wahr? Dann könnte sie doch sofort nach Hause gegangen sein, die vergifteten Kapseln präpariert und sich am Abend in Hodakas Haus geschlichen haben.«

Ich fand diesen Gedanken gar nicht schlecht, aber Miwako blieb skeptisch.

»Daran hatte ich auch schon gedacht, aber praktisch war das nicht zu machen. Makoto war am Freitag den ganzen Tag zu Hause. Als er mich abends anrief, war er beim Packen und hatte nicht vor, noch einmal auszugehen. Wie hätte Frau Namioka sich da ins Haus schleichen sollen?«

Was Miwako sagte, war durchaus vernünftig und logisch. Aber ich ließ mich nicht entmutigen und nahm mir viel Zeit, meinen Kaffee zu trinken. Ich setzte eine gelassene Miene auf, aber in meinem Kopf herrschte heillose Panik. Ich durfte mich nicht geschlagen geben.

»Eigentlich möchte ich mir das gar nicht vorstellen und es auch nicht sagen.« In rasender Eile hatte ich mir eine Theorie zurechtgelegt. »Aber vielleicht musste Junko Namioka sich ja gar nicht ins Haus schleichen.«

Miwako blinzelte. Sie schien nicht zu ahnen, was ich damit sagen wollte.

»Es wäre doch möglich, dass sie in aller Ruhe durch die Tür spaziert ist. Vielleicht hat Makoto sie angerufen, oder es war ein spontaner Besuch?«

Erst jetzt schien Miwako zu begreifen, was ich sagen wollte. Ihre ohnehin großen Augen weiteten sich.

»Willst du damit sagen, sie hätten sich am Freitagabend getroffen? Makoto und sie ...«

»Wäre das denn so ausgeschlossen?«

»Zwei Tage vor unserer Hochzeit?« Miwako runzelte die Stirn.

Ich holte Luft und befeuchtete mir die Lippen. Es lief gut, so musste ich weitermachen.

»Ich sag dir mal was. Es gibt Männer, die treffen sich vor ihrer Hochzeit noch mal mit einer früheren Freundin. Eine Art Junggesellenabschied. Wobei es natürlich nicht nur ums Treffen geht, sondern um Sex.«

Miwako schüttelte ärgerlich den Kopf. »Das glaube ich nicht. Andere tun das vielleicht, aber Makoto, nein ...«

»Ach, meine kleine Miwako.« Ich sah ihr ins Gesicht. »Ich wollte dir das gar nicht erzählen. Aber es ist wahr, er hat mit Junko Namioka gespielt. Es tut mir leid, aber so war er.«

»Aber es ist doch nicht verwunderlich, dass Makoto, bevor er mich kennenlernte, eine Freundin hatte. Er war ledig.«

»Nicht bevor.« Ich musste deutlicher werden. »Die Affäre ging weiter, auch als er schon mit dir zusammen war. Genau deshalb ist sie so außer sich geraten, als sie von seiner Hochzeit erfuhr – ja, so muss es gewesen sein.«

»Vielleicht wollte er sich verabschieden«, sagte Miwako mit nachdenklichem Blick. Wieder sah sie aus wie ein kleines Mädchen.

Sie raubte mir den letzten Nerv. Ich hatte noch einen Trumpf in der Hinterhand, mit dem ich diesem weltfremden Ding die Augen öffnen konnte. Meine eigene Liebschaft mit Hodaka, was allerdings unserer Freundschaft ein Ende bereitet hätte.

Ich nahm einen Schluck Kaffee und überdachte erneut meine Strategie. Und hatte eine Idee.

»Junko war schwanger«, sagte ich.

»Was?« Miwako blieb der Mund offen stehen. Sie war völlig überrumpelt.

»Junko Namioka war schwanger von deinem Verlobten. Natürlich hat sie das Kind abgetrieben. Ich weiß davon, weil Suruga es mir erzählt hat. Aber die Medien haben anscheinend noch keinen Wind davon bekommen.«

»Das ist nicht wahr ...«

»Wenn du mir nicht glaubst, frag doch seinen Manager. Jetzt kann er dir ja die Wahrheit sagen. Bisher hat er wegen Makoto den Mund gehalten. Er sagt, Junko Namioka sei die ganze Zeit in dem Glauben gewesen, er würde sie heiraten. Deshalb hat sie auch der Abtreibung zugestimmt.«

Den letzten Teil hatte ich nicht von Suruga, er entstammte meiner eigenen Vermutung. Aber ich war ziemlich sicher, dass ich mich nicht irrte. Hodaka war so ein Typ.

Miwako schwieg schockiert und starrte auf die Tischplatte. Ihre rechte Hand umklammerte die Tasse. Als ich ihre schmalen Hände mit den unlackierten Fingernägeln betrachtete, tat sie mir sehr leid.

Vor allem fühlte ich mich schuldig. Hätte ich sie diesem Mann nicht vorgestellt, wäre sie jetzt nicht in dieser Lage. Ich trug die Verantwortung, und gerade deshalb musste ich ihr wieder auf die Beine helfen.

»Miwako«, sprach ich sie in sanftem Ton an. »Ich habe mich das schon länger gefragt, was fandest du an ihm?«

Miwako wandte mir langsam den Blick zu. Ich sah in ihre dunklen Augen und fuhr fort: »Warum verliebt sich ein kluges Mädchen wie du in so einen Mann? Das kann ich überhaupt nicht verstehen.«

Innerlich lachte ich mich selbst aus. Ich hatte es gerade nötig, ihr derartige Fragen zu stellen. Hatte ich mich doch selbst in ihn verliebt.

»Vielleicht habe ich einen ganz anderen Menschen in ihm gesehen als du«, sagte sie.

»Dr. Jekyll und Mr. Hyde?«

»Nein, ich meine dieselbe Person, nur aus ganz verschiedenen Blickwinkeln.«

Sie griff nach der Kaffeedose auf dem Teewagen neben sich und stellte sie auf den Tisch.

»Aus deiner Perspektive ist sie länglich, ja? Aber aus meiner wirkt sie rund.«

»Du meinst, ich hätte seine guten Eigenschaften nicht gesehen, oder?«

Miwako nickte leicht.

»Aber dafür hast du seine schlechten Seiten nicht erkannt.«

»Kein Mensch hat nur gute Seiten. Er war da keine Ausnahme, das habe ich die ganze Zeit gewusst.«

»Und du bist nicht schockiert?«

»Nur ein wenig. Aber ich werde mich bald daran gewöhnen.« Miwako stützte, die rechte Hand an die Stirn gelegt, den Ellbogen auf den Tisch. Es wirkte, als würde sie gegen den Schmerz ankämpfen.

Nun wusste ich, was Eltern empfanden, wenn sie ihrer Tochter, die in die Fänge einer Sekte geraten war, die Augen öffnen wollten. Worte halfen da nicht.

Doch bis vor kurzem war ich genauso gewesen. Als ich mit Hodaka zusammen gewesen war, hatte niemand etwas gesagt, aber selbst wenn jemand, der seinen wahren Charakter kannte, mich gewarnt und mir zu einer Trennung geraten hätte, hätte ich nicht auf ihn gehört.

»Gut, ich kapituliere.« Ich hob kurz die Hände, um zu signalisieren, dass ich aufgab, und ließ sie wieder auf den Tisch sinken. »Du bist verliebt, und er ist plötzlich gestorben. Ganz gleich, was andere sagen, du lässt es nicht an dich heran. Es ist sinnlos, dir auf einmal zu sagen, du sollst ihn nicht mehr lieben. Also genug davon. Aber ich habe eine Bitte an dich.«

Sie wandte sich mir zu. Ihre Augen waren ganz rot. Sie sah aus, als würde sie gleich weinen.

»Am besten, du versuchst, das alles möglichst schnell zu vergessen. Ich werde dir dabei helfen.«

Miwako senkte wieder den Blick. Die Hände auf den Tisch gestützt, beugte ich mich vor.

»Mein Chef, weißt du, hat mir eigentlich abgeraten, heute herzukommen. Die Sache ist erst wenige Tage her, und Miwako ist bestimmt noch sehr aufgeregt, sagte er, und ich sollte dich lieber noch eine Weile in Ruhe lassen. Aber ich war anderer Meinung. Gerade jetzt musste ich dich sehen und dir sagen, dass du schreiben musst.«

Mit gesenktem Blick schüttelte sie den Kopf. Ihr ganzer Körper drückte Ablehnung aus.

»Warum nicht?«, fragte ich. »Weil du zu unglücklich bist? Aber willst du deine Trauer nicht in deinen Gedichten verarbeiten? Immerhin bist du Dichterin. Oder glaubst du, du solltest nur über luftige, heitere Träumereien schreiben?«

Unvermittelt war ich laut geworden, denn mir war es sehr ernst. Ich wollte, dass sie sich rasch wieder fing. Wollte, dass sie Hodaka vergaß.

Miwako nahm ihre Hände vom Tisch und starrte abwesend auf einen Punkt in der Luft.

»Ich werde kein Gedicht schreiben, bis ich Bescheid weiß.«

»Miwako ...«

»Solange ich keine eindeutige Antwort bekomme, warum das geschehen ist, werde ich keine Zeile schreiben. Ich will nicht und kann nicht.«

»Aber es gibt nirgendwo eine Antwort außer der, die wir schon kennen.«

»Und wenn schon. Die Sache ist für mich nicht abgeschlossen, bis ich Gewissheit habe«, sagte sie, ohne mich anzusehen, und verbeugte sich leicht vor mir. »Entschuldige bitte.«

Ich legte den Kopf in den Nacken und schaute zur Decke. Mein Stoßseufzer kam aus dem Bauch heraus.

»Wer außer Junko Namioka könnte Makoto getötet haben? Und wie soll die Person das geschafft haben?«

»Ich weiß es nicht. Aber es gibt nur wenige Menschen, die infrage kommen.«

Unwillkürlich schaute ich sie an, weil ihr Ton so ungewöhnlich nüchtern klang. Ihr eben noch verstörter Gesichtsausdruck hatte auf einmal etwas Kaltes.

»Kurz vor der Trauung habe ich dir die Pillendose gegeben. Was ist daraus geworden?«, fragte sie mich, ohne ihren Ausdruck zu verändern.

3

Es war gegen vier, als ich das Haus der Kanbayashis verließ. Ich ging nach Süden zur Hauptstraße, um von dort ein Taxi zu nehmen. Ein feuchtwarmer Wind strich mir übers Gesicht. Der Straßenstaub heftete sich klebrig auf meine Haut. Ich fragte mich, wie das kam, obwohl das Wetter gerade noch so frisch und angenehm gewesen war.

Bis zum Schluss war es mir nicht gelungen, Miwako aus dem Bann des Geschehenen zu befreien. Ihre Zweifel hielten sie derart gefangen, dass meine Worte auf taube Ohren bei ihr stießen und die Blockade nicht lösen konnten.

Aber dass sie sogar mich verdächtigte ...

Natürlich hegte sie keinen besonderen Verdacht gegen mich. Sie suchte eben auch, was mich anging, nach einer eindeutigen Erklärung, weil es für die Lösung des Falles notwendig war, zu klären, wie die vergiftete Kapsel in wessen Hände gelangt war. Aber als sie mich gefragt hatte, was aus der Pillendose geworden sei, hatte ihre ernste Miene mir gesagt, dass es für sie in diesem Fall keine Ausnahme gab.

Wie konnte ich sie nur überzeugen? Was konnte ich tun, damit sie sich diesen Kerl und den Mord an ihm aus dem Kopf schlug?

Als ich so in Gedanken versunken die Straße entlangging, hupte neben mir ein Wagen. Überrascht schaute ich auf. Ich kannte den Wagen, der langsam neben mir herfuhr.

Ich blieb stehen. »Sie sind wohl auf dem Heimweg?«

»Ja.« Takahiro Kanbayashi lächelte mir aus seinem Volvo zu. »Sie waren sicher gerade bei uns, oder?«

»Ja, Miwako und ich hatten etwas zu besprechen, und jetzt gehe ich nach Hause.«

»Wirklich?«, fragte er verwundert. Vermutlich bezweifelte er, dass Miwako etwas besprechen konnte, weil auch er ihre Verfassung genau kannte.

»Eigentlich haben wir auch kaum über die Arbeit gesprochen«, sagte ich, und er nickte wissend.

»Ja, so ist das. Wie kommen Sie denn jetzt nach Hause?«

»Ich nehme ein Taxi zum Bahnhof Yokohama.«

»Ich kann Sie doch fahren. Bitte steigen Sie ein.« Er öffnete die Beifahrertür.

»Nein, das ist nicht nötig.«

»Genieren Sie sich nicht. Außerdem möchte ich Sie um einen Rat bitten.«

»Einen Rat?«

»Oder besser gesagt, ich möchte Sie etwas fragen.« Takahiro Kanbayashis Stimme klang vielsagend.

Ich hatte nicht die geringste Lust, mit diesem Mann allein zu sein, aber es gab keinen triftigen Vorwand, abzulehnen. Außerdem wollte ich wissen, was er in der Hand hatte.

»Überredet«, sagte ich und stieg ein.

»Worüber haben Sie mit Miwako gesprochen?«, fragte er, kaum dass wir losgefahren waren.

»Über alles Mögliche«, sagte ich ausweichend. Ich musste ja meine Karten nicht freiwillig offenlegen.

»Über den Mord?«

»Ja, auch ein bisschen.«

»Was hat Miwako gesagt?«

»Dass gestern dieser Kaga bei Ihnen war.«

»Und was noch?«

»Wie, was noch?«

»Hat Miwako nichts weiter darüber gesagt?«

»Darüber, dass der Kommissar da war?« Ich stellte mich dumm. »Nein, nichts weiter. Aber ich frage mich, was er noch wissen wollte, wo der Fall angeblich schon aufgeklärt ist.«

Kanbayashi sah nach vorn und nickte. Er machte sich eindeutig Sorgen um Miwako. Ich hätte wahnsinnig gern gewusst, was zwischen den Geschwistern vorging.

»Haben Sie beide über den Mord gesprochen?«, fragte ich.

»Kaum. Meine Schwester schließt sich die meiste Zeit in ihrem Zimmer ein, wissen Sie«, antwortete er kurz angebunden. Ich konnte nicht beurteilen, ob es wirklich so war oder ob er etwas verbarg.

Ich betrachtete sein Profil. Er hatte schöne jugendliche Haut. So schön, dass man unwillkürlich den Wunsch verspürte, ihn zu küssen. Auf der anderen Seite hatte er auch etwas Künstliches an sich und erinnerte mich an eine Schaufensterpuppe in der Herrenabteilung eines Kaufhauses.

»Kannten Sie eigentlich diese Junko Namioka?« Die Schaufensterpuppe bewegte die Lippen.

»Nein, überhaupt nicht.«

»Dann haben Sie sie wie ich auch letzten Samstag zum ersten Mal gesehen?«

»Ja. Warum?«

»Ich habe mich gefragt, ob niemand außer Herrn Suruga wusste, dass Hodaka diese Frau kannte. Sie waren doch auch seine Lektorin.«

»Hätte ich von ihr gewusst, hätte ich Miwako unter allen Umständen von der Hochzeit mit ihm abgehalten. Das können Sie mir glauben«, sagte ich bestimmt.

Takahiro Kanbayashi warf mir vom Steuer einen Blick zu, der besagte, »Ja natürlich«, und nickte.

Wir näherten uns dem Bahnhof, und es gab einen kleinen Stau. »Hier kann ich doch sehr gut aussteigen«, sagte ich.

»Waren Sie schon lange mit Herrn Hodaka zusammen«, fragte er, ohne mir zu antworten.

»Zusammen? Wie meinen Sie das?«

»Wie lange haben Sie als seine Lektorin mit ihm zusammengearbeitet?«

»Ach so.« Ich nickte. »Vier Jahre können es schon sein.«

»Das ist ziemlich lange, nicht wahr?«

»Eigentlich nicht. In letzter Zeit war ich auch nur noch pro forma für ihn zuständig.«

»Aber waren Sie nicht auch verhältnismäßig gut befreundet? Sie waren es doch, die Miwako mit ihm bekannt gemacht hat, oder?«

Was wollte der Kerl von mir? Ich verstärkte meine Wachsamkeit. Wenn ich nicht aufpasste, konnte mich leicht ein unvorhergesehener Hieb treffen.

»Befreundet kann man nicht sagen. Dass ich ihm Miwako vorgestellt habe, ergab sich, weil ich zufällig auch ihre Lektorin war.«

»Ach, wirklich? Als wir letzten Samstag alle zusammen in dem Restaurant waren, hatte ich aber den Eindruck, dass Sie recht vertraut miteinander waren.«

»Das war eine Ausnahme. Meist haben wir nicht mal auf Partys miteinander gesprochen.«

»So sah das aber gar nicht aus«, sagte Kanbayashi, den Blick nach vorn gerichtet.

Anscheinend wollte er mir eine Falle stellen. Mir war unklar, wie er darauf kam, aber offenbar argwöhnte er eine Beziehung zwischen mir und Hodaka. Sicher fischte er nicht grundlos im Trüben. Wahrscheinlich wollte er herausbekommen, ob ich ein Motiv gehabt hätte, den Bräutigam seiner Schwester umzubringen. Warum hatte er mich im Visier?

Jedenfalls war mir dieses Gespräch nicht willkommen.

»Hier ist es gut. Den Rest kann ich zu Fuß gehen«, sagte ich.

»Haben Sie es eilig? Sonst könnten wir noch irgendwo einen Kaffee trinken«, sagte Miwakos Bruder. Früher hätte er mich so etwas nie gefragt.

»Ich würde gern, aber leider habe ich keine Zeit. Im Verlag warten Fahnen auf mich.«

»Wie schade.«

Auf der linken Straßenseite wurde ein Platz frei. Er bremste und fuhr in die Lücke.

»Vielen Dank. Sie haben mir sehr geholfen.« Ich nahm meine Tasche und machte mich zum Aussteigen bereit, indem ich die Hand schon auf den Türgriff legte.

»Ich hoffe, es ist nicht zu spät für Sie geworden. Ach, ja, einen Moment noch«, sagte er, als der Wagen zum Stehen kam. »Haben Sie einen Computer?«

»Einen Computer? Nein.«

»Ach. Ich habe nämlich einen Bekannten, der stellt Software für Computerspiele her und sucht Testpersonen. Aber wenn Sie keinen haben, kann man nichts machen. Verwenden Sie einen Wapuro für die Textverarbeitung, Frau Yukizasa?«

Ich schüttelte den Kopf.

»Ich muss gestehen, dass ich weder einen Computer noch einen Wapuro habe. Denn als Lektorin komme ich selten in die Verlegenheit, selbst etwas zu tippen. Die Fahnen bearbeite ich handschriftlich mit einem Rotstift.«

»Ja, ich verstehe.« Takahiro Kanbayashi musterte mich forschend.

»Also dann, ich muss gehen. Noch einmal vielen Dank.«

»Aber gerne, besuchen Sie uns bald wieder.«

Ich stieg aus, ging um den Wagen herum und auf den Gehsteig. Dann winkte ich Takahiro Kanbayashi noch einmal kurz zu und ging mit einem Seufzer der Erleichterung davon.

Es war schwierig, sich mit diesem Mann zu unterhalten, und schwierig, seine Absichten zu durchschauen. Hätte es ihn nicht gegeben, hätte ich nie zugelassen, dass Miwako Hodaka heiratete. Aber ich hatte sie von ihrem Bruder befreien wollen, sogar um den Preis, sie Hodaka zu überlassen.

Auf der Fahrbahn herrschte noch immer viel Verkehr, und ich beschloss, sie auf dem Zebrastreifen zu überqueren. Dabei hielt ich unwillkürlich Ausschau nach Kanbayashis Volvo.

Er stand etwa zwanzig Meter hinter mir und kam überhaupt nicht voran. Sicher wurde er schon nervös. Doch als ich einen Blick auf den Fahrersitz warf, geriet ich so durcheinander, dass ich stehen blieb.

Das Kinn auf seine um das Lenkrad gelegten Hände gestützt, starrte Kanbayashi in meine Richtung. Sein Blick war der eines Forschers, der etwas beobachtet.

Ich wandte das Gesicht ab und eilte davon.

NAOYUKI SURUGA
DER MANAGER

1

Beim Anblick der Familie, die gerade zugestiegen war, sank meine Laune. Sie gehörte zu den Menschen, die jedem unweigerlich auf die Nerven fallen.

Der Vater, ein korpulenter Mann Anfang vierzig, zog ein etwa dreijähriges, ebenfalls sehr wohlgenährtes Mädchen hinter sich her. Die Mutter, die noch besser im Futter stand, trug ein Baby im rechten Arm und im linken eine wahrscheinlich mit Wickelutensilien vollgestopfte Papiertüte.

Der Zug, der von Mito in der Präfektur Ibaraki nach Tokio fuhr, war nicht gerade überfüllt. Ich hatte es mir in einer Vierersitzgruppe bequem gemacht und las, die Füße auf dem Sitz gegenüber, Zeitung. Aber mit der Gemütlichkeit war es nun vorbei. Es waren noch andere Plätze frei, weil aber überall schon zwei oder drei Leute saßen, hätte die rundliche Familie nirgendwo gemeinsam Platz gefunden.

Die Mutter sah mich an. Geistesgegenwärtig wandte ich den Blick ab und starrte aus dem Fenster in die Nacht hinaus.

»Papa!«, rief sie. »Hier! Hier ist was frei.«

In der Scheibe sah ich die kuglige Frau auf mich zustürzen. Der Boden bebte förmlich.

Als Erstes stellte sie die Papiertüte neben mir ab. Hier sitzen jetzt wir, sollte das wohl heißen. Notgedrungen nahm ich die Füße vom Sitz.

Mit kurzer Verzögerung traf auch der Vater ein.

»Oh, gut, da ist ja noch genug frei.«

Als er sich schon auf einen der Sitze fallen lassen wollte, fing die Kleine an zu zetern, sie wolle ans Fenster.

»Ja, Ma-chan, dann setz dich dahin. Und zieh die Schuhe aus.« Der Vater half ihr dabei, während die Mutter vollauf damit beschäftigt war, das Gepäck in der Ablage zu verstauen.

Nach etlichem Hin und Her hatte die Familie sich endlich eingerichtet. Neben mir saß die Mutter mit dem Baby im Arm, ihr gegenüber der Vater und neben ihm das quenglige Mädchen.

»Entschuldigen Sie die Unruhe«, sagte der Vater schließlich zu mir, obwohl es nicht den Eindruck machte, als sei ihm das wirklich peinlich.

»Macht nichts«, erwiderte ich. Was blieb mir übrig?

Ich hatte keinen Platz mehr, meine Zeitung auszubreiten, also faltete ich sie zusammen. Es war sehr eng, denn die Frau beanspruchte mehr als ihre Hälfte der Sitzbank. Um dies anzumahnen, änderte ich meine Position, aber sie bewegte ihren dicken Hintern nicht vom Fleck.

Ich lockerte meine Krawatte. In meinem förmlichen Traueranzug fühlte ich mich ohnehin schon eingezwängt und konnte auf die unangenehme Nähe sehr wohl verzichten.

Das Ehepaar begann sich zu unterhalten. Ich wollte nicht zuhören, aber es ließ sich kaum vermeiden. Anfangs wusste ich überhaupt nicht, wovon sie sprachen, erriet jedoch bald, dass sie über Verwandte herzogen, die angeblich geizig waren, viel zu viel tranken und so fort. Wahrscheinlich hatten sie die Verwandten besucht, um ihnen das Neugeborene zu zeigen. Ich glaubte zu erkennen, dass sie im Ibaraki-Dialekt sprachen, den ich vermutlich noch im Ohr hatte, weil bis eben alle um mich herum so geredet hatten.

Ich kam von der zweiten Trauerfeier für Makoto Hodaka, die in seinem Heimatort stattgefunden hatte. Da die offizielle Bestattung ja bereits vollzogen war, hatte man in einem Saal vor

Ort noch einen Leichenschmaus veranstaltet, zu dem sich Verwandte und Nachbarn versammelt hatten.

Ich wusste, dass Hodakas Popularität längst ihren Zenit überschritten hatte, aber hier hatte man ihn wohl noch nicht abgeschrieben. In seiner Heimatstadt war er noch immer ein Star. Alle, die zu der Gedenkfeier gekommen waren, schienen seine Werke gut zu kennen und stolz auf ihn zu sein. Eine alte Dame mir gegenüber weinte, weshalb ich sie fragte, ob sie den Verstorbenen gut gekannt habe. Nein, sie sei ihm nie begegnet, sagte sie, und wohne nur in der Nachbarschaft. Doch bei dem Gedanken, dass den erfolgreichsten Bürger der Stadt ein solches Unglück ereilt hatte, schien sie die Tränen nicht zurückhalten zu können.

Der Glaube, dass er sich noch unveränderter Beliebtheit erfreute, war natürlich nicht mehr als Einbildung. Die Geschichten, die die Trauergäste einander über Hodaka erzählten, stammten aus der Zeit seiner größten Berühmtheit. Die literarischen Auszeichnungen, die er bekommen hatte, oder seine Bestseller, die zu Filmhits geworden waren, lagen viele Jahre zurück. Von Hodakas eigenen, stets fehlgeschlagenen Filmprojekten wusste offenbar niemand etwas.

Im Laufe der Trauerfeier erhob sich Michihiko Hodaka und forderte die Verwandten und Honoratioren zu Ansprachen auf. Was – um es salopp zu sagen – gründlich in die Hose ging. Der Haken an der Sache war, dass die Designierten ihre Reden vorbereitet hatten und diese ewig und langweilig dahinplätscherten wie das Geschwafel auf einem Hochzeitsempfang. Da man außerdem keinen Zeitrahmen bestimmt hatte, zogen sich die einzelnen Reden noch länger hin. Nicht nur das Zuhören, allein die körperliche Anwesenheit war eine Qual. Mit Mühe unterdrückte ich einen Gähnkrampf.

Michihiko Hodaka hinderte mich daran einzunicken, als er unvermittelt meinen Namen aufrief und erklärte, er würde gern etwas von dem Menschen hören, der so lange Jahre mit dem Verstorbenen zusammengearbeitet hatte.

Ich wehrte ab, aber er war nicht geneigt, mich davonkommen zu lassen. Ergeben trat ich nach vorn und gab aus dem Stegreif ein paar Anekdoten über gemeinsame Recherchetouren und Trinkgelage, mit denen wir Hodakas Erfolge gefeiert hatten, zum Besten. Mehreren Gästen kamen bei diesen Geschichten die Tränen, wahrscheinlich hatte ich in meiner Beflissenheit ein wenig dramatisiert.

Dass niemand aus der Verlagsbranche gekommen war, lag daran, dass ich niemanden verständigt hatte. Michihiko Hodaka hatte mich ausdrücklich gebeten, es nicht zu tun. Anscheinend fürchtete er, dass sonst auch die Presse auftauchen würde. Dafür hatte er seine Gründe, denn er wollte ja Hodakas Todesursache vor den Anwesenden verschleiern.

Er sprach immer wieder von den Untersuchungen zu dessen unerwartetem Unfalltod. »Unüberlegte Spekulationen sind im Umlauf, aber wir glauben an Makoto«, erklärte er gleich zu Anfang, um allen Fragen zuvorzukommen. Denn auch die Zeitungen in Ibaraki hatten über einen möglichen Zusammenhang zwischen dem Tod des bekannten Schriftstellers und Junko Namiokas Selbstmord berichtet.

Nach der Trauerfeier kam er auf mich zu. Er habe eine Kleinigkeit mit mir zu besprechen. Eine Stunde könne ich noch bleiben, sagte ich mit einem Blick auf meine Uhr. Er führte mich in ein Café in der Nähe, wo ein schmächtiger Mann auf uns wartete, ein befreundeter Steuerberater, wie Michihiko Hodaka mir erklärte.

Anscheinend hatten Sie mich hinzugerufen, um von mir etwas über Hodakas Firma zu erfahren und ihre kommende Strategie darauf abzustimmen. Verbal räumten sie mir einen gewissen Vorrang ein, dennoch hatte ich den Eindruck, sie wollten mir zu verstehen geben, dass von nun an sie das Sagen haben würden.

Vorbehaltlos berichtete ich vom aktuellen Stand der Projekte. Ich hätte nichts davon gehabt, etwas zu verbergen.

Während er mir zuhörte, verdüsterte sich Michihiko Hodakas Gesicht zunehmend. Auch dem Steuerberater wurde es unbehaglich. Mit Schulden hatten sie offenbar nicht gerechnet und Hodakas Firma für eine Gans, die goldene Eier legt, gehalten.

»Was, würden Sie sagen, war gegenwärtig Herrn Hodakas Haupteinkommensquelle?«, fragte der Steuerberater kleinlaut. Das Soll war ihm jetzt klar, weshalb er sich nun nach dem Haben erkundigte.

»Beteiligungen von Verlagen, außerdem solche für Verfilmungen und Hörspiele, die nach seinen Werken entstanden sind. Und wenn er etwas schrieb, bekam er natürlich ein Honorar.«

Aber schreiben konnte er jetzt ja nicht mehr.

»Um welche Summen handelt es sich dabei?«, fragte der Steuerberater wenig hoffnungsvoll.

»Das variiert von Jahr zu Jahr. Die genauen Zahlen kommen nicht zu mir ins Büro.«

»Hm ...« Michihiko Hodaka presste die Lippen aufeinander. »Seine Bücher verkaufen sich doch jetzt bestimmt besser, weil der Fall so viel Aufmerksamkeit erregt?«

Ich warf einen Blick auf sein rechtschaffenes Gesicht. Zugleich fiel mir ein, dass er bei einer Kreditbank beschäftigt war.

»Mehr oder weniger, vermute ich«, antwortete ich.

»Mehr oder weniger heißt ...?«

»Das kann man nicht vorhersagen. Vielleicht kommen sie auf die Bestsellerlisten, oder sie verkaufen sich nur mäßig. Das weiß ich nicht.«

»Aber auf jeden Fall werden sie sich ein bisschen verkaufen?«

»Ja, das auf jeden Fall.«

Michiko Hodaka und der Steuerberater wechselten einen Blick. In ihren Mienen spiegelten sich abwechselnd Bestürzung und Ratlosigkeit. Sicher brummte ihnen der Schädel vor lauter Berechnungen. Ich konnte förmlich das Klacken der Abakusperlen in ihren Köpfen hören.

Ich versprach, mich zu melden, und verabschiedete mich von den beiden. Insgeheim hatte ich meine Entscheidung allerdings längst getroffen. Ich hatte nicht die geringste Lust, mich an ein sinkendes Schiff zu klammern.

Schon auf der Beisetzung in Tokio war ich zu der Überzeugung gelangt, dass ich nichts zu gewinnen hatte, wenn ich an Hodakas Firma festhielt. Von all den mit ihm bekannten Lektoren, Produzenten und Filmleuten, die erschienen waren, waren nur ganz wenige von sich aus auf mich zugekommen. Die meisten hatten mir nur oberflächlich ihre Anteilnahme ausgedrückt, und die, die mich ernsthaft ansprachen, wollten nur wissen, was jetzt aus dem Plan würde, Miwako Kanbayashis Arbeit in Hodakas Firma zu managen. Natürlich hofften sie, dass die Karten neu gemischt würden.

»Ich weiß nicht einmal, was aus der Firma wird«, antwortete ich, worauf man mit eindeutiger Erleichterung reagierte. Den meisten konnte man ansehen, dass der Zweck, aus dem sie zu Hodakas Beisetzung gekommen waren, sich erfüllt hatte.

Die Ratten hatten das sinkende Schiff verlassen. Jetzt warteten alle nur noch darauf, dass es endgültig unterging.

Das Baby auf dem Arm der Frau neben mir fing an zu quengeln. Die Frau wiegte es beruhigend, wodurch ich mich noch eingeengter fühlte.

»Vielleicht hat er Hunger?«, sagte der Vater.

»Aber er hat doch gerade seine Milch bekommen.«

»Oder er hat was in der Windel?«

»Kann sein.« Die Mutter schnupperte am Hinterteil des Babys. »Aber ich glaube nicht.«

Das Baby schrie immer lauter. Na, na, na, machte die Mutter, ergriff aber keine konkreten Maßnahmen.

»Entschuldigen Sie.« Ich nahm meine Zeitung und erhob mich.

Sofort sprang die Mutter mit dem Baby auf. Anscheinend hatte sie nur darauf gewartet, dass ich umziehen würde.

Auf der Suche nach einem freien Platz ging ich durch den Gang. Doch obwohl bis vor kurzem noch viel frei gewesen war, war inzwischen so gut wie alles besetzt. Nicht, dass gar nichts frei gewesen wäre, aber ich hätte bei der Familie oder neben einem riesigen Mann sitzen müssen. Resigniert stellte ich mich an die Tür und lehnte mich an eine Stange.

Der Waggon schaukelte, und ich musste mit beiden Beinen das Gleichgewicht halten. Was für ein Blödsinn! Wäre ich nur sofort umgezogen, als diese Familie kam.

Im Grunde hatte ich genau den gleichen Fehler auch in meinem Beruf gemacht. Bei Hodakas Projekten. Ich hätte viel früher einen Schlussstrich ziehen und mir eine andere Stelle suchen sollen. Der Preis dafür, das Versiegen von Hodakas Talent nicht erkannt zu haben, war hoch.

Zu seiner Beisetzung in Tokio waren mehrere Schriftsteller gekommen, mit denen er verkehrt hatte, darunter auch Autoren, die sich seit Jahren erfolgreich verkauften. Früher hatte Hodaka manchmal halb im Scherz vorgeschlagen, sie sollten allen Kleinkram hinsichtlich der Verfilmungen ihrer Werke seiner Firma übertragen. Wenn ein Autor sich gut verkauft, wollen alle möglichen Produktionsfirmen Filme und Serien aus seinen Werken machen, aber die damit zusammenhängenden Details sind ziemlich lästig. Außerdem fällt es Schriftstellern in der Regel schwer, über Honorare für ihr Original zu verhandeln. Das sollte Hodakas Firma an ihrer Stelle übernehmen. Natürlich wollte er nicht einfach nur vermitteln, sondern er hatte die Idee, den Sendern eigene Projekte anzubieten, die auf den Werken dieser Autoren basierten.

Bei der Beisetzung war ich auf mehrere dieser Autoren zugegangen, um zu fragen, ob sie einen Agenten brauchten. Doch erwartungsgemäß hatte keiner von ihnen Interesse an einem Mann, der Hodakas Projekte gemanagt hatte. Faktisch bedeutete das, mir war jede Möglichkeit entzogen, in diesem Geschäft zu überleben.

Aber diesen Weg hatte ich selbst gewählt. Hodakas Projekte waren, auch als er noch am Leben war, bereits zum Scheitern verurteilt. Es war nur eine Frage der Zeit gewesen, und ich hatte diese Zeitspanne etwas verkürzt. Darüber empfand ich keinerlei Reue. Ein Mann muss von irgendetwas leben. Aber es lohnt sich nicht, seine Seele dafür zu opfern.

Das Baby schrie unentwegt weiter. Die gurrende Stimme der Mutter ging mir auf die Nerven. Eine Zumutung für die Mitreisenden.

Doch Junko hätte, wäre sie hier gewesen, bestimmt keinen Ärger gezeigt. Ich konnte mich erinnern, dass sie Frauen mit Babys oder kleinen Kindern stets mit einer Mischung aus Neid, Traurigkeit und Reue betrachtete und sich unbewusst die Hand auf den Unterleib legte.

Ich dachte an ihren Abschiedsbrief. In welcher seelischen Verfassung hatte sie ihn wohl geschrieben?

Als ich an Junko dachte, wurde mir eng in der Brust. Ein heißer Klumpen bewegte sich in mir auf und ab und reizte mich zu Tränen. Ich biss mir auf die Lippen, um sie zu unterdrücken.

2

Als ich nach Hause kam, huschte Sari hinter einem vollen Karton hervor. Sie miaute, streckte sich ausgiebig und gähnte demonstrativ.

Als ich gerade dabei war, mir etwas Bequemeres anzuziehen, klingelte das Telefon. Ich nahm den Hörer ab und setzte mich aufs Bett. »Ja, hallo?«

»Herr Suruga?«, sagte eine tiefe Stimme. »Ich bin's, Kommissar Kaga vom Revier Nerima.«

Eine Art schwarzer Dunst senkte sich über mich. Meine ohnehin nicht geringe Erschöpfung nahm zu.

»Was gibt's?«, fragte ich schroff.

»Ich hätte noch die eine oder andere Frage an Sie. Ich bin gerade in der Nähe und würde gern bei Ihnen vorbeikommen.«

»Nein, das passt mir jetzt nicht. In meiner Wohnung liegt alles herum.«

»Könnten wir uns dann in einem Café in der Nähe treffen, ich warte auf Sie.«

»Tut mir leid, aber ich bin furchtbar müde. Würden Sie mich für heute entschuldigen?«

»Es dauert nicht lange. Sie würden mir einen großen Gefallen tun.«

»Muss das sein?«

»Ich fahre mit dem Wagen vor Ihr Haus, dann kommen Sie kurz runter, und wir reden im Wagen, ja? Es dauert wirklich nicht lange.«

Der Mann ließ nicht locker. Selbst wenn es mir heute gelänge, ihn abzuwimmeln, käme er bestimmt morgen wieder.

»Gut, aber dann kommen Sie bitte herauf. Allerdings ist es wirklich nicht sehr aufgeräumt.«

»Macht überhaupt nichts. Keine Sorge. Bis gleich«, verkündete Kaga und legte auf.

Was wollte er mich nur fragen? Mir wurde richtig übel zumute. Dieser Kaga hatte von Anfang an Zweifel an den Umständen von Junkos Tod gehegt. Und von dem Gras in ihrem Haar geredet.

Es läutete. Seit dem Anruf waren erst drei Minuten vergangen. Er musste wirklich ganz in der Nähe gewesen sein. Vielleicht hatte er schon auf meine Rückkehr gewartet.

»Ja, bitte?«, sagte ich in die Gegensprechanlage.

»Kaga hier.«

»Sie sind aber schnell.«

»Ich war in der Nähe.«

Ich betätigte den Summer, und eine Minute später stand Kaga vor meiner Tür und klingelte noch einmal. Ich schaute mich rasch um und vergewisserte mich, dass nichts herumlag, was nicht für seine Augen bestimmt war. Es war unordentlich, aber sonst sah ich nichts Verdächtiges. Natürlich nicht. In meiner Wohnung gab es wohl nirgendwo eine Spur dessen, was ich getan hatte.

Sari war bei dem Klingeln erschrocken und unter einen Stuhl geflüchtet. Ich nahm sie hoch und öffnete die Wohnungstür.

Kaga trug den gleichen dunklen Anzug wie am Tag zuvor. Er wollte mich begrüßen, aber als sein Blick auf Sari in meinem Arm fiel, stutzte er überrascht. Dann lächelte er. »Das ist ja eine Russisch Blau, nicht wahr?«

»Oh, Sie kennen sich aus?«

»Nein, aber ich habe kürzlich schon einmal eine Katze dieser Rasse gesehen. In einer Tierklinik.«

»Aha.« Ich nickte. »Sie waren in ihrer Praxis.«

»Ihrer Praxis?«

»Ja, in der Praxis Kikuchi, in der Frau Namioka gearbeitet hat.«

»Ach so.« Jetzt nickte auch Kaga. »Nein, bei einem anderen Tierarzt. Bei Kikuchi habe ich keine Katzen gesehen. Zufällig waren alle Patienten Hunde.«

»In einer anderen Praxis?« Erst dann begriff ich. »Sie haben auch ein Haustier?«

»Nein, ich hätte gern eins, aber in meinem Beruf bin ich zu viel unterwegs. Ein Freund von mir hält eine große Eidechse, aber das ist auch nicht das Wahre.« Der Kommissar lachte.

»Das heißt, Sie waren bei dem anderen Tierarzt …?«

»Um zu ermitteln.« Kaga nickte.

»Untersuchen Sie noch einen anderen Fall?«

»Nein.« Kaga schüttelte den Kopf. »Im Augenblick bin ich nur mit Frau Namiokas Fall betraut.«

Ich runzelte unwillkürlich die Stirn. »Hatten Sie im Zuge dieser Angelegenheit etwas in der anderen Praxis zu erledigen?«

»Ja, Verschiedenes.« Kaga grinste. Offenbar hatte er nicht die Absicht, mir mehr zu erzählen. »Jedenfalls würde ich Sie gerne etwas fragen, geht das?«

»Bitte.« Ich öffnete die Tür noch weiter.

Kaga betrat die Wohnung und sah sich neugierig um. Er verzog die Mundwinkel zu einem Lächeln. Ob er schauspielerte, um mich nervös zu machen? Seine Augen funkelten wirklich wie bei einem Tier auf der Jagd.

Wir setzten uns einander gegenüber an den Esstisch, und ich entließ Sari aus meinen Armen.

»Wie war es in Ibaraki?«, fragte Kaga mit einem Blick auf meinen Traueranzug auf dem Kleiderbügel.

»Keine besonderen Vorkommnisse.«

Anscheinend hatte er durchschaut, dass ich nach Ibaraki gefahren war. Der Gedanke versetzte mir einen kleinen Schreck. Wenn er das wusste, hatte er wahrscheinlich die Zeit meiner Rückkehr vorhergesehen.

»Offenbar war kaum jemand aus Ihrer Branche dort, oder?«, sagte Kaga.

»Woher wissen Sie das?«

»Von jemandem aus dem Verlag.«

»Die Kollegen waren alle bei der Hauptbestattung in Kami-Shakujii. Die Feier in Ibaraki fand nur im engsten Kreis statt, deshalb habe ich niemanden benachrichtigt.«

»Stimmt.« Kaga zog sein Notizbuch hervor und schlug es mit einer bedächtigen Bewegung auf. »Die Frage ist vielleicht etwas unhöflich, aber sie dient der Wahrheitsfindung.«

»Nur keine Hemmungen«, sagte ich. Unhöflich, dachte ich, dass ich nicht lache.

»Einigen zufolge ging es Hodakas Firma finanziell nicht gerade gut. Stimmt das?«

»Tja.« Ich lächelte bitter. »Das ist eine Frage der Perspektive. Meinem persönlichen Eindruck nach lief sie gar nicht so schlecht.«

»Aber im Laufe der Jahre haben sich doch immer mehr Schulden angehäuft, nicht wahr? Besonders durch die Filmproduktionen. Deshalb soll es zu Meinungsverschiedenheiten über die Firmenstrategie zwischen Ihnen und Herrn Hodaka gekommen sein«, sagte Kaga mit einem Blick in sein Notizbuch.

»Es liegt in der menschlichen Natur, dass man hin und wieder anderer Meinung ist. Das ist völlig normal.«

»Beschränkten sich Ihre Differenzen auf geschäftliche Fragen?« Kaga sah mir gerade ins Gesicht.

»Was wollen Sie damit andeuten?«, fragte ich mit starrer Miene.

»Ich habe so einiges von einer guten Freundin von Junko Namioka erfahren.«

»Und?«

»Frau Namioka hat dieser Freundin erzählt, ein Mann, gegen den sie im Grunde nichts habe, sei in sie verliebt. Sie hingegen liebe einen anderen, den sie über besagten Mann kennengelernt habe. Nun war sie sich unsicher, wie sie sich verhalten sollte.«

Ich schwieg, oder besser gesagt fiel mir keine Erwiderung ein. Ich hatte nicht erwartet, dass er von den geschäftlichen Fragen zu diesem Thema springen würde.

»Die Rede war von Ihnen, nicht wahr?«, sagte Kaga selbstgewiss wie nach einem geschickten Schachzug.

Ich zuckte mit den Achseln. »Mag sein.« Ich wurde mir der Hilflosigkeit dieser Geste bewusst und lächelte schwach. »Was soll ich dazu sagen? Ich weiß es nicht.«

»Frau Namioka schien zu glauben, Sie seien in sie verliebt. Täuschte sie sich?«

Ich seufzte. »Sie war mir sehr sympathisch.«

»In welchem Maße sympathisch?«

»In welchem Maße ...?«

»So sympathisch, dass Sie, obwohl Ihre Katze nicht krank war, immer wieder die Tierarztpraxis aufsuchten, um sie zu sehen? Und sie nach Feierabend zum Kaffee einluden?« Nachdem Kaga mir diese Fragen in rascher Folge gestellt hatte, sah er mich scharf an.

Ich schüttelte den Kopf und rieb mir das Kinn. Es war stoppelig.

»Herr Kaga, Sie machen es einem ganz schön schwer.«

Kagas Ausdruck wurde milder. »Finden Sie?«

»Wenn Sie das alles sowieso schon rausgefunden haben, brauchen Sie doch nicht mehr zu fragen.«

»Ich will es aber aus Ihrem Mund hören.« Kaga trommelte mit den Fingerspitzen auf dem Tisch.

Das Schweigen dauerte mehrere Sekunden. Nur der Wind rüttelte am Fensterrahmen. Sari rollte sich zu meinen Füßen zusammen.

Ich seufzte und ließ die Schultern hängen. »Darf ich ein Bier trinken? Es fällt mir schwer, nüchtern über die Angelegenheit zu sprechen.«

»Bitte.«

Ich stand auf, um den Kühlschrank zu öffnen. Das Guinness war einigermaßen kalt.

»Möchten Sie auch eins, Herr Kommissar?« Ich hielt ihm eine der schwarzen Dosen hin.

»Ist das wirklich irisches Bier?« Kaga lächelte. »Ja, sehr gern.«

Ein wenig überrascht stellte ich ihm das Bier hin. Ich hatte erwartet, er würde ablehnen, weil er doch im Dienst war.

Ich setzte mich wieder auf den Stuhl, öffnete die Dose und nahm einen Schluck. Das besondere Aroma des dunklen Bieres breitete sich in meinem Mund aus. Erst jetzt merkte ich, wie durstig ich gewesen war, und trank mit Genuss.

»Ja, ich habe sie geliebt«, sagte ich ehrlich und sah Kaga ins Gesicht. Mit einer Lüge hätte ich seinen Spürsinn nur noch mehr gereizt.

»Allerdings«, fuhr ich fort, »war das alles. Zwischen uns war nichts. Wir haben nicht einmal Händchen gehalten, um es altmodisch auszudrücken. Das ist die Wahrheit. Deshalb hatte ich ihr nichts vorzuwerfen, als sie eine Beziehung mit Hodaka einging, und ihm zu grollen wäre auch absurd gewesen. Kurz gesagt, meine Liebe blieb unerwidert.« Wieder nahm ich einen Schluck Bier.

Kaga musterte mich mit seinem durchdringenden Blick, um meine wahren Absichten zu durchschauen. Schließlich öffnete auch er sein Guinness und prostete mir zu.

»Wie Cyrano de Bergerac. Sie haben sich um Junkos Glückes willen zurückgezogen.«

»So edel war das nicht«, stieß ich hervor. »Einerseits ist man verliebt, andererseits bekommt man nur die kalte Schulter.«

»Aber Sie wollten doch ihr Glück?«

»Ja, schon. Ich bin ja kein Schuft, der einer Frau Unglück wünscht, nur weil sie nicht will.«

»Als Sie erfuhren, dass Herr Hodaka Junko fallen ließ, um Miwako Kanbayashi zu heiraten, keimte da nicht ein bestimmter Gedanke in Ihnen auf?«

»Was für ein Gedanke?«

»Na ja ...« Der Kommissar sah mich vielsagend an.

Ich hielt mich an meiner Bierdose fest und überlegte, ob ich mir noch mal die Kehle befeuchten sollte, aber ich fühlte etwas aus meinem Magen aufsteigen, und mir verging die Lust zu trinken.

»Nein«, sagte ich. »Ich weiß, was Sie denken, Kommissar. Sie denken, ich wollte Hodaka töten, weil er die Frau, die ich liebte, wie Dreck behandelt hat, nicht wahr? Tut mir leid, aber das stimmt nicht. So simpel funktioniere ich nicht.«

»Hat jemand Sie simpel genannt?« Kaga richtete sich abrupt auf. »Meine Ermittlungen weisen eher darauf hin, dass Sie ein Mensch mit Untiefen sind.«

»Sie wollen mir schmeicheln. Sie halten mich für einen Mörder.«

»Ja, ehrlich gesagt, habe ich Sie im Verdacht. Sie sind einer meiner Verdächtigen«, sagte Kaga unverblümt und trank sein Bier in einem Zug aus.

3

»Du meine Güte.« Ich verschränkte die Arme. »Und was ist mit dem Abschiedsbrief?«

»Dem Abschiedsbrief?«

»Ja, dem Abschiedsbrief von Junko. Den sie auf den Werbezettel geschrieben hat. In der Zeitung steht, die Handschrift sei ihre.«

»Ja.« Kommissar Kaga nickte. »Es gibt keinen Zweifel, dass sie ihn geschrieben hat.«

»Aber ist denn damit nicht alles geklärt? Das weist doch darauf hin, dass sie Hodaka getötet hat.«

Kaga stellte sein Bier ab und kratzte sich mit dem Zeigefinger an der Schläfe. »Nicht unbedingt. Sie hat nur geschrieben, dass sie ihm voraus in den Himmel geht.«

»Und das ist kein Hinweis?«

»Wir können daraus schließen, dass sie sich Herrn Hodakas Tod gewünscht hat. Aber ein Mordgeständnis ist das nicht.«

»Das ist Haarspalterei.«

»Finden Sie? Ich dachte, ich konstatiere nur Fakten.«

Kagas Gelassenheit provozierte mich.

Ich umklammerte meine Bierdose. »Ich weiß nicht, was Sie sich da zusammenfantasieren, jedenfalls bin ich nicht der Mörder. Ich kann Hodaka gar nicht getötet haben.«

»Und warum nicht?«

»Hodaka ist vergiftet worden. Mit Strychninnitrat, nicht wahr? Wie hätte ich so etwas in die Hände bekommen sollen?«

Kaga blätterte mit großer Geste in seinem Notizbuch.

»Am Mittag des 17. Mai waren Sie mit Hodaka und seinen Bekannten bei dem Italiener, nicht wahr? Aber nach Aussage des Personals waren Sie der Einzige, der das Restaurant während des Essens verlassen hat. Nur Ihr Menü konnte nicht vollständig serviert werden, dafür gibt es einen Beleg.« Hier blickte Kommissar Kaga auf. »Was meinen Sie? Sie haben als Einziger das gemeinsame Essen verlassen. Das lässt doch den Schluss zu, dass Sie die entsprechende Gelegenheit hatten.«

Ich spürte, wie die Hand, mit der ich das Bier hielt, allmählich schweißnass wurde. Ich musste damit rechnen, dass ein Polizist so etwas witterte, was ich aber nach Möglichkeit vermeiden wollte.

»Was hat das damit zu tun, dass es für mich unmöglich war, an dieses Gift zu kommen?«, fragte ich, während ich mein Bestes tat, Ruhe zu bewahren.

»Ich glaube, Sie hatten damals gar keinen Kontakt zu Junko Namioka.«

»Kontakt? Was soll das heißen?«

Aber Kommissar Kaga gab mir keine Antwort. Wahrscheinlich hielt er dieses sinnlose Hin und Her für Zeitverschwendung. Er verschränkte die Finger auf dem Tisch und sah mich von unten an. »Bitte beantworten Sie meine Frage. Warum haben Sie das Restaurant vorzeitig verlassen?«

Ich richtete mich auf. Das war ein kritischer Moment.

»Mir war etwas eingefallen, das unbedingt an dem Tag noch fertig werden musste. Also habe ich mich vorzeitig entschuldigt.«

»Das ist aber seltsam. Frau Yukizasa und andere sagen, zuvor habe Ihr Handy geklingelt.«

»Ich habe es selbst klingeln lassen.«

»Wie das?«

Ich griff nach meinem Mobiltelefon am Ladegerät und rief die

Klingeltonauswahl im Menü auf. Als ich die entsprechende Taste drückte, ertönte das gewohnte Klingelgeräusch aus dem kleinen Lautsprecher.

»Ich tat nur so, als würde ich angerufen. Ein dringender Anruf macht es einem leichter, sich zu verabschieden.«

Der Blick, mit dem Kaga mein Mobiltelefon musterte, war unergründlich. Dann stahl sich ein Lächeln auf seine Lippen.

»Was hatten Sie denn so Wichtiges zu tun? Hätte das nicht bis nach dem Essen Zeit gehabt?«

»Ja, vielleicht, aber es hätte auch zu spät sein können. Die Sache ist die: Ich sollte Material für einen Roman zusammenstellen. Hodaka wollte es mit auf seine Hochzeitsreise nehmen, also musste ich an dem Tag noch damit fertig werden. Ich hatte es völlig vergessen, und beim Essen fiel es mir ein.«

»Haben Sie dieses Material jetzt hier?«

»Nein, ich hatte es Hodaka gegeben.«

»Was war der Inhalt?«

»Es ging um Keramik und Töpferkunst. Ungefähr zwanzig DIN-A4-Seiten.«

»Keramik, aha.« Kaga machte sich Notizen. Noch immer lag dieses unergründliche Lächeln auf seinen Lippen.

Es wirkte, als habe er mich durchschaut und amüsiere sich über mein Lügengespinst.

Er ahnte, dass ich mit Junko Namioka telefoniert hatte. Aber einen Beweis hatte er nicht. Das Handy, das sie benutzt hatte, hatte Hodaka wohl entsorgt. Auch das Ladegerät hatte ich weggeworfen. Da das Telefon nie auf ihren Namen gelaufen war, musste ich nicht fürchten, dass der Anruf zurückverfolgt werden konnte.

»Wann haben Sie Herrn Hodaka das Material gegeben?«, fragte Kaga nach kurzem Nachdenken.

»Am Samstagabend.«

»Warum das? Sie sagten, er wollte es mit auf seine Hochzeitsreise nehmen. Da hätte es doch genügt, es ihm am Tag der Hochzeit zu geben.«

»An dem Tag war sehr viel los, und ich dachte, ich würde vielleicht keine Zeit finden, es ihm zu geben. Darüber hinaus erschien es mir unpassend, einem festlich gekleideten Bräutigam ein Manuskript zuzustecken. Außerdem wäre alles zu spät gewesen, wenn ich es vergessen hätte.«

Kaga nickte schweigend und trank einen Schluck von seinem Guinness. Dabei musterte er mich scharf. Mit diesem Blick schien er weniger die Lüge selbst als das Wesen des Menschen, der log, durchschauen zu wollen.

Dieses Material über Keramik existierte tatsächlich. Ich hatte es Hodaka vor etwa zwei Monaten gegeben. Wahrscheinlich lag es in seiner Schreibtischschublade. Kaga hatte wohl eine dahingehende Vermutung und mich deshalb gefragt, wann ich es Hodaka gegeben hätte. Hätte ich geantwortet, am Tag der Hochzeit, hätte es sich in Hodakas Gepäck befinden müssen. Doch meine Antwort, dass ich es ihm am Tag zuvor gegeben hatte, machte die Sache zunächst plausibel. Es war nicht verdächtig, wenn es sich nicht in seinem Gepäck befand. Denn es bestand ja durchaus die Möglichkeit, dass er vor seiner Abreise beschlossen hatte, es doch nicht mitzunehmen, oder es einfach vergessen hatte.

»Haben Sie noch weitere Fragen?«

Kaga klappte sein Notizbuch zu und schob es in seine Jacketttasche. »Nein, das war's für heute. Vielen Dank, dass Sie sich die Zeit genommen haben.«

»Tut mir leid, dass ich Ihnen nicht weiterhelfen konnte.«

Kaga, der gerade dabei war aufzustehen, hielt inne und sah mich an. »Doch, doch, Sie haben mir geholfen. Sehr sogar.«

»Na dann.« Ich musste alle Kraft aufbieten, um seinem Blick standzuhalten.

»Darf ich Sie noch etwas fragen?« Kommissar Kaga hob den Zeigefinger. »Es hat nichts mit meinen Ermittlungen zu tun.

»Nur aus Neugierde auf den Blickwinkel eines Mannes über dreißig. Sie müssen nicht antworten, wenn Sie nicht wollen.«

»Was denn?«

Kommissar Kaga stand mir jetzt direkt gegenüber. »Wie denken Sie heute über Junko Namioka? Sind Sie schon jenseits von Liebe oder Hass?«

Die Direktheit seiner Frage erschreckte mich ein wenig, sodass ich unwillkürlich zu Boden blickte.

»Warum wollen Sie das wissen?«, fragte ich.

Kaga lächelte, diesmal ausnahmsweise auch mit den Augen. »Ich bin ein neugieriger Mensch.«

Sein Gesichtsausdruck, der gar nicht mehr zu einem Kommissar passte, verstörte mich. Was führte er im Schilde?

Ich befeuchtete mir die Lippen. »Darauf möchte ich nicht antworten«, sagte ich.

»Aha.« Er nickte verständnisvoll und sah auf die Uhr. »Jetzt habe ich Sie aber lange genug aufgehalten.«

»Macht nichts«, sagte ich leise. In diesem Moment glitt Sari von meiner Seite zu Kaga, der dabei war, seine Schuhe anzuziehen. Ich nahm sie wieder auf den Arm.

Kaga streckte die rechte Hand aus und kraulte sie hinter den Ohren. Genüsslich schloss sie die Augen. »Ihre Katze hat Glück«, sagte er.

»Kann man sagen.«

»Also bis demnächst.« Kaga machte zum Abschied eine höfliche Verbeugung, die ich erwiderte. Fast hätte ich gesagt: »Kommen Sie bald wieder.«

Nachdem ich sicher war, dass Kagas Schritte sich entfernt hatten, hockte ich mich mit Sari im Arm auf den Boden. Sie leckte mir die Wange.

TAKAHIRO KANBAYASHI
DER BRUDER DER BRAUT

1

In meinem Kopf herrschte ein so dichter Nebel, dass ich mit meinen Überlegungen keinen Schritt vorankam. Ich versuchte ihn mit Hilfe von Whisky zu verscheuchen, doch je mehr ich trank, desto trüber wurde die Sicht. Es fühlte sich genauso an, wie wenn ich vor einem Problem der Quantenmechanik stand und nicht weiterkam. Wenn mein Gegner die Quantenmechanik war, versuchte ich in der Regel einen Weg zu nehmen, der mich um das Problem herumführte, um auf eine Idee zu kommen, durch die ich einen nobelpreisverdächtigen Durchbruch erzielen würde.

Doch bei dem Problem, das mich momentan plagte, sah ich einfach keinen Umweg, der mich zu einer Lösung führen könnte. Also trank ich weiter Whisky, bis der Schlaf mich erlöste. So war es in der vergangenen Nacht gewesen.

Aber am Morgen wurde mir erneut bewusst, dass die Erlösung wirklich nur temporär gewesen war. Als ich aufwachte, waberten noch immer graue Nebelschwaden in meinem Hirn. Außerdem hatte ich fürchterliche Kopfschmerzen.

Irgendwo klingelte etwas. Nach einigen Sekunden merkte ich, dass es von der Haustür kam, und sprang aus dem Bett. Ein Blick auf die Wanduhr sagte mir, dass es kurz nach neun Uhr morgens war.

»Ja?«, sagte ich in die Sprechanlage an der Wand im ersten Stock.

»Takahiro Kanbayashi?«, fragte eine Männerstimme.

»Ja.«

»Telegramm für Sie.«

»Ein Telegramm?«

»Ja.«

Noch immer völlig benommen, stieg ich im Schlafanzug die Treppe hinunter. Ich hatte schon ganz vergessen, dass es bei uns ja auch das Telegramm als Kommunikationsmittel gab. Aber außer bei Hochzeiten und Todesfällen kam es wohl kaum noch zum Einsatz.

Als ich die Haustür öffnete, reichte mir ein Mann in mittlerem Alter mit einem weißen Helm ein gefaltetes Blatt Papier, das ich wortlos entgegennahm. Der Mann ging wieder, ebenfalls ohne ein Wort.

Ich öffnete das Telegramm an Ort und Stelle, allerdings begriff ich den Inhalt nicht sofort – erstens, weil mein Kopf noch immer nicht zufriedenstellend funktionierte, und zweitens, weil das, was da stand, so ungewöhnlich war.

»Gedenkfeier – 25.05. – 13 Uhr – in meinem Wohnzimmer – Makoto Hodaka«

Natürlich konnte das Telegramm nicht von Hodaka sein. Aber wer benutzte seinen Namen?

Heute war der 25. Ein Sonntag. Ich musste nicht zur Universität, weshalb ich mir auch den Wecker nicht gestellt hatte.

Seit Hodakas Tod war eine Woche vergangen. Wieder sah ich ihn in seinem Hochzeitsanzug vor mir.

Wieso in seinem Wohnzimmer?

Aufgeregt überlegte ich, was ich tun sollte. Wer machte so was?

Sollte ich hingehen? Oder die Sache ignorieren? Vielleicht war es nur ein dummer Streich, und ich brauchte gar nicht darüber nachzudenken? Allerdings konnte ich mir nicht vorstellen, dass es ein Streich war. Jemand wollte mich aus irgendeinem Grund dazu veranlassen, zu Hodakas Haus zu fahren.

Das Telegramm in der Hand, ging ich die Treppe hinauf und klopfte an die Tür meiner Schwester.

Keine Antwort. Ich klopfte noch einmal und rief ihren Namen. »Miwako!«

Noch immer keine Reaktion aus dem Zimmer. »Ich komme rein«, sagte ich und öffnete leise die Tür.

Zuerst fiel mein Blick auf die weißen Spitzengardinen, durch die weiches Sonnenlicht fiel. Die Übergardinen waren zurückgezogen.

Miwakos Bett war ordentlich gemacht, und das T-Shirt, das sie statt eines Schlafanzugs trug, lag gefaltet neben dem Kissen.

Ich betrat den Raum. Die Luft war warm von der einfallenden Sonne, doch von Miwakos Körpertemperatur war nichts mehr zu spüren. Jeder Hauch ihrer Präsenz war verschwunden.

Auf dem Bett lag ein Blatt Papier. Mich beschlich eine Ahnung, von der ich hoffte, dass sie mich trog. Aber das tat sie nicht. Es handelte sich um eine Nachricht von ihr.

»Ich fahre zur Gedenkfeier. Miwako«, stand da in ihrer sauberen Schrift.

2

In meinem alten Volvo sitzend, dachte ich an den vergangenen Abend. Wie die ganze letzte Woche hatte ich unser Abendessen zubereitet. Das Repertoire der Gerichte, die ich kochen konnte, war nicht umfangreich, aber ich hatte nicht die Absicht, Miwako jetzt mit Hausarbeit zu belasten. Bis es ihr wieder besser ging, wollte ich neben der Essensbereitung auch das Waschen und Putzen übernehmen. Wenn sie über die Sache mit der Hochzeit hinwegkommen sollte, war es wohl so das Beste.

Am Abend hatte es Beefstew gegeben, eines der wenigen Gerichte, die ich gut konnte. Dank eines vorzüglichen Dampfkochtopfs bekam ich das Fleisch in verhältnismäßig kurzer Zeit gar und so zart, dass man es mit der Gabel zerteilen konnte.

Miwako hatte das Gericht wortlos in sich hineingeschoben. Am Anfang hatte sie einmal gesagt, es sehe lecker aus, dann aber kein einziges Wort mehr gesprochen. Auf jeden meiner Versuche, das Schweigen zu brechen, hatte sie entweder mit Nicken oder Kopfschütteln reagiert. Ihr Herz hatte sich mir völlig entfernt.

Ich wusste, dass sie tagsüber unterwegs gewesen war. Als ich von der Universität kam, war sie zwar zu Hause, aber als ich in ihr Zimmer schaute, um nach ihr zu sehen, hing an der Wand ein weißes Kleid, das ich nicht kannte. Miwako lag auf dem Bett und las ein Buch. Sie spürte meinen Blick und sagte sehr beiläufig, als wolle sie darüber hinweggehen: »Ich war einkaufen, um mich ein bisschen abzulenken.«

»Ach ja?«

»Ja, da habe ich das Kleid gekauft.«

»Steht dir bestimmt gut.«

»Meinst du? Freut mich«, sagte sie und schaute wieder in ihr Buch. Offensichtlich wollte sie einem längeren Gespräch aus dem Weg gehen.

Einkaufen gewesen war sie ja wirklich. Aber ich fragte mich, ob die Begründung stimmte. Eigentlich war sie momentan nicht in der Verfasssung für einen Stadtbummel, um sich abzulenken.

Ihr gestriger Einkauf und ihr heutiges Verschwinden standen gewiss im Zusammenhang. Zweifellos hatte sie gestern schon beschlossen, sich aus dem Haus zu schleichen. Wahrscheinlich konnte ich sogar davon ausgehen, dass sie dieses Telegramm aufgegeben hatte. Aber wozu? Wenn sie aus irgendeinem Grund wollte, dass ich zu Hodakas Haus käme, hätte sie es mir doch sagen können. Also musste es etwas sein, das sie nicht auszusprechen wagte.

Die Ausfahrt kam in Sicht. Ich blinkte und fuhr links raus.

In Hodakas Wohnviertel herrschte ebensolche Ruhe wie vor acht Tagen. Es waren kaum Leute auf der Straße, und nur wenige Autos fuhren vorbei. Nach der Fahrt auf der nervenaufreibend verkehrsreichen Autobahn hatte ich nun das Gefühl, in einen von der Außenwelt abgeschlossenen Raum gelangt zu sein.

Und ebenso wie vor acht Tagen blickte Hodakas weiße Villa stolz auf ihre Umgebung herab. Vielleicht war es mit Häusern wie mit Hunde- oder Katzenbesitzern, und sie ähnelten den Menschen, die in ihnen lebten.

Vor dem Haus war ein Kleinbus geparkt, in dem niemand saß. Ich stellte meinen Volvo dahinter ab.

Ich ging an die Tür und drückte den Klingelknopf in der Erwartung, Miwakos Stimme aus der Sprechanlage zu hören. Ich wusste zwar nicht, was sie vorhatte, aber sie musste schon hier sein.

»Ja?«, ertönte stattdessen eine Männerstimme, die mir bekannt vorkam.

»Äh ...«, sagte ich, aus dem Konzept gebracht. Was jetzt? »Mein Name ist Kanbayashi. Ist meine Schwester zufällig hier?«

»Ah, Herr Kanbayashi.« Der andere schien mich zu kennen. Und auch ich erinnerte mich einen Moment später, wem die Stimme gehörte.

Die Haustür ging auf, und Naoyuki Suruga erschien in einem grauen Anzug und einer Krawatte in gedeckten Farben. Offenbar fand heute tatsächlich eine Gedenkfeier statt. Wie seltsam.

»Herr Kanbayashi? Was machen Sie denn hier?« Suruga kam die Treppe von der Tür herunter.

»Ist meine Schwester denn nicht hier?«

»Miwako? Nein.«

»Ist sie nicht gekommen? Sie müsste längst hier sein.«

»Hat Miwako gesagt, sie würde hierherkommen?«

»Nicht eindeutig, aber ich hatte es so verstanden.«

»Aha.« Suruga senkte den Blick. Sein Gesicht wurde vorsichtig oder eher wachsam.

»Und Sie, Herr Suruga, was machen Sie hier?«, stellte ich die Gegenfrage.

»Ich habe noch Papierkram zu erledigen. Hodaka hatte einen Teil der wichtigen Papiere bei sich zu Hause.«

»Sagen Sie bloß, die Tür war offen? Oder haben Sie einen Schlüssel?«

»Ja, also, es ist so ...« Suruga schien über eine passende Ausrede nachzudenken. Plötzlich grinste er und zuckte mit den Schultern. »Ich habe gelogen. Es geht nicht um Papierkram. Ich wurde herbestellt.«

»Herbestellt?«

»Ja, schauen Sie.« Suruga griff in die Innentasche seines Jacketts und brachte das, was ich erwartet hatte, zum Vorschein. Ein Telegramm.

Ich zog meins aus der Hosentasche und zeigte es ihm.

Suruga drehte sich ein wenig nach hinten. »Also wirklich!«

»Eine Einladung zu einer Gedenkfeier, nicht wahr?«

»Ja, von Hodaka.« Er schob sein Telegramm zurück in die Tasche.

Auch ich steckte meins wieder ein. Es erübrigte sich, den Inhalt zu vergleichen.

»Darf ich reinkommen?«, fragte ich.

»Warum nicht? Ich bin ja auch hineingegangen – die Tür war unverschlossen.«

»Es war nicht abgeschlossen?«

»Nein. In dem Telegramm steht ja auch ›im Wohnzimmer‹. Daraus habe ich geschlossen, dass es in Ordnung ist, einfach einzutreten.«

Ich folgte ihm ins Haus. Natürlich war alles still. Wegen der hohen Decken klangen die Geräusche, als ich meine Schuhe auszog, überlaut.

Der Wohnraum lag im Halbdunkel, da er kein Licht eingeschaltet hatte. Auf dem Sofa lag eine Aktentasche, die vermutlich Suruga gehörte.

»Miwako ist also nicht mit Ihnen gekommen?«, fragte Suruga.

»Nein. Als ich das Telegramm erhielt, war sie nicht mehr im Haus.«

»Und Sie meinen, Sie wollte hierher?«

»Sie hat eine Nachricht hinterlassen.«

Ich erzählte ihm von dem Zettel. Suruga vermutete ebenso wie ich, dass sie die Absenderin der Telegramme war. Er runzelte nachdenklich die Stirn.

»Ja, wahrscheinlich haben Sie recht«, antwortete ich.

Ich setzte mich ihm gegenüber. Suruga fragte, ob er rauchen

dürfe. »Bitte«, sagte ich. In dem Aschenbecher auf dem Couchtisch lagen bereits vier Kippen.

Als er sich gerade die fünfte Zigarette anzünden wollte, läutete es an der Tür. Suruga nahm die Zigarette aus dem Mund und lächelte dünn.

»Der dritte Gast. Ich glaube, wir wissen auch ohne zu fragen, wer es ist.« Suruga ging zur Sprechanlage und nahm den Hörer ab. »Ja?«

Die Person nannte ihren Namen, und Suruga verzog die Lippen. »Dann sind wir ja alle beisammen. Kommen Sie rein.«

Er hängte den Hörer ein. »Wie erwartet«, sagte er und ging in den Flur.

Ich hörte, wie er die Tür öffnete und Kaori Yukizasas Stimme ertönte.

»Was soll denn das mit dem Telegramm? Wer hat denn diese Gedenkfeier beschlossen? Und wieso ist Hodaka als Absender angegeben?«

»Ich habe keine Ahnung. Irgendjemand hat uns drei aus irgendeinem Grund hierher bestellt.«

»Uns drei?«, fragte die Lektorin und betrat den Raum. Als sie mich sah, blieb sie stehen. »Ah, Herr Kanbayashi ...«

»Guten Tag«, begrüßte ich sie.

»Haben Sie auch ein Telegramm bekommen?«

Ich bejahte.

»Aha?« Kaori Yukizasa runzelte verunsichert die Stirn. Sie trug ein dunkelblaues Kostüm. Ebenso wie Suruga hatte sie wohl nicht an die Gedenkfeier geglaubt, aber dennoch dezente Kleidung gewählt.

»Dann sind ja alle Akteure beisammen.« Suruga kam hinter ihr her. »Wenn Hodaka hier wäre, wären wir komplett ...« Plötzlich hielt er mit offenem Mund inne. Sein Blick richtete sich auf etwas hinter mir.

Kaori Yukizasa, die in die gleiche Richtung blickte wie Suruga, riss die Augen auf. Offenbar verschlug es ihr gerade den Atem. Lebhaftes Erstaunen malte sich auf ihrem Gesicht.

Die beiden starrten auf die Glastür, die zum Garten führte. Noch bevor ich mich umdrehte, ahnte ich schon, was sie dort sahen.

Langsam wandte ich mich um.

Im Garten stand Miwako in dem weißen Kleid, das sie gestern gekauft hatte. Sie starrte uns an, genau wie Junko Namioka es an jenem Tag getan hatte.

3

Niemand brachte ein Wort heraus oder rührte sich. Vielleicht auch, weil sie so sehr wie eine Wachspuppe wirkte.

Kurz darauf begann Miwako, sich zu bewegen. Sie streckte die Hand aus und öffnete langsam die Glastür. Offenbar wusste sie, dass sie nicht verschlossen war. Natürlich war sie es auch gewesen, die die Haustür geöffnet hatte.

Als sie unter dem weißen Store hindurchging und er über ihren Kopf glitt, wirkte er wie ein Hochzeitsschleier.

»Genauso ist es auch an jenem Tag gewesen, nicht wahr?«, fragte sie scheinbar an niemand Bestimmten gerichtet, aber ich spürte, dass ich es war. Naoyuki Suruga kam mir zuvor.

»Ja, genauso war es.« Seine Stimme klang aufgeregt. Kein Wunder.

Miwako streifte ihre Sandalen ab und trat ins Wohnzimmer. Der Wind hob den Saum ihres Kleides und entblößte ihre weißen Beine. Sie kehrte uns den Rücken zu und schloss die Glastür fest hinter sich. Dann wandte sie sich uns wieder zu.

»Ich wollte Junko Namiokas Gemütszustand, als sie dort stand, nachempfinden«, sagte Miwako.

»Und? Ist etwas dabei herausgekommen?«, fragte Kaori Yukizasa. »Hast du eine Erkenntnis gewonnen?«

»Ja, eine sehr wichtige«, erwiderte Miwako.

»Welche denn?«, fragte ich.

Sie sah mich an und ließ ihren Blick dann wieder zwischen Suruga und Kaori Yukizasa hin- und herwandern.

»Ich weiß jetzt, warum Junko Namioka an dem Tag in den Garten gekommen ist.«

»Um Sie zu sehen. Sie wollte wissen, wen Hodaka heiraten würde. Für wen er sie so hintergangen hatte. Das habe ich mit eigenen Ohren gehört«, sagte Suruga.

»Meinen Sie, das war wirklich alles?«

»Wenn nicht, weshalb dann noch?«, stieß Kaori Yukizasa gereizt hervor.

»Ihr Hauptziel war es, sich Makoto zu zeigen.«

Wir anderen drei sahen uns einen Augenblick an.

»Wie kommst du darauf?«, fragte ich.

»Als ich dort stand, habe ich mir Folgendes gedacht«, sagte Miwako an mich gerichtet. »Bei schönem Wetter wie heute kann man von außen kaum ins Haus sehen. Vor allem wegen der Gardinen. An jenem Tag ... dem Tag vor der Hochzeit war auch sehr schönes Wetter.«

»Und das heißt?«

»Wenn du dich auch draußen hinstellen würdest, wüsstest du es. Von hier kann man das nicht erkennen. Aber sie hat es sehr gut gesehen. In der Position zu stehen ist beängstigend. Man fühlt sich sehr unwohl und möchte weglaufen. Dennoch ist sie nicht weggelaufen, sondern die ganze Zeit stehen geblieben. Warum, meinst du wohl?«

Ich zuckte die Achseln, denn ich hatte keine Ahnung.

Sie sah auch die beiden anderen an.

»Ich glaube, Junko Namioka wollte, dass Makoto sie dort sieht. Sie wollte ihm einen letzten Blick auf ihre lebende Person gewähren. Denn zu dem Zeitpunkt hatte sie bereits beschlossen, zu sterben.«

Wir schwiegen einen Moment. Miwakos tragende Stimme schien noch immer in dem großen Wohnraum nachzuhallen.

Suruga nickte. »Das mag sein«, sagte er. »Äh, wie hieß noch mal dieses Gift? Strychninnitrat? Zumindest zu dem Zeitpunkt, als sie es aus der Praxis entwendet hat, hatte sie vor, gemeinsam mit Hodaka zu sterben.«

»Ich glaube, sie hatte daran gedacht, mit Makoto zu sterben. In dieser Absicht ist sie an dem Tag hierhergekommen.«

»Und was heißt das?«, fragte ich.

»Also ...« Miwako holte tief Luft, bevor sie fortfuhr. »Als Junko Namioka hierherkam, hat sie nicht im Entferntesten daran gedacht, dass Makoto schon tot sein könnte.«

»Was?«, entfuhr es Kaori Yukizasa. »Was willst du damit sagen?«

»Wenn sie die Mörderin wäre, hätte sie die Giftkapsel doch viel früher einschmuggeln müssen. Denn inzwischen hatte ja längst ich die Flasche mit dem Medikament, und sie hatte keine Gelegenheit mehr, an sie heranzukommen. Aber«, Miwako sah ihre Lektorin an, »wenn sie ihm das Gift vor Freitag untergeschoben hätte, wäre es doch möglich gewesen, dass Makoto am Samstag schon tot war. Doch nach allem, was ich erfahren habe, machte Frau Namioka keineswegs den Eindruck, als rechne sie mit so etwas.«

Ich musste schlucken. Es war haargenau so, wie sie sagte.

Auch den anderen beiden fehlten sichtlich die Worte. Suruga sprach als Erster.

»Aber Hodaka ist an einer manipulierten Medikamentenkapsel gestorben.«

»Ja, aber sie kann nicht von ihr präpariert worden sein. Also muss es jemand anderes getan haben«, sagte Miwako ruhig, aber entschieden. »Jemand von euch.«

4

Die Luft war jetzt zum Schneiden. Stille lastete auf dem ganzen Raum. Durch seine Größe spürte man sie umso drückender. Von ferne war der Motor eines Autos zu hören.

Die Erste, die eine Regung zeigte, war Kaori Yukizasa. Sie seufzte und ließ sich auf das Sofa fallen. Als sie die Beine übereinanderschlug, bemerkte ich, dass ihr Rock kürzer war, als ich gedacht hatte. Sie hatte sehr schöne Beine. Ich weiß nicht, warum, aber in diesem Moment gelangte ich zu der Überzeugung, dass zwischen dieser Frau und Hodaka etwas gewesen war.

»Ich verstehe«, sagte sie. »Deshalb hast du uns hier versammelt. Und auch noch dieses komische Telegramm aufgesetzt.«

»Ich entschuldige mich bei den beiden, die den Mord nicht begangen haben. Aber mir ist einfach nichts Besseres eingefallen.«

»Sogar mir hast du ein Telegramm geschickt. War das nötig?«, sagte ich.

»Ich wollte alle drei unter den gleichen Bedingungen sehen.« Miwako sah mich nicht an.

»Wenn Sie nicht einmal bei Ihrem eigenen Bruder eine Ausnahme machen, will ich mich nicht beschweren. Aber ich verstehe das nicht. Warum verdächtigen Sie nur uns drei?« Suruga ließ sich neben Kaori Yukizasa auf das Sofa fallen.

»Der Grund ist ganz einfach«, sagte meine Schwester. »Um Makoto auf diese Weise in den Tod zu schicken, waren mindestens zwei Voraussetzungen nötig. Zum einen das Wissen, dass er regelmäßig dieses Medikament einnahm. Und zum zweiten eine Gelegenheit, mit Gift präparierte Kapseln in sein Medikamentenfläschchen oder in seine Pillendose zu schmuggeln. Nur ihr drei erfüllt diese beiden Voraussetzungen.«

Theatralisch breitete Suruga die Arme aus. Er wirkte wie ein Schauspieler.

»Natürlich wussten wir, dass Hodaka dieses Medikament einnahm. Und vermutlich hätten wir auch Gelegenheit gehabt, ihm die vergifteten Kapseln unterzuschieben. Aber Sie vergessen einen entscheidenden Punkt, Miwako. Wir hatten keinen Zugang zu dem Gift. Wissen Sie, was in der Zeitung stand? Strychninnitrat ist für normale Menschen sehr schwer zu beschaffen. Es ist zweifelsfrei erwiesen, dass Junko Namioka die Kapseln präpariert hat. Wie hätte denn jemand von uns an die von ihr manipulierten Kapseln herankommen sollen? Oder meinen Sie, jemand von uns hätte in Junkos Auftrag das Gift ausgelegt?«

Mit einem leisen Seufzer trat Miwako an die Glastür und zog mit einer langsamen Bewegung die Vorhänge zu. Es wurde dunkel im Zimmer. Sie ging um die Couchgarnitur herum, auf der wir saßen, und betätigte zwei Schalter an der Wand nahe der Tür. Blütenförmige Lampen erleuchteten das ganze Zimmer.

»Ich bin kein Meisterdetektiv«, sagte Miwako. »Und meine Theorie ist nicht überzeugend genug, um den Mörder zu einem Geständnis zu zwingen. Ich kann euch nur bitten.«

Sie kam wieder zu uns herüber. Als sie etwa einen Meter vor uns stand, holte sie tief Luft.

»Es ist eine Bitte«, sagte sie mit gepresster Stimme. »Wer hat Makoto in den Tod geschickt? Er trete jetzt vor.«

»Bitte«, wiederholte sie und verbeugte sich, ohne sich wieder aufzurichten.

Mir war, als hätte ich so etwas schon einmal in einem Film gesehen. Nicht in jüngerer Zeit. Es war sehr lange her. Als unsere Eltern noch lebten und Miwako und ich ein normales Geschwisterpaar waren. Oder es war gar kein Film, und ich hatte es geträumt. Dieser Traum hatte Miwako und mich aus der Bahn geworfen. Bis heute. Und das war das Ergebnis. Die Schwester verdächtigte den Bruder, ein Mörder zu sein, dem Bruder fehlten die Worte, und er wusste sich keinen Rat.

Gründe, mich zu verdächtigen, gab es genug. Ich hatte Zugang zu dem Medikamentenbeutel gehabt. Und vor allem ein Motiv.

Ich sah zu Naoyuki Suruga und Kaori Yukizasa hin, die die jeweils anderen beiden zu belauern schienen, obwohl sie niemanden ansahen. Mir war fast, als könnte einer von ihnen plötzlich vortreten und sagen: »In Wahrheit habe ich Hodaka getötet.«

Ich dachte an den Erpresserbrief. Einer von beiden hatte ihn geschrieben. Als ich die Lektorin zum Bahnhof Yokohama gebracht hatte, hatte ich sie gefragt, ob sie einen Computer oder Wapuro verwendete. Sie hatte es verneint. Der Erpresserbrief war aber ein Ausdruck aus einem solchen Gerät. Wenn ich ihren Worten Glauben schenkte, musste also Suruga den Brief geschrieben haben. Aber war es heutzutage überhaupt möglich, dass eine Lektorin weder Computer noch einen Wapuro benutzte?

Letztlich blieb meine Ahnung nicht mehr als das, und keiner von beiden machte den Mund auf. Nicht nur das, sie rührten sich nicht einmal. Suruga hatte den Ellbogen auf die rechte Lehne gestützt, und sein Kinn ruhte in seiner Hand. Kaori Yukizasa hielt die Hände im Schoß gefaltet und starrte auf den Aschenbecher auf dem Tisch. Ich musterte die beiden finster.

Miwako richtete sich auf, und ich sah sie an.

»Ich verstehe«, sagte sie niedergeschlagen. »Ich dachte, wenn jemand sich stellen würde, hätte ich die Polizei vielleicht um Strafmilderung ersuchen können. Aber anscheinend hat sich diese Absicht nicht vermittelt.«

»Herr Suruga«, sagte Kaori Yukizasa.

Alle richteten ihre Aufmerksamkeit auf sie, und sie fuhr fort.

»Und Herr Kanbayashi. Ich vertraue Ihnen beiden. Ich bin überzeugt, Miwako unterliegt einem großen Missverständnis. Aber – verstehen Sie mich bitte nicht falsch, ich sage das nur für alle Fälle – falls einer von Ihnen hier vortritt, würde ich wie Miwako auch lieber die Polizei hinzuziehen, um Strafmilderung zu erwirken. Denn ich glaube, dafür gäbe es einige Gründe.«

»Da kann ich mich nur bedanken.« Der Manager grinste. »Und die Bemerkung an Sie zurückgeben.«

Kaori Yukizasa nickte und verzog den Mund zu einem rätselhaften Lächeln.

Miwako stieß einen lauten Seufzer aus, der wahrscheinlich der stickigen Luft geschuldet war.

»Da kann man nichts machen. Ich hätte es mir wirklich gewünscht.«

»Ich würde vortreten, wenn ich der Mörder wäre«, sagte Suruga ein wenig herausfordernd.

Miwako senkte den Blick und ging wortlos zur Tür. Nachdem sie uns noch einmal entschlossen angeblickt hatte, griff sie nach dem Türknauf. Sie zog daran und rief hinaus. »Bitte, kommen Sie herein.«

Sogleich betrat jemand das Haus. Alle Blicke richteten sich auf ihn.

Kommissar Kaga sah uns an und verbeugte sich leicht.

NAOYUKI SURUGA
DER MANAGER

1

Das Erscheinen des hochgewachsenen Kommissars kam zumindest für mich nicht ganz überraschend. Ich konnte mir nicht vorstellen, dass Miwako Kanbayashi eine solche Inszenierung allein und aus eigenem Antrieb auf die Beine gestellt hätte.

»Auftritt des Hauptdarstellers«, sagte ich ironisch zu Kaga, weil er schon so lange draußen war und erst jetzt ins Haus kam.

»Keineswegs, die Hauptdarsteller sind Sie. Ich spiele höchstens eine Nebenrolle, oder nein, nicht einmal das.« Kaga blickte in die Runde.

»Aha«, sagte Kaori Yukizasa. »Der Herr Kommissar ist also unser Regisseur. Da haben Sie Miwako ja einen tollen Auftritt verschafft.«

»Damit wir uns nicht falsch verstehen: Sie hatte auch mich nicht in ihren Plan eingeweiht. Ich habe erst davon erfahren, als ich herkam. Sie habe etwas Wichtiges mit mir zu besprechen, mehr hat sie mir nicht verraten. Ehrlich gesagt, bin ich nicht begeistert von ihrem Vorgehen. Ich hätte es vernünftiger gefunden, jeden von Ihnen einzeln ins Präsidium zu bestellen und zu befragen.«

»Aber mir hätte das nicht gefallen. Ich muss mit eigenen Ohren hören, was passiert ist. Wer Makoto getötet hat und weshalb. Ich wollte auf keinen Fall, dass das bei der Polizei und hinter verschlossenen Türen abgehandelt wird.«

Die schrille Emphase, mit der Miwako Kanbayashi sprach, reizte mein Trommelfell und meine Nerven. Ihre naive Ichbezogenheit regte mich auf. Wieder einmal fand ich, dass Hodaka ein Idiot gewesen war.

»Natürlich würde die Polizei in diesem Fall die Informationen zurückhalten, insofern kann ich Sie natürlich verstehen, Frau Kanbayashi.« Kommissar Kaga räusperte sich. »Deshalb habe ich Sie auch diese kleine Komödie aufführen lassen.«

»Komödie, ganz recht«, sagte ich. »Man kommt sich vor wie bei Agatha Christie. Die Verdächtigen versammeln sich um einen Detektiv, und er präsentiert die Lösung.«

»Bei Agatha Christie geht es allerdings etwas drastischer zu. Außerdem gibt es da immer mehr Verdächtige. So viele Stühle hätten wir gar nicht. Aber nur drei Verdächtige zu haben macht die Sache auch nicht einfacher.«

»Aber was wollen Sie denn noch, Herr Kommissar? Das ist doch eine überschaubare Zahl. Und fast wie auf dem Silbertablett serviert«, neckte Kaori Yukizasa ihn spöttisch.

»Tja, was soll ich machen? Faktisch gibt es noch eine Menge offener Fragen.« Der Kommissar kratzte sich den Nacken.

»Ich dachte, jemand wie Sie, Herr Kaga«, sagte Miwako Kanbayashi, »würde den Täter bestimmt dingfest machen. Ich glaube, bis zu einem gewissen Grad fühlen Sie sich sogar dazu verpflichtet. Und genau deshalb habe ich Sie gebeten, herzukommen.«

»Wir hatten ja die ganze Zeit eine ziemlich hohe Meinung von ihm. Aber ob er die auch verdient? Schließlich kommt er nicht vom Präsidium, sondern nur von einer gewöhnlichen Polizeidienststelle – stimmt doch, oder?«

»Ja, da haben Sie völlig recht, Frau Yukizasa«, sagte Kaga freundlich. »Dennoch habe ich als zuständiger Ermittler alle Befugnisse, das sollten Sie wissen. Bis hierher habe ich Frau Kanbayashi die Gelegenheit zu ihrer eigenen Einschätzung überlassen. Nun will ich versuchen, ihren Erwartungen zu entsprechen. Inwieweit ich das kann, weiß ich nicht.«

Er trat nun näher an uns heran und nahm uns alle drei nacheinander ins Visier. »Zuvor möchte ich Ihnen noch einen letzten Rat geben«, sagte er dann mit erhobenem Zeigefinger. »Ich würde der Person, die Makoto Hodaka getötet hat, empfehlen, sich jetzt zu stellen. Denn das könnte sich strafmildernd auswirken.«

»Den gleichen Vorschlag hat Miwako vorhin schon gemacht. Sie denken an einen Handel, nicht wahr?«

»Ja, genau.«

»Na, wie sieht's aus, ihr beiden?« Kaori Yukizasa ließ ihren Blick zwischen mir und Takahiro Kanbayashi hin- und herwandern. »Das wäre doch kein schlechter Deal. Für den Mörder, meine ich.«

Ohne auf sie einzugehen, zog ich meine Zigarettenschachtel hervor. »Darf ich rauchen?«, fragte ich in die Runde. Niemand hatte etwas dagegen, also steckte ich mir eine an. Kanbayashi hielt den Kopf gesenkt. Es war nicht auszumachen, was er dachte.

»Leider sieht es so aus, als käme Ihr Handel nicht zustande«, sagte Kaori Yukizasa zu Kaga.

Der Kommissar wirkte nicht sonderlich enttäuscht. Er hob leicht die Hände.

»Da kann man nichts machen. Aber fangen wir an. Spielen wir Agatha Christie.«

2

Kaga griff in die Tasche seines dunklen Sakkos, holte sein Notizbuch hervor und schlug es auf. Er zog es vor, stehen zu bleiben.

»Wie Sie alle wissen, ist Makoto Hodaka an einem Gift verstorben, das er während seiner Hochzeit zu sich genommen hat. Ein Augenzeuge vom Hotel hat bestätigt, dass der Ermordete unmittelbar vor seinem Tod ein Medikament gegen seinen chronischen Nasenkatarrh eingenommen hatte. Später haben wir bei Junko Namiokas Leiche einen Abschiedsbrief und giftgefüllte Kapseln gefunden, und der Verdacht, dass es sich um einen von ihr inszenierten Doppelselbstmord handelte, erhärtete sich.«

»Und der ist auch nicht von der Hand zu weisen. Ich verstehe nicht, was Ihnen daran nicht gefällt«, sagte ich und sah Miwako Kanbayashi an. »Ihre Theorie ist ja ganz interessant, aber doch nicht mehr als eine Eingebung. Letzten Endes kann niemand wissen, was Junko Namioka bewegte, als sie an jenem Tag hierherkam. Vielleicht kam sie, um sich zu vergewissern, ob die Kapsel, die sie am Freitag eingeschmuggelt hatte, ihren Dienst tat.«

»Und noch etwas«, fügte Kaori Yukizasa hinzu. »Miwako sagt, Junko Namioka habe das Medikament schon am Freitag gekauft, nicht wahr? Und Sie, Herr Kommissar, scheinen zu glauben, dass sie deshalb keine Zeit hatte, die vergiftete Kapsel zu plazieren. Aber es wäre doch denkbar, dass sie am Freitagabend hier war.«

»Am Freitagabend?« Kaga gab sich betont erstaunt. »Herr Hodaka war den ganzen Abend zu Hause. Wie hätte sie unbemerkt ins Haus kommen sollen?«

»Vielleicht musste sie ja gar nicht unbemerkt bleiben ... Da gäbe es doch noch eine andere Möglichkeit«, sagte Kaori Yukizasa in anzüglichem Ton.

Kanbayashi schaute auf. »Darf ich auch etwas dazu sagen?«

»Bitte«, forderte Kaga ihn auf.

»Junko Namioka soll also das Medikament am Freitag gekauft haben. Das mag so sein, bedeutet aber doch nicht zwingend, dass sie ein solches Medikament nicht schon viel früher gekauft und die Giftkapseln lange vor diesem Freitag präpariert hat.«

»Und warum hätte sie das Medikament an jenem Freitag noch einmal kaufen sollen?«

»Das weiß ich nicht. Ich habe nicht die geringste Ahnung, was in Junko Namiokas Kopf vorging. Ich kannte sie ja nicht einmal.«

»Angenommen, Ihre These würde stimmen, dann müsste doch das Medikament, das sie am Freitag gekauft hat, noch irgendwo zu finden sein. Aber in Junko Namiokas Apartment haben wir nichts dergleichen sichergestellt.«

»Dass man etwas nicht findet, heißt ja nicht, dass es nicht existiert, oder?«, sagte Kanbayashi nüchtern, dennoch war sein Selbstbewusstsein zu spüren. Anscheinend sprach nun der Quantenphysiker aus ihm.

Seine sehr folgerichtigen Ausführungen ließen Kaga für einen Moment verstummen. Dann lachte er leise, doch sein Blick blieb durchdringend.

»Bisher brauchte ich noch gar nichts zu sagen, Sie alle haben das für mich erledigt. Ich finde, das ist eine sehr angenehme Entwicklung. Machen wir doch so weiter. Irgendwann tritt auf diese Weise bestimmt die Wahrheit zu Tage.«

»Machen Sie sich über uns lustig?« Ich konnte mich nicht zügeln, obwohl ich wusste, dass der Kommissar uns absichtlich provozierte.

»Nichts läge mir ferner.« Kaga schüttelte entschieden den

Kopf. Er griff in die rechte Hosentasche und legte zwölf Zehn-Yen-Münzen vor uns auf den Couchtisch.

»Was soll das werden?«, fragte ich.

»Eine einfache Rechnung. Gleich nach dem Mord wurde das Fläschchen mit dem Schnupfenmedikament in Frau Kanbayashis Tasche von der Polizei sichergestellt. Es waren noch neun Kapseln darin. Keine von ihnen enthielt Gift.« Kommissar Kaga nahm von den zwölf Münzen drei beiseite. »Unmittelbar vor Beginn der Trauung hat Frau Kanbayashi eine Kapsel herausgenommen und sie in die bewusste Pillendose gelegt. Davor müssen sich also zehn Kapseln in dem Fläschchen befunden haben.«

Er legte eine der Münzen zurück auf den Tisch. »Frau Kanbayashi zufolge hatte Herr Hodaka, bevor er ihr das Fläschchen aushändigte, eine Kapsel mit Kaffee heruntergespült. Und zu ihr gesagt, die Wirkung des Medikaments lasse nach, obwohl er gerade erst eine Kapsel genommen habe.«

Daran konnte auch ich mich erinnern. Hodaka hatte sich zuvor mehrmals die Nase geschnäuzt.

»Also hat Herr Hodaka ziemlich kurz hintereinander zwei Kapseln genommen. Ich lege die zwei wieder dazu.« Kaga legte zwei Zehn-Yen-Münzen auf den Tisch. »Nun haben wir wieder zwölf wie am Anfang. Und in so einem Fläschchen sind immer zwölf Stück. Das heißt, als Herr Hodaka die erste Kapsel nahm, muss es neu gewesen sein. Wenn also Junko Namioka die Mörderin wäre, hätte sie die vergiftete Kapsel in die neue Flasche tun müssen. Aber hatte sie überhaupt eine Gelegenheit dazu?«

»Warum nicht? Wo ist das Problem?«, fragte Kaori Yukizasa.

Kaga wandte sich ihr zu. Ein gelassenes Lächeln lag auf seinen Lippen. Obwohl ich genau wusste, dass das seine Taktik war, um uns aus der Reserve zu locken, machte es mich nervös.

»Ein neues Fläschchen ist in einer Schachtel. Was wurde aus der Schachtel? Auch darüber konnte Frau Yukizasa mich aufklären. Bevor Herr Hodaka seiner Braut das Fläschchen aushändigte, warf er die Schachtel in den Papierkorb neben seinem Schreibtisch. Wir haben diese Schachtel sichergestellt. Sichergestellt und kriminaltechnisch untersucht.«

»Ist etwas dabei herausgekommen?«, fragte ich.

»Auf der Schachtel befanden sich nur Herrn Hodakas Fingerabdrücke. Außerdem gab es keinerlei Hinweis darauf, dass die Schachtel schon einmal geöffnet und wieder zugeklebt wurde, um sie wie neu aussehen zu lassen. Daher können wir wohl ausschließen, dass die vergiftete Kapsel in dem neuen Fläschchen war. Folglich kann Junko Namioka nicht die Mörderin sein.«

Kommissar Kaga richtete sich zu seiner vollen Größe auf und blickte auf uns hinunter. »Haben Sie hierzu noch Fragen?«

Niemand sagte etwas. Ich suchte krampfhaft nach einer Lücke in seiner Theorie, fand jedoch keine.

»Also wer hat ihm dann die vergiftete Kapsel untergeschoben? Um darüber nachzudenken, sollten wir noch einmal die Personen durchgehen, die Gelegenheit dazu hatten. Zuerst natürlich Makoto Hodaka selbst.«

»Ich glaube nicht, dass er sich umbringen wollte.« Miwako sah den Kommissar erstaunt an.

»Ich ebenfalls nicht. Aber wir müssen gewissenhaft vorgehen und deshalb auch Sie, Frau Kanbayashi, in unsere Überlegungen miteinbeziehen.«

»Miwako soll die Mörderin sein? Unsinn«, sagte Takahiro Kanbayashi.

»Aus Gründen der Gewissenhaftigkeit, sagte ich.«

»Trotzdem ist das Unsinn.«

»Takahiro«, ermahnte Miwako ihren Bruder. »Lass uns doch erst mal hören, was der Kommissar zu sagen hat.«

Takahiro Kanbayashi presste die Lippen aufeinander und blickte zu Boden.

»Also, fangen wir an. Wer außer Ihrer Schwester hatte die Möglichkeit, das Verbrechen zu verüben? Der Personenkreis ist begrenzt, wenn man den Weg der vergifteten Kapsel bis in Herrn Hodakas Mund nachvollzieht.«

»Begrenzt auf uns drei, wollen Sie sagen, nicht wahr?«

»Nein, Frau Yukizasa, es gibt noch jemanden. Wir müssen auch Ihre junge Kollegin Eri Nishiguchi einbeziehen. Auch wenn ich, ganz gleich, wie man den Fall betrachtet, feststellen kann, dass sie nichts mit dem Mord zu tun hat.« Der Kommissar schaute erst Takahiro Kanbayashi und dann mich an. »Haben Sie bis dahin eine Frage?«

Mir fiel nichts ein, und ich blies den Rauch meiner Zigarette in die Luft. Sie war nur noch ein Stummel, und ich drückte sie in dem Kristallaschenbecher vor mir aus. Auch Kanbayashi äußerte sich nicht.

»Als Nächstes wenden wir uns der vergifteten Kapsel zu. Wie Sie wissen, hat Junko Namioka sie präpariert. Anzunehmen, jemand anders als sie hätte sich zufällig zur gleichen Zeit Strychninnitrat besorgt und eine Kapsel dieses Schnupfenmittels damit präpariert, wäre unrealistisch. Aber wie ist nun der Täter in den Besitz der Kapsel gelangt?« Kaga ging auf die Glastür zu und zog die Vorhänge, die Miwako Kanbayashi kurz zuvor geschlossen hatte, wieder auf. »Um dies zu klären, müssen wir zunächst das Rätsel um Junko Namiokas Selbstmord lösen.«

Der Kommissar stand mit dem Rücken zum Garten, und dass sein Gesichtsausdruck im Gegenlicht nicht zu erkennen war, versetzte mich absurderweise in Unruhe. Natürlich war es genau das, was Kaga bezweckte.

»Was reden Sie denn da? Was ist denn so rätselhaft an ihrem Selbstmord?« Kaori Yukizasa klang wieder gelassen. Weil sie darauf vertraute, der Verdacht gegen sie würde sich letztendlich klären?

»Ich habe bereits mit Herrn Suruga über diverse Ungereimtheiten gesprochen.« Kaga sah mich an.

»Ach ja?« Ich tat, als wisse ich nicht, wovon er sprach.

»Da ist zunächst die Sache mit dem Gras«, fuhr er fort. »In Junko Namiokas Haar war etwas Gras hängen geblieben. Unsere Untersuchungen haben ergeben, dass es aus diesem Garten stammt. Es ist die gleiche Sorte, und auch die Marke des Unkrautvernichters stimmt überein. Ich bin immer wieder beeindruckt von den Möglichkeiten der Wissenschaft. Ein paar Grashalme, und wir haben eine neue Erkenntnis. Natürlich stellt sich nun die Frage, warum sie Gras aus diesem Garten im Haar hatte?«

»Sie war an jenem Tag hier, und es ist irgendwie in ihr Haar gelangt. Was ist so geheimnisvoll daran?«, fragte Kaori Yukizasa unwirsch.

»Laut Wetterdienst war es ein schöner Tag und fast windstill. Wie soll das Gras an einem solchen Tag an ihren Kopf gekommen sein? Schließlich hat sie nur im Garten gestanden.«

»Was weiß ich. Es kann doch mal ein bisschen welkes Gras herumfliegen.«

»Das ist schwer vorstellbar, wenn auch nicht ganz ausgeschlossen. Aber was ist mit diesem Werbezettel, auf den sie ihren Abschiedsbrief geschrieben hat? Das ist doch nun wirklich eine sonderbare Sache«, sagte Kaga, den Blick auf mich gerichtet.

»Dazu habe ich Ihnen meine Meinung doch schon gesagt. Ein normaler Mensch kann nicht wissen, was in einem Selbstmörder vorgeht.«

Kaga nickte.

»In dieser Hinsicht stimme ich Ihnen völlig zu. Deshalb beschäftigt es mich auch nicht, dass sie den Brief auf einen Werbezettel geschrieben hat, von dem auch noch ein Stück abgerissen wurde. Das ist nicht das Problem.«

»Und was ist das Problem?«

»Es ist viel grundlegender. Ich hatte Ihnen bereits erzählt, dass es sich bei dem Zettel um eine Werbung für einen Schönheitssalon handelt. Diese wurde aber an jenem Tag nicht an alle Haushalte, sondern nur in bestimmten Stadtteilen zusammen mit der Zeitung verteilt.«

Ich begriff, worauf Kaga hinauswollte. Mir brach der Schweiß aus.

»Sie verstehen, was ich sagen will? In dem Haus, in dem Junko Namioka wohnte, wurde diese Werbung gar nicht ausgeliefert. Wie kam sie dann trotzdem in ihre Wohnung?«

Ich versuchte unter allen Umständen Ruhe zu bewahren, obwohl ich vor Nervosität hätte schreien können.

Wir hatten zu viele Gedankenlosigkeiten begangen. In der Annahme, der Abschiedsbrief würde den Selbstmord sofort bestätigen, hatten wir ihn neben die Leiche gelegt. Ja, es war ungewöhnlich, dass er auf einem Werbeblatt stand, aber da er in Junkos Schrift verfasst war, hatten wir darin kein Problem gesehen. So weit, dass Reklameblätter nur in bestimmten Gegenden verteilt wurden, hatten wir nicht gedacht.

»Außerdem ist da noch die Sache mit Junko Namiokas Sandalen. Es sind weiße Sandalen«, sagte Kaga in hassenswert ruhigem Ton.

»Was ist denn mit den Sandalen?«, fragte Kaori Yukizasa.

»An den Sohlen der Sandalen in ihrer Wohnung haftet Erde.«

»Erde?«

»Ja, Erde. Das kam mir seltsam vor. Die ganze Umgebung ihres Wohnhauses ist asphaltiert. Das heißt, selbst wenn sie irgendwo über Erdreich gelaufen wäre, müsste diese doch auf dem Weg zu ihrer Wohnung abgefallen sein, oder? Also beschlossen wir, die Zusammensetzung zu untersuchen.« Kaga deutete durch die Gardine nach draußen. »Wie erwartet, stammte die Erde aus diesem Garten. Die Zusammensetzung war völlig identisch. Aber was bedeutete das? Warum haftete an ihren Sandalen noch immer Erde aus diesem Garten?«

Kagas scharfe Worte prasselten auf mich nieder wie die

Schläge eines Boxers. Jedes von ihnen saß. Die Sandalen? Ja, jetzt wo er es sagte ...

Ich rekapitulierte, wie wir Junko Namiokas Leiche transportiert hatten. Wir hatten sie in einen Pappkarton gepackt. Hodaka war es gewesen, der ihr die Sandalen ausgezogen hatte.

»Wir müssen uns bemühen, möglichst wenig an der Leiche zu verändern«, hatte er gesagt. »Denn wenn die Polizei merkt, dass sie bewegt worden ist, ist alles aus.«

Und was war dabei herausgekommen? Um sie zu tragen, ohne Spuren zu hinterlassen, hatten wir die Erde vom Tatort an ihren Sandalen mitgeschleppt.

»Daraus ergab sich eine weitere Annahme, nämlich die, dass Junko Namioka nicht in ihrer Wohnung, sondern im Garten dieses Hauses gestorben ist. Und auch hier den Abschiedsbrief geschrieben und das Gift genommen hat. Deshalb hatte sie Gras im Haar. Diese These hat allerdings einen Haken. Wenn sie den Brief hier geschrieben hat, was ist dann aus ihrem Schreibgerät geworden? Den Reklamezettel hatte sie wahrscheinlich aus dem Briefkasten. Aber was ist mit dem Kugelschreiber? Die Antwort ist ungewöhnlich.«

Kaga machte eine wirkungsvolle Pause.

»Ein Rundbrief. Während Sie alle an jenem Tag in dem italienischen Restaurant zu Mittag aßen, warf ein Nachbar eins von diesen Rundschreiben, die von Haus zu Haus weitergereicht werden, in den Briefkasten. Dem Rundschreiben war, damit der Empfänger es unterschreiben konnte, ein Kugelschreiber beigefügt, den sie möglicherweise benutzt hat. Wir waren beim Gemeinderat und haben uns den betreffenden Rundbrief geben lassen. Die kriminaltechnische Untersuchung hat mehrere Fingerabdrücke von Junko Namioka darauf festgestellt.«

Obwohl mir einerseits dämmerte, dass meine Situation sich dramatisch verschlechterte, konnte ich andererseits den Scharfblick des Kommissars nur bewundern. Er hatte sogar darüber nachgedacht, womit Junko ihren Abschiedsbrief geschrieben hatte. Während Hodaka und ich nichts von der Existenz des Rundschreibens bemerkt hatten.

»Wir nehmen es als erwiesen an, dass Junko Namioka in diesem Garten Selbstmord begangen und jemand die Leiche später in ihre Wohnung geschafft hat. Deshalb klebt auch die Erde an ihren Sandalen. Alles passt zusammen. Aber wer hat sie fortgeschafft? Natürlich habe ich da jemanden Bestimmten im Auge. Die Person nämlich, die so plötzlich das gemeinsame Essen im Restaurant verlassen hat.«

Kanbayashi sah mich an. Und Kaori Yukizasa machte ein Gesicht, als höre sie zum ersten Mal davon.

Ich wollte etwas sagen. Ich wusste zwar nicht, was, öffnete aber vorläufig schon mal den Mund. In diesem Moment klingelte das Mobiltelefon in meiner Brusttasche.

»Entschuldigen Sie.« Ich griff in die Tasche. Wunderbar, wenn das Telefon zu meiner Rettung kam, sobald der Wind aus einer ungünstigen Richtung wehte. Diesmal hatte ich jedoch nicht das Gefühl, dass es so sein würde. Das Klingeln klang unglückverheißend. Ich nahm den Anruf an und hielt mir das Telefon ans Ohr. »Ja, hallo?«, sagte ich, aber es war schon aufgelegt worden.

Kaga zog die Hand aus der rechten Hosentasche. Es war mir nicht aufgefallen, dass er sie hineingesteckt hatte. Jetzt zog er ein Handy daraus hervor. Er hatte es bei mir klingeln lassen.

»Wir haben etwas Seltsames in Junko Namiokas Wohnung gefunden. Sie möchten wissen, was? Ein Mobiltelefon. Es war in einer Jackentasche. Sie hatte es von der Tierarztpraxis Kikuchi erhalten, in der sie arbeitete. Für Notfälle. Und dieses Telefon haben wir in ihrer Wohnung gefunden.«

Ich war wie vom Donner gerührt. Also hatte Junko zwei Handys gehabt.

»Was ist so seltsam daran, ein Handy bei jemandem zu finden?«, sagte Kaori Yukizasa.

»Entschuldigen Sie, ich hätte es besser erklären müssen. Das Telefon selbst ist nicht das Problem. Das Seltsame ist das Ladegerät, das wir hinter dem vollgehängten Kleiderständer entdeckt haben.«

Mir wurde mulmig. Sie hatte zwei Handys, also hatte sie auch zwei Ladegeräte.

»Denn dieses Ladegerät gehörte nicht zu dem Handy, das wir gefunden haben. Also musste Frau Namioka noch ein anderes gehabt haben, und wir beschlossen, danach zu fahnden. Aber bei der Durchsicht ihrer Bank- und Kreditkartenauszüge stießen wir auf keine Gebührenrechnung. Demnach lief das Handy wohl auf einen anderen Namen. Wenn aber das Mobiltelefon einer jungen Frau auf einen anderen Namen angemeldet ist, kann man sich leicht denken, von wem sie es hat.«

»Von Hodaka?«, murmelte Kanbayashi.

»Diese Vermutung lag nahe. Wir haben sofort in diese Richtung ermittelt und die Antwort problemlos herausgefunden. Herr Hodaka hatte außer dem Gerät, das er selbst benutzte, noch ein zweites Handy. Wir haben überall gesucht, es aber nicht gefunden.«

In meinem Kopf drehte sich alles. Das Ladegerät, das ich an mich genommen hatte, gehörte also zu dem Handy, das Junko von der Praxis bekommen hatte.

»Und ... haben Sie die Anrufe von Hodakas zweitem Handy überprüfen können?«

»Ja.« Kaga nickte. »Das geht, auch wenn man das Gerät nicht zur Hand hat. Bis auf die Sekunde genau. Die letzte Person, die Junko Namioka angerufen hat, waren Sie. Und zwar zu der Zeit, als Sie im Restaurant den Anruf bekamen.«

3

Alle möglichen Gedanken schossen mir nun durch den Kopf, und ich kam zu dem Entschluss, dass Widerspruch im Augenblick zwecklos war. Eine Leiche zu entwenden war gewiss ein Straftatbestand, aber unter den gegebenen Umständen galt es wahrscheinlich nicht als besonders schweres Vergehen. Faktisch war einer meiner Verteidigungswälle eingebrochen, dennoch war Kaga noch weit von der Wahrheit entfernt. Ich beschloss, den äußeren Wall aufzugeben.

»Er«, sagte ich, und alle schauten auf, »hat es mir befohlen.«

»Herr Hodaka?«

»So ist es.«

»Das habe ich mir gedacht.« Kaga nickte. »Der Anruf war also doch von Junko Namioka, nicht wahr?«

»Sie deutete an, sich umbringen zu wollen. Also verließ ich das Essen, um nachzusehen, was los war.«

»Und sie lag tot im Garten?«

»Ja. Darauf habe ich Hodaka telefonisch benachrichtigt, und er ist gleich gekommen. Als er ihre Leiche sah, hat er sofort überlegt, was zu tun sei, und beschloss, dass wir sie in ihre Wohnung schaffen sollten. Es interessierte ihn nicht einmal, warum sie sich getötet hatte.«

Jetzt wandte ich mich Miwako Kanbayashi zu, die an der Tür stand. Sie war kreidebleich.

»So war er eben«, sagte ich.

Nun berichtete ich, wie wir Junko Namiokas Leiche in ihre

Wohnung gebracht und, nachdem wir sie dort abgelegt hatten, das Gebäude sofort wieder verlassen hatten.

»Das war alles, was ich getan habe. Ich weiß, ich trage die Verantwortung dafür, dass ihre Leiche so spät gefunden wurde, aber mit Hodakas Tod hat das ja nichts zu tun«, schloss ich und steckte mir eine Zigarette zwischen die Lippen.

»Ob das etwas damit zu tun hat oder nicht, wird sich noch aufklären«, sagte Kaga. »Im Augenblick ist das Wichtigste an dieser Geschichte, dass Sie in Junko Namiokas Wohnung waren. Das heißt, Sie hatten Zugang zu den vergifteten Kapseln.«

Ich knipste mein Feuerzeug an, um mir die Zigarette anzuzünden. Es funktionierte nicht beim ersten Mal, und auch beim zweiten und dritten Mal scheiterte ich. Erst beim vierten Mal gelang es mir endlich, die Zigarette anzustecken.

Ich sah Kaori Yukizasa an, die mit unbewegter Miene neben mir saß.

Warum sollte ich diese Frau eigentlich decken?

Langsam zog ich an meiner Zigarette. Nachdem ich dem weißen Rauch hinterhergeblickt hatte, schaute ich wieder zu Kaga auf. »Ja, aber nicht als Einziger, Herr Kommissar. Außer Hodaka und mir war noch jemand in der Wohnung.«

Zum ersten Mal an diesem Tag sah Kaga – wenn auch nur leicht – verblüfft aus.

»Was heißt das?«

»Was ich gesagt habe. Es gibt eine Person, die von Anfang bis Ende beobachtet hat, wie wir die Leiche transportierten. Die uns bis in Junko Namiokas Wohnung gefolgt ist. Zählt diese Person nicht auch zu den Verdächtigen?«

»Wer ist es?«

Ich lachte schnaubend. Es war ein winziger Bluff. »Muss ich das denn noch sagen?«

Kaga wendete seinen scharfen Blick langsam von mir ab und richtete ihn auf Kaori Yukizasa. Sie blickte unbeteiligt nach oben.

»Waren Sie das?«, fragte Kaga.

Kaori Yukizasa holte tief Luft. Ihr Blick huschte zu mir, dann sah sie wieder nach vorn und ruckte entschlossen mit dem Kinn. »Ja.«

»Ich verstehe.« Kaga nickte und ging vor dem Fenster auf und ab. Sein Schatten bewegte sich über den Tisch. Kurz darauf blieb er stehen. »Haben Sie Herrn Surugas Aussage etwas hinzuzufügen?«

»Eigentlich nicht«, sagte sie. »Herr Hodaka verhielt sich ausgesprochen seltsam, als er im Restaurant von Herrn Suruga angerufen wurde. Ich dachte, irgendetwas müsse passiert sein, und kam hierher. Herr Suruga war auch hier. Die beiden schleppten gerade einen großen Karton durch den Garten.«

»Und Sie sind ihnen bis zu dem Apartmenthaus gefolgt?«

»Nicht direkt gefolgt. Ich hatte mitgehört, wohin sie den Karton bringen wollten, und fuhr wenig später mit einem Taxi zu der Adresse. Als ich eintraf, kamen sie gerade aus dem Haus. Ich ging in die Wohnung und entdeckte Junko Namiokas Leiche. Kurz darauf kehrte Herr Suruga allein zurück.«

»Haben Sie nicht daran gedacht, die Polizei zu benachrichtigen?«, fragte Kaga.

»Ehrlich gesagt, nein.« Kaori Yukizasa zuckte die Achseln. »Frau Namioka war ja tot. Letztendlich spielte es keine Rolle, wo sie gestorben war. Wenn man den Selbstmord in ihre Wohnung verlegte, vermied man einen überflüssigen Skandal.« Sie wandte sich Miwako Kanbayashi zu. »Ich wollte nicht, dass deine Hochzeit ruiniert würde. Das ist die Wahrheit.«

Miwako Kanbayashi bewegte leicht die Lippen, sagte aber nichts.

»Haben Sie das Fläschchen mit den Kapseln auf dem Schreibtisch bemerkt?«, fragte Kaga.

Kaori Yukizasa sprach erst nach einigem Zögern. »Ja, ich habe es bemerkt.«

»Erinnern Sie sich an die Anzahl der Kapseln darin?«

»Ja.«

»Wie viele waren es?«

»Acht Stück«, sagte sie und schaute mich mit einem leichten Lächeln an.

»Herr Suruga, stimmt das?« Kaga sah wieder mich an.

»Ich erinnere mich nicht mehr genau«, antwortete ich.

»Als Herr Suruga sie sah, dürften es nur noch sieben Kapseln gewesen sein«, sagte Kaori Yukizasa nun.

»Ach? Wieso das denn?« Kaga wirkte überrascht.

»Weil ich eine davon an mich genommen hatte«, sagte sie gleichmütig.

Ich betrachtete sie von der Seite. Sie hatte die Brust herausgestreckt und den Rücken durchgedrückt. Ihre Haltung signalisierte Furchtlosigkeit.

»Sie haben eine der Giftkapseln an sich genommen?«, wiederholte Kaga mit erhobenem Zeigefinger.

»Ja.«

»Was ist damit geschehen?«

»Nichts.«

Kaori Yukizasa öffnete ihre schwarze Handtasche und nahm ein gefaltetes Papiertaschentuch heraus. Sie legte es auf den Tisch und faltete es auseinander. Eine der bewussten Kapseln kam zum Vorschein.

»Das ist die Kapsel«, sagte sie.

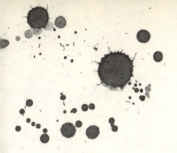

KAORI YUKIZASA
DIE LEKTORIN

1

Auch Naoyuki Suruga schien von meinem Bekenntnis verblüfft, was ja auch kein Wunder war. Nach einigem Nachdenken war ich zu der Überzeugung gelangt, dass es besser wäre, den Diebstahl der Kapsel zu gestehen.

Eine Weile sagte niemand etwas, alle starrten nur auf den Tisch. Das Auftauchen der Kapsel hatte offenbar selbst Kaga aus dem Konzept gebracht.

»Stammt diese Kapsel wirklich aus Junko Namiokas Wohnung?«, fragte er endlich.

»Ich versichere es Ihnen«, antwortete ich. »Wenn Sie Zweifel haben, lassen Sie sie doch in Ihrem kriminaltechnischen Labor untersuchen. Sie könnten sie natürlich auch einnehmen.«

»Noch habe ich nicht mit dem Leben abgeschlossen.« Kaga grinste und wickelte die Kapsel wieder in das Papiertaschentuch. »Ich darf sie doch mitnehmen?«

»Aber bitte. Ich habe nicht die Absicht, sie zu benutzen.«

»Nein?« Kaga nahm einen kleinen Plastikbeutel aus der Hosentasche und schob das Papiertaschentuch hinein. »Und warum?«

»Was warum?«

»Warum haben Sie die Kapsel an sich genommen? Sie müssen doch gleich erkannt haben, dass der Inhalt ausgetauscht wurde.«

Ich blickte zur Decke und seufzte. »Ach, ich weiß nicht. Einfach so.«

»Was wissen Sie nicht?«

»Warum ich sie genommen habe. Sie haben recht, ich wusste sofort, dass ihr Inhalt ausgetauscht worden war. Das Fläschchen mit dem weißen Pulver stand ja direkt daneben. Ich kann nicht leugnen, dass ich es für Gift hielt.«

»Und dennoch haben Sie sich getraut, die Kapsel einzustecken?«

»Sieht so aus.«

»Das verstehe ich nicht. Sie nehmen ohne bestimmten Grund eine Kapsel an sich, in der Sie Gift vermuten?«

»Sie kennen mich nicht. So bin ich eben. Es tut mir leid, wenn ich Ihre Ermittlungen durcheinandergebracht habe. Immerhin habe ich sie jetzt zurückgegeben.«

»Aber vielleicht haben Sie nicht alle zurückgegeben«, wandte Suruga ein.

»Was soll das denn heißen?«

»Sie behaupten, Sie hätten nur eine genommen. Ursprünglich seien es acht gewesen, aber das können Sie nicht beweisen. Vielleicht waren es ja in Wirklichkeit neun. Oder sogar zehn. Sie könnten sogar mehr als zwei gestohlen haben.«

Ich sah in Surugas schmales Gesicht. Offenbar wollte er vorsorglich von einem Verdacht gegen sich ablenken.

»Ich sage die Wahrheit und versuche, sie so weit wie möglich zu beweisen. Ich hatte eine Kapsel genommen und diese Kapsel jetzt zurückgegeben. Wie sieht es denn damit bei Ihnen aus, Herr Suruga? Sollten Sie nicht auch etwas vorlegen?«

»Was denn?«

»Bevor ich mit Ihnen zusammen Junko Namiokas Wohnung verließ, habe ich die Fingerabdrücke von dem Fläschchen gewischt. Dabei habe ich noch einmal hineingeschaut. Die Anzahl der Kapseln hatte sich auf sechs verringert. Wohin wohl die fehlende verschwunden ist?«

Suruga blies gelassen den Rauch aus, aber so ruhig, wie er tat, war er nicht, denn gleich darauf drückte er die nur halb gerauchte Zigarette nervös im Aschenbecher aus. Dabei verzog er wie in einem Anflug von Panik das Gesicht.

»Was war da los, Herr Suruga?«, fragte Kaga. »Stimmt das, was Frau Yukizasa gerade gesagt hat?«

Surugas Verwirrung ließ sich am leichten Zittern seiner Knie erahnen. Wahrscheinlich überlegte er krampfhaft, ob er alles zugeben oder sich unwissend stellen sollte.

Plötzlich ließ er kraftlos die Schultern hängen. Ich ahnte, dass er reden wollte. Offenbar hatte er erkannt, dass leugnen zwecklos gewesen wäre.

»Sie hat recht«, gab Suruga unwillig zu. »Ich habe eine Kapsel genommen. Nur eine – wohlgemerkt.«

»Und wo ist sie?«

»Ich habe sie weggeworfen. Als ich erfuhr, dass Hodaka vergiftet wurde, wollte ich nicht in Verdacht geraten und habe sie entsorgt.«

»Und wie?«

»Mit dem Hausmüll weggeworfen.«

Als ich das hörte, lachte ich laut auf. Suruga sah mich überrascht an.

»Und nach einer Mülltüte kann man lange suchen«, sagte ich.

Suruga schnitt eine Grimasse. »Ich sage nur die Wahrheit.«

»Aber beweisen können Sie das nicht.«

»Genau wie Sie nicht beweisen können, dass Sie nur eine Kapsel genommen haben.«

»Aber Sie«, ich hielt kurz den Atem an, »haben ein Motiv.«

Suruga kniff die Augen zusammen. Ich merkte, dass seine Züge sich verkrampften.

»Was denn für eins?«

»Ich habe gesehen, wie Sie beim Anblick von Junko Namiokas Leiche geweint haben. Sie wirkten sehr traurig, sogar verzweifelt. Sie müssen Hodaka doch dafür gehasst haben, dass er die von Ihnen geliebte Frau in den Selbstmord getrieben und

Sie dann auch noch gezwungen hat, ihre Leiche zu transportieren.«

»Ich bin nicht so einfach gestrickt, dass ich jemanden dann gleich umbringe.«

»Ich habe auch nicht gesagt, Sie seien einfach gestrickt. Nur, dass es ganz natürlich wäre, wenn Sie ihn umgebracht hätten.«

»Ich ...« Suruga funkelte mich an. »Ich habe Hodaka aber nicht umgebracht.«

»Aber warum haben Sie dann eine der Kapseln eingesteckt?«, fragte Kaga scharf.

Suruga wandte den Blick ab. An der Bewegung seines Kiefers erkannte ich, dass er mit den Zähnen knirschte.

Nun schaltete sich Miwako ein, die bis dahin geschwiegen hatte. »Darf ich eine Zwischenfrage stellen?«

Alle Blicke wandten sich ihr zu.

»Ja, bitte. Worum geht es denn?«, sagte Kaga.

Miwako sah mich an. Ihr Blick war so ernst, dass ich ein wenig außer Fassung geriet.

»Ich möchte dich etwas fragen, Kaori«, sagte sie.

»Was denn?«

»Ich habe dir doch vor der Trauung die Pillendose gegeben, nicht wahr? Aus meinem Beutel mit den Medikamenten.«

»Ja, obwohl eigentlich nicht ich die Pillendose hatte, sondern Frau Nishiguchi«, antwortete ich beunruhigt. Worauf wollte Miwako hinaus?

»Später habe ich erfahren, dass sie sie Herrn Suruga gegeben hat ... Das stimmt doch?«

»Ja, das stimmt. Also hatte er ausreichend Gelegenheit, die vergiftete Kapsel hineinzutun. Was ist damit?«

»Im Nachhinein finde ich das, was ich gerade von dir gehört habe, reichlich seltsam.«

»Was ist so seltsam daran?«

Miwako legte sich eine Hand auf die Stirn und machte ein

nachdenkliches Gesicht. »Also, du wusstest, dass Herr Suruga eine der Giftkapseln entwendet hatte? Und auch, dass er ein Motiv hatte, Makoto zu töten, ja? Warum hast du dann ausgerechnet ihm die Pillendose gegeben? Fandest du das nicht gefährlich?«

»Äh, ja also, ich ...« Mir fehlten die Worte.

2

Als ich in Junko Namiokas Wohnung die in meinen Augen eindeutig manipulierten Kapseln sah, keimte in mir der Wunsch, Hodaka zu töten. Wenn ich ihn dazu bringen konnte, eine davon zu schlucken, wäre es das perfekte Verbrechen. Denn ich konnte damit rechnen, dass die Polizei seinen Tod als von Junko Namioka erzwungenen Doppelselbstmord interpretieren würde.

Wäre Suruga damals nicht in die Wohnung zurückgekommen, hätte ich alle dazu gebracht, sich den Kopf darüber zu zerbrechen, wie die Kapsel in Hodakas Medikament gelangt war. Wo war es geschehen, wann und warum hatte es keiner gesehen – wahrscheinlich hätten sie sich das Hirn zermartert, bis ihnen schlecht wurde.

Aber Surugas Auftauchen stellte meinen Plan auf den Kopf. Als ich sah, dass er eine der Kapseln klaute, kam mir eine ganz andere Idee. Ich brauchte mir gar nichts Kompliziertes auszudenken, sondern würde einfach alles ihm überlassen.

Ich konnte mir nicht vorstellen, dass Suruga etwas anderes plante, als Hodaka umzubringen. Aber brauchte ich wirklich nur den Mund zu halten und abzuwarten? Suruga war ein zupackender Mann, aber vielleicht würde es ihm im entscheidenden Moment doch an Entschlusskraft fehlen. Außerdem hätte er vielleicht nicht die Gelegenheit, Hodaka die Kapsel unterzuschieben. Das Fläschchen mit dem Medikament hatte Miwako in ihrer Tasche. Ich glaubte nicht, dass Suruga am Tag der Hochzeit an die Sachen der Braut herankäme.

Ich überlegte hin und her, bis ich wusste, was ich zu tun hatte. Ich musste ihm eine Gelegenheit verschaffen, die Kapsel zu plazieren. Ich war eine der wenigen Personen, die sich an dem Tag in Miwakos Nähe aufhalten würden. Deshalb würde dies nicht allzu schwirig für mich sein. Der Täter wäre Naoyuki Suruga. Daran wäre nicht zu rütteln. Und wenn die Polizei etwas herausfand, würde nur er verhaftet. Dass sich hinter seinem Verbrechen die Absicht einer dritten Partei verbarg, würde niemand durchschauen. Nicht einmal Suruga selbst würde es im Traum einfallen, dass er manipuliert worden war.

Und dann –.

Die Götter waren mir hold, als ich von Miwako die Pillendose mit der Bitte bekam, sie Hodaka zu geben. Eine bessere Gelegenheit hätte ich mir nicht wünschen können.

Ich vertraute Eri Nishiguchi die Pillendose an, um später bei der Polizei darauf plädieren zu können, keine Gelegenheit gehabt zu haben, ihm die Kapsel unterzuschieben. Natürlich hatte ich Eri mit diesem Ziel in die Kapelle begleitet.

Ich suchte Suruga. Es hatte keinen Zweck, Hodaka die Pillendose direkt zu geben.

Als Miwako die Garderobe verließ, entdeckte ich Suruga unter den Schaulustigen, die sich davor versammelt hatten, um einen Blick auf die Braut zu erhaschen. Wie zufällig näherte ich mich ihm und sprach ihn an. Sein Blick war statt auf die Braut auf ihren Bruder gerichtet.

Nachdem wir einige Worte gewechselt hatten, forderte ich Eri Nishiguchi auf, Suruga die Pillendose auszuhändigen.

»Antworte mir«, sagte Miwako Kanbayashi noch einmal, als ich stumm blieb. »Warum hast du geschwiegen, obwohl du wusstest, dass Herr Suruga eine der Kapseln gestohlen hatte?«

»Sich etwas auszumalen und etwas tatsächlich zu tun sind zwei sehr verschiedene Dinge«, antwortete ich. »Ich konnte mir nicht vorstellen, dass er die Giftkapsel wirklich benutzt.«

»Wirklich nicht? Obwohl du gesehen hast, wie er um Junko Namioka weinte?«

»Das war fahrlässig von mir. Im Nachhinein tut mir das sehr leid. Ich weiß nicht, was ich zu meiner Entschuldigung vorbringen kann«, sagte ich zerknirscht.

»So war das also«, sagte Suruga kopfschüttelnd. »Ich fand das damals schon seltsam. Denn um Hodaka die Pillendose zu geben, hätte ich ihn ja noch schnell in seiner Garderobe aufsuchen müssen. Ihr Plan war es also, mir die Dose zu geben, damit ich die vergiftete Kapsel hineinlegen würde?«

»Stellen Sie hier keine eigenmächtigen Vermutungen an«, fuhr ich ihn an. »Ich weiß genau, dass Sie Ihre Schuld mindern wollen, indem Sie behaupten, ich hätte Ihnen eine Falle gestellt.«

»Wie oft soll ich es noch sagen. Ich habe es nicht getan!« Suruga schlug mit der Faust auf den Tisch. Dann sah er zu Kaga auf. »Nachdem ich die Pillendose bekommen hatte, habe ich sie sofort dem Hotelpagen übergeben und ihn gebeten, sie dem Bräutigam zu bringen«, sagte er an mich gewandt. »Das müssen Sie doch gesehen haben, Frau Yukizasa!«

Ich beschloss, nichts zu sagen. Suruga hatte recht. Er hatte die Pillendose sofort an den Pagen weitergereicht und wirklich keine Zeit gehabt, die vergiftete Kapsel hineinzutun. Allerdings war ich nicht sein Anwalt.

»Mehr habe ich jedenfalls dazu nicht zu sagen«, sagte ich zu Kommissar Kaga. »Ich kann jederzeit aufs Revier kommen. Aber dort könnte ich Ihnen nur das Gleiche erzählen.«

»Natürlich muss ich Sie bei Gelegenheit aufs Revier bestellen.« Kommissar Kaga lachte vielsagend.

»Bei mir ist es auch nicht anders. Ich kann Ihnen nur immer wieder das Gleiche sagen«, sagte Suruga.

Kaga warf ihm einen Blick zu. »Bei Ihnen ist die Sache allerdings etwas anders gelagert. Sie haben eine der Kapseln an sich genommen, können sie aber nicht mehr vorweisen. Und der Täter, den wir suchen, hat vor einer Woche mit genauso einer Kapsel einen Giftmord begangen. Wenn Sie den Verdacht gegen sich aus dem Weg räumen wollen, müssen Sie den Verbleib der Kapsel klären.«

»Ich habe Ihnen doch schon gesagt, dass ich sie weggeworfen habe.«

»Herr Suruga, Sie sind doch nicht dumm und wissen, dass Sie die Polizei damit nicht überzeugen können.«

»Das mag sein, aber was soll ich denn tun? Es ist die Wahrheit.«

»Sie haben meine Frage von vorhin noch nicht beantwortet.«
»Welche Frage?«

»Warum Sie die Kapsel gestohlen haben. Wollten Sie sie wie Frau Yukizasa ›einfach nur so‹ nehmen? Und behaupten, so seien Sie eben?«, fragte Kommissar Kaga mit einem spöttischen Blick auf mich.

Um eine Antwort verlegen, biss Suruga sich stumm auf die Lippen.

In diesem Moment meldete Takahiro Kanbayashi, der sich bisher nicht an den Spekulationen beteiligt hatte, sich zu Wort. »Darf ich etwas sagen?«

»Um was geht's?« Kaga sah ihn an.

Kanbayashi wandte sein markantes Gesicht Suruga zu. »Sie waren das, oder?«

»Was war ich?«, stieß Suruga fast stöhnend hervor.

»Sie haben mir diesen absurden Erpresserbrief zukommen lassen. Sie waren das.«

»Ich habe keine Ahnung, wovon Sie reden.« Suruga blickte mit einem eindeutig gekünstelten Lachen zur Seite, doch sein angespannter Ausdruck bewies, dass Kanbayashi ins Schwarze getroffen hatte.

»Was für ein Erpresserbrief?«, fragte ich.

Kanbayashi schlug kurz die Augen nieder, und Ratlosigkeit spiegelte sich in seinem Ausdruck.

»Takahiro!«, rief Miwako Kanbayashi mit dünner Stimme.

»Herr Kanbayashi«, sagte Kaga. »Bitte weihen Sie uns ein.«

Er schien zu einem Entschluss gekommen zu sein und hob den Kopf.

»Am Morgen der Hochzeit fand ich in meinem Hotelzimmer einen Umschlag mit einem Erpresserbrief ziemlich vulgären Inhalts.«

»Haben Sie ihn noch?«, fragte Kaga.

Kanbayashi schüttelte den Kopf. »Ich habe ihn sofort verbrannt. Er war dermaßen widerlich.«

»Können Sie den Inhalt wiedergeben?«

»Ersparen Sie mir Genaueres. Der Erpresser behauptete, von einem Geheimnis zwischen meiner Schwester und mir zu wissen. Wenn ich nicht wolle, dass er es öffentlich mache, müsse ich ihm gehorchen …«, fasste Kanbayashi unwillig zusammen. Ich wandte mich kurz um, um Miwako anzusehen. Sie stand wie erstarrt da und hatte beide Hände vor den Mund geschlagen.

Ein Geheimnis? Mir war sofort klar, dass es sich um die wenig geschwisterliche Beziehung der beiden handeln musste. Allerdings war die Anzahl der Personen, die davon wissen konnte, sehr begrenzt. Ich sah Suruga an. Sein Blick war völlig ausdruckslos.

»Was konkret wurde in dem Brief von Ihnen verlangt?«, fragte Kaga.

»Dem Umschlag war eine kleine Plastiktüte mit einer Kapsel beigegeben«, antwortete Kanbayashi. »Eine weiße Kapsel. Diese sollte ich Makoto Hodaka unterschieben.«

Hinter mir tat es einen Schlag, und ich drehte mich um. Miwako war auf die Knie gefallen. Noch immer barg sie ihr Gesicht in den Händen. Was auch kein Wunder war. Ich war selbst wie vom Donner gerührt. An eine solche Wendung hätte ich im

Traum nicht gedacht. Ich hatte Suruga veranlassen wollen, Hodaka umzubringen, und ihm die Gelegenheit dazu verschafft. Aber wie es aussah, hatte er mit einer anderen Methode jemand anderen dazu gebracht.

»Herr Suruga«, sagte Kaga. »Haben Sie diesen Erpresserbrief geschrieben?«

»Ich weiß nichts davon.«

»Aber nur Sie kommen infrage«, sagte Kanbayashi. »Miwako und ich hatten getrennte Zimmer, aber beide waren auf meinen Namen reserviert. Kein Außenstehender hätte wissen können, in welchem Zimmer ich mich befand. Nur Sie, Hodaka und Frau Yukizasa wussten das.«

»Nach einem ganz einfachen Ausschlussverfahren«, sagte ich.

Doch Suruga schwieg. Der Schweiß rann ihm in Bächen die Schläfen hinunter.

Plötzlich brach Kanbayashi in ein leises Gelächter aus. Es klang unheimlich. Verdutzt sah ich ihn an. Ob er verrückt geworden war?

Anscheinend nicht, denn er wurde sofort wieder ernst.

»Herr Suruga, offenbar wollen Sie uns die Wahrheit nicht sagen. Dann käme heraus, dass Sie mich zum Komplizen eines Mordes machen wollten, oder? So gesehen, sollten Sie allmählich den Wunsch verspüren, die Wahrheit zu sagen und sich bei mir zu entschuldigen.«

Bei dieser Äußerung machte Suruga ein verwundertes Gesicht. Auch ich musterte Kanbayashi skeptisch. Was hatte der Mann vor?

Kanbayashi zog sein Portemonnaie aus der Hosentasche und nahm eine Plastiktüte heraus. Unwillkürlich entfuhr mir ein Ausruf.

»Das ist die Kapsel, die in dem Umschlag war.«

Die Tüte enthielt eine weiße Kapsel.

TAKAHIRO KANBAYASHI
DER BRUDER DER BRAUT

Suruga machte ein Gesicht, als träfe ihn gleich der Schlag. Was unter den Umständen nur zu verständlich war, denn wahrscheinlich hatte er bis zu diesem Moment geglaubt, ich hätte seiner Drohung gehorcht und Hodaka die Kapsel untergeschoben.

»Lassen Sie mal sehen.« Kaga streckte die Hand aus. Ich gab ihm die Tüte.

Der Kommissar betrachtete die weiße Kapsel durch das Plastik. Obwohl er von außen ja nicht sehen konnte, ob sie wirklich Gift enthielt oder nicht, aber als Kommissar versuchte er es vielleicht trotzdem.

»Es ist nicht wie bei Frau Yukizasa vorhin, aber wie wäre es, wenn Sie sie zur Polizei bringen würden und sie untersuchten? Natürlich kann der Erpresserbrief auch ein schlechter Scherz gewesen sein und diese Kapsel enthält nichts weiter als ein Schnupfenmittel«, sagte ich und sah Suruga an. »Aber sie ist doch echt? Herr Suruga?«

Suruga war eindeutig aus dem Konzept gebracht. Offenbar dachte er hektisch darüber nach, welche Antwort vorteilhaft für ihn wäre. Zunächst bezweifelte er, dass ich die Kapsel wirklich nicht verwendet hatte. Was würde es für ihn heißen, wenn ich log? Außerdem dachte er wohl darüber nach, welches Risiko es bedeutete, wenn er behauptete, den Erpresserbrief nicht geschrieben zu haben.

»Wie sieht es aus, Herr Suruga?« Ungeduldig drängte Kaga auf eine Antwort. »Haben Sie mit dem Erpresserbrief, den Herr Kanbayashi bekommen hat, etwas zu tun?«

Eine tiefe Falte erschien zwischen Surugas Augenbrauen, und er verschränkte die Arme. Ich spürte, dass er sich wappnete. Sobald jemand die Arme verschränkt, hat er in der Regel seine Entscheidung bereits getroffen.

Suruga wandte sich an mich. »Ist das wirklich die Kapsel, die sich in jenem Umschlag befand?«

»Ja, wirklich«, antwortete ich.

»Sie ... haben sie nicht verwendet?«

»Nein, habe ich nicht.«

Suruga ließ hörbar die Luft aus seinen Lungen. Sogar von der Seite konnte ich sehen, dass alle Kraft aus ihm wich. »Sie haben sie also nicht benutzt.«

»Waren Sie es, der den Erpresserbrief geschrieben hat?«, fragte Kaga erneut.

Suruga nickte schwach. »Ja.«

»Und was ist das für eine Kapsel?«

»Wie gesagt ... Ich hatte sie aus ihrer ... aus Junkos Wohnung mitgenommen.«

»Das hindert uns nicht zu denken, dass Sie sie stahlen, um sie Herrn Hodaka zu verabreichen.«

»Jetzt kann ich es wohl nicht mehr leugnen.« Suruga lachte schwach. Er schien sich etwas gefasst zu haben.

»Hatten Sie zu dem Zeitpunkt schon die Absicht, Herrn Kanbayashi den Erpresserbrief zu schicken?«

»Nein, damals hatte ich noch nicht konkret über die Möglichkeit nachgedacht, Hodaka zu vergiften. Erst als ich mir zu Hause die Kapsel ansah und gründlicher darüber nachdachte, kam mir die Idee, ihn zu meinem Werkzeug zu machen.« Suruga wies mit dem Kinn auf mich.

»Erinnern Sie sich an den Inhalt des Erpresserbriefs?«

»Natürlich, ich habe ihn doch selbst geschrieben.«

»Dann wiederholen Sie ihn bitte für uns.«

»Das spielt doch keine Rolle ...« Suruga wirkte besorgt.

Kommissar Kaga ging zum Esstisch. »Kommen Sie.«

Suruga stand auf und folgte ihm. Am Esstisch drehten die beiden uns den Rücken zu und flüsterten miteinander. Offenbar teilte Suruga dem Kommissar den genauen Wortlaut des Erpresserbriefes mit.

Gleich darauf kam Suruga zurück. Nachdem er mir ins Gesicht gesehen hatte, wandte er den Blick rasch ab und setzte sich wieder auf seinen Platz.

»Herr Kanbayashi«, sagte Kaga zu mir. »Kommen auch Sie bitte einen Moment herüber.«

Ich wusste, was er vorhatte. Mit einem kleinen Seufzer begab ich mich an die Stelle, an der Suruga bis eben gestanden hatte.

»Ich muss mich vergewissern, dass es wirklich Herr Suruga war, der den Erpresserbrief verfasst hat«, sagte Kaga in einem entschuldigenden Ton, der jedoch keinen Widerspruch duldete.

»Ich verstehe.« Ich nickte.

»Bitte beschreiben Sie mir den Erpresserbrief, soweit Sie sich erinnern. Also den Umschlag, das Papier, die Besonderheiten der Schrift und so fort.«

»Es war ein ganz normaler weißer Umschlag, auf dem mein Name und meine Adresse standen. Darin befand sich ein weißes, mit Wortprozessor oder Computer bedrucktes Blatt vom Format B5.«

»Und der Inhalt?«, fragte Kommissar Kaga, während er in sein Notizbuch schrieb.

Ich antwortete, so gut ich es vermochte. »Ich weiß, dass es zwischen Dir und Deiner Schwester Miwako eine über Geschwisterliebe hinausgehende Beziehung gibt. Wenn Du nicht willst, dass die Öffentlichkeit von Eurem widernatürlichen Treiben erfährt« – obwohl ich den Brief nur einmal gelesen hatte, hatte ich ihn im Kopf, als wäre er dort eingemeißelt.

Kaga verzog keine Miene. Es schien fast, als hätte er die besondere Beziehung zwischen mir und Miwako schon geahnt. Aber das konnte eigentlich nicht sein.

»Ich verstehe. Haben Sie vielen Dank«, sagte er und sah mir unumwunden in die Augen. Er hielt es wohl für Aufrichtigkeit, die Augen nicht abzuwenden.

»Besteht kein Zweifel, dass der Brief von Suruga stammte?«, fragte ich.

»Nein. Sagen Sie mir bitte noch eins«, sagte Kaga.

»Ja?«

»Warum sind Sie ...« Kaga zog die Stirn in Falten und senkte den Blick, als würde er nach Worten suchen.

Ich wusste sofort, was er fragen wollte.

»Warum ich der Anweisung in dem Brief nicht gefolgt bin?«

»Ja. Nein. Das gebietet der gesunde Menschenverstand.«

»Miwako«, sprach ich meine auf dem Boden kauernde Schwester an. »Ich weiß, es ist schwer für dich, aber ich möchte, dass du dich noch einmal an den Tag der Hochzeit erinnerst. Hätte ich an diesem Tag Gelegenheit gehabt, die Giftkapsel zu verwenden?«

Miwako legte die Hand auf die Stirn und überlegte. Noch bevor sie antworten konnte, schaltete sich Kaori Yukizasa ein.

»Einmal waren Sie beide doch allein in der Garderobe der Braut.«

»Sie kennen sich ja aus, was?«

»Ja, das hat einen gewissen Eindruck bei mir hinterlassen.«

»Wenn ich etwas mit der Kapsel gemacht hätte, hätte es in dem Moment sein müssen, oder? Sonst hatte ich keinerlei Gelegenheit. Also ...«, sagte ich und sah noch einmal Miwako an. »Habe ich mich der Pillendose genähert?«

Miwako schüttelte den Kopf. »Nein. Takahiro hat die Pillendose nicht angefasst.«

»Genau.«

»Woher wissen Sie das?«, fragte Kommissar Kaga.

»Der Beutel mit der Pillendose lag zusammen mit meiner Kleidung ganz hinten in der Garderobe«, erklärte Miwako. »An der vom Eingang am weitesten entfernten Stelle. Um dort hinzukommen, musste man sich die Schuhe ausziehen. Mein Bruder ist aber an der Tür stehen geblieben.«

»So war es«, sagte ich und rang mir ein Grinsen ab. »Ich gestehe, dass ich darüber nachgedacht habe, die Kapsel, wie es von mir verlangt wurde, in Hodakas Pillendose zu schmuggeln. Der Erpresser hatte meinen Gemütszustand genau erkannt. Und er stachelte den Hass an, den ich im Grunde meines Herzens gegen Makoto Hodaka hegte. Normalerweise könnte ich niemanden töten, auch wenn ich ihn noch so sehr hasste. Aber der Inhalt des Briefes hatte diese Hemmschwelle niedergerissen. Obwohl mir bewusst war, dass Mord etwas Schreckliches war, dachte ich, ich hätte eine Entschuldigung. Schließlich wurde ich bedroht und war machtlos. Das setzte mein Gewissen außer Kraft.«

»Aber«, fuhr ich fort, »am Ende bekam ich nie die Gelegenheit. Verstehen Sie? Ich habe die Forderung des Erpressers nicht erfüllt. Ich hätte es gar nicht gekonnt.«

NAOYUKI SURUGA
DER MANAGER

Takahiro Kanbayashis Aussage rettete mich vor der Hölle.

Ich hätte nie gedacht, dass er damit herausrücken würde. Da er außerdem die bewusste Kapsel vorlegen konnte, war er mein Retter aus höchster Not. Ihm hatte ich es zu verdanken, dass der Verdacht gegen mich nun so gut wie ausgeräumt war.

Nachdem sie miteinander geflüstert hatten, gesellten sich Kanbayashi und der Kommissar erneut zu uns. Kanbayashi setzte sich auf den gleichen Platz wie zuvor, und auch Kaga blieb an der gleichen Stelle wie vor wenigen Minuten stehen. Wir schienen wieder in unsere Ausgangsposition zurückgekehrt zu sein. Nur, dass die Umstände jetzt noch verworrener waren.

»Also, Herr Kommissar, wie sieht es aus?« Ich lehnte mich auf dem Sofa zurück und schlug die Beine übereinander. »Ich habe den Erpresserbrief wirklich geschrieben. Und die Giftkapsel in den Umschlag getan. Aber sie wurde nicht verwendet. Das heißt, meine Kapsel hatte nichts mit Hodakas Tod zu tun. Allerdings wurde auch die Kapsel, die Frau Yukizasa entwendet hat, nicht benutzt. Könnte es sein, dass Hodakas Mörder sich gar nicht unter den Anwesenden befindet?«

»Kaum wissen Sie, dass Ihr Verhalten nicht mit dem Mord in Verbindung steht, schon machen Sie sich hier wichtig«, sagte Kaori Yukizasa in spöttischem Ton. »Aber ist das, was Sie getan haben, nicht versuchter Mord? Oder Anstiftung zum Mord?«

»So kann man das nicht sagen«, widersprach ich. »Aber wie ist das denn eigentlich? Könnte ich eines Verbrechens angeklagt werden? Es weiß doch jetzt niemand, inwieweit der Inhalt des Erpresserbriefes real ist. Wenn ich behaupten würde, alles wäre nur ein Scherz gewesen, wäre das doch schwer zu widerlegen. Zugegeben, natürlich ein schlechter Scherz.«

»Nehmen wir an, ich hätte Ihnen gehorcht und Hodaka getötet. Wenn die Polizei mich dann verhaftet und Sie als Verfasser des Erpresserbriefs entlarvt hätte, wollten Sie sich damit herausreden, nicht wahr?«, sagte Kanbayashi zu mir.

Ich kratzte mich mit der Fingerspitze im Augenwinkel.

»Ja, das hatte ich vor.«

»Wie niederträchtig«, schnappte Kaori Yukizasa.

»Weiß ich. Aber Sie haben es gerade nötig. Sie haben gesehen, wie ich eine Giftkapsel einsteckte, und mir trotzdem die Pillendose ausgehändigt.«

»Aber es stand keine Absicht dahinter.«

»Soso. Wirklich nicht? Wer weiß, was Sie gemacht hätten, wenn Sie nicht gesehen hätten, dass ich die Kapsel nahm?«

»Ach, halten Sie doch den Mund.«

»Schluss jetzt!«, ertönte eine scharfe Stimme. Miwako Kanbayashi hatte sich erhoben und funkelte uns wütend an.

»Bedeutet euch ein Menschenleben denn gar nichts? Ich kann nicht fassen, dass ihr ihn einfach so töten wolltet.« Miwako Kanbayashi schlug wieder die Hände vors Gesicht. Schluchzen drang zwischen ihren Fingern hindurch.

In dem großen Raum herrschte eine Stille, auf deren Grund sich nur ihr leises Weinen absetzte.

»Wir wollten Ihnen nicht wehtun, aber dieser Mann hätte es unweigerlich getan«, sagte ich.

»Das stimmt nicht. Sie lügen.«

»Nein, ich lüge nicht. Ich glaube, es gibt noch mehr Menschen, die ihn gern tot gesehen hätten.«

»Das glaube ich auch«, ergänzte Kaori Yukizasa. »Er verdiente es nicht, zu leben.«

Miwako Kanbayashi stand wie erstarrt. Sicher hätte sie gern protestiert, aber vermutlich konnte sie der vielen Empfindungen, die über sie hereinbrachen, einfach nicht Herr werden, und Zorn, Trauer und Enttäuschung machten sie sprachlos.

Sonderbar, dachte ich wieder einmal. Wie konnte sich eine so lautere, unschuldige junge Frau zu so einem Schwein hingezogen fühlen? Welche Faszination hatte er auf sie ausgeübt?

Oder lag es daran, dass das Reine sich nach dem Schmutzigen sehnt?

Kagas tiefe Stimme ertönte. »So, jetzt habe ich mir alles ausführlich angehört.«

Alle Augen waren auf ihn gerichtet, und der Kommissar, nun im Mittelpunkt der Aufmerksamkeit, warf sich ein wenig in die Brust.

»Also gut, dann wollen wir uns dem entscheidenden Punkt zuwenden«, sagte er und blickte mit einer Gelassenheit auf uns herab, die nicht aufgesetzt zu sein schien.

»Und was ist der entscheidende Punkt?«, fragte ich.

»Natürlich wer von Ihnen Makoto Hodaka die Giftkapsel gegeben hat«, sagte Kaga laut.

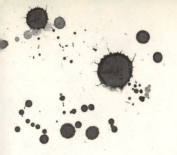

KAORI YUKIZASA
DIE LEKTORIN

»Was haben Sie denn bis jetzt gehört? Wenn man die Aussagen aller zusammenfasst, kann der Täter nicht unter den Anwesenden sein, oder?«, sagte Suruga gereizt.

»Wie kommen Sie denn darauf? Ich glaube, mir ist inzwischen alles klar.«

»Und worauf stützen Sie sich da?«

Kaga ignorierte Suruga und sammelte die zwölf Münzen, die er zuvor auf den Tisch gelegt hatte, wieder ein. Die Münzen in der hohlen Hand, sah er in die Runde.

»Vorhin haben wir rekonstruiert, wie sich die Anzahl der Kapseln in Herrn Hodakas Besitz verringerte. Jetzt wollen wir das gleiche Prinzip auf die Kapseln anwenden, die Junko Namioka präpariert hatte. Da auch sie ein neues Päckchen erworben hatte, gehen wir wieder von zwölf Kapseln aus.«

Kommissar Kaga legte die zwölf Zehn-Yen-Münzen erneut auf den Tisch. Wir beugten uns vor, als rechneten wir mit einem Zaubertrick.

»Aber sie hat nicht alle Kapseln vergiftet. Eine der Kapseln lag aufgebrochen neben dem Glas mit dem Strychninnitrat. Vermutlich war sie ein fehlgeschlagener Versuch.« Kommissar Kaga schob die Münze ganz rechts beiseite.

Ja, jetzt erinnerte ich mich. Er hatte recht. Es hatte auch eine kaputte Kapsel dort gelegen.

»Es ist also möglich, dass es elf vergiftete Kapseln waren.« Der Kommissar wandte sich an mich. »Und Sie, Frau Yukizasa, sagten doch, dass in der Flasche acht Kapseln waren, als Sie in die Wohnung kamen.«

»Ja.« Ich nickte.

Kaga teilte die Münzen auf dem Tisch in acht und drei.

»Laut Obduktionsbericht hat Junko Namioka mit hoher Wahrscheinlichkeit nur eine Kapsel eingenommen.« Der Kommissar schob eine der drei Münzen beiseite. »Wohin sind also die übrigen beiden verschwunden?«

»Ich verstehe nicht, was Sie bezwecken«, sagte Takahiro Kanbayashi. »Was fragen Sie uns das? Ich finde, man sollte davon ausgehen, dass jeder ihm die Giftkapsel hätte unterschieben können.«

»Aber so ist es nicht. Um diesen Fall zu lösen, muss ich den Verbleib aller Kapseln zweifelsfrei klären. Das ist das Hauptziel meiner Befragung.«

»Wenn man zusammenfasst, was bis jetzt gesagt wurde, gibt es meiner Meinung nach nur eine Antwort«, sagte Suruga.

»Oho!« Kaga erwiderte Surugas Blick. »Und die wäre?«

»Da muss man doch nicht groß nachdenken. Statt sich zu wundern, dass zwei verschwunden sind, könnte man zuerst mal anzweifeln, ob es von Anfang an so war. Vielleicht war es in Wirklichkeit ja so.«

Suruga griff über den Tisch und schob die beiden für sich liegenden Münzen zu den acht hinüber.

»Aha, ich verstehe«, sagte ich nickend. »Das soll heißen, ich hätte gelogen. In Wirklichkeit waren noch zehn Kapseln in der Flasche. Und ich habe drei von ihnen an mich genommen, jedoch behauptet, ich hätte nur eine genommen, und eine unbenutzte dem Kommissar ausgehändigt. Die beiden anderen habe ich verwendet, um Hodaka zu töten – das wollen Sie doch sagen.«

»Ich habe nur von einer Möglichkeit gesprochen. Es gibt ja noch andere, die die Kapseln an sich gebracht haben könnten, oder?«

»Natürlich.«

»Und wer?«

Stumm deutete ich auf ihn, und er wich ein wenig zurück.

»Nun mal langsam. Sie haben selbst gesehen, dass ich nur eine Kapsel genommen habe.«

»Ja, aber mit Sicherheit kann ich nur sagen, dass von den Kapseln, von denen noch sieben hätten übrig sein sollen, bloß noch sechs da waren.«

»Das reicht doch. Demnach kann ich nur eine genommen haben.«

»Vielleicht haben Sie zu dem Zeitpunkt nur eine genommen. Aber womöglich beschränkte sich der Diebstahl gar nicht auf diesen Zeitpunkt.«

»Was wollen Sie damit sagen?« Suruga rollte mit den Augen.

»Ich bin erst in Frau Namiokas Wohnung gekommen, als Hodaka und Sie die Leiche schon abgelegt hatten. Also wäre es doch denkbar, dass Sie schon vorher welche von den Kapseln gestohlen hatten.«

»Dann hätte ich ja zweimal Kapseln gestohlen.«

»Genau.«

»Warum hätte ich so was tun sollen?«

»Weiß ich doch nicht. Vielleicht haben Sie von den zehn erst mal zwei eingesteckt, es sich dann anders überlegt und später noch eine genommen.«

»Ziemlich weit hergeholt.«

»Mag sein. Aber Ihre Verdächtigungen gegen mich bewegen sich auf dem gleichen Niveau.«

»Okay, nehmen wir an, ich hätte, wie Sie sagen, wirklich drei Kapseln geklaut. Eine davon habe ich in den Erpresserbrief an Herrn Kanbayashi gelegt, um ihn dazu zu bringen, Hodaka zu töten. Warum hätte ich mir trotzdem noch weitere Kapseln aneignen sollen? Wenn ich es selbst machen wollte, hätte ich mir doch den ganzen Aufwand mit dem Brief schenken können.«

»Das war vielleicht das besonders Raffinierte daran. Sie haben einen Plan B entworfen, für den Fall, dass Herr Kanbayashi nicht auf Ihre Erpressung eingehen würde. Dann hätten Sie Hodaka nämlich mit einer anderen Kapsel getötet. Und falls dann der Verdacht auf Sie gefallen wäre, hätten Sie die Sache mit dem Erpresserbrief vorgebracht. Sie haben es ja selbst gerade gesagt: Normalerweise würde niemand vermuten, dass die Person, die Herrn Kanbayashi zu ihrem Werkzeug machen wollte, noch einmal selbst eine Kapsel plaziert. Mit dieser Strategie wollten Sie jeden Verdacht von sich ablenken.«

Suruga hörte sich meine Theorie an und warf theatralisch die Arme hoch.

»Ich gebe mich geschlagen. Vor einer Person, deren Geist derart verschlungene Pfade geht.«

»Ich wollte ja nur sagen, wie es auch gewesen sein könnte.«

»Wenn das stimmt, bringe ich mich auf der Stelle um. Von meinen zwei Kapseln habe ich Hodaka ja nur eine gegeben, also habe ich noch eine in Reserve.« Suruga schlug sich an die Brust.

NAOYUKI SURUGA
DER MANAGER

Mir rauchte der Kopf von Kaori Yukizasas Gerede. Ich sollte von zehn Kapseln zuerst zwei genommen haben? Und danach noch eine? Ziemlich unausgegorenes Zeug redete sie da.

»Ich danke Ihnen für Ihre interessanten Ausführungen«, schaltete Kaga sich ein. »Alle Ihre Vermutungen verfügen über eine gewisse Plausibilität. Was auch heißt, dass wir im Augenblick nicht mit Sicherheit sagen können, wer Herrn Hodaka umgebracht hat. Nein, wir können sogar davon ausgehen, dass weiterhin nicht nur Sie beide, sondern alle als Täter in Betracht kommen.«

»Wenigstens hat mein Verdacht sich geklärt«, sagte Kanbayashi. »Ich weiß nicht, wo Junko Namioka wohnt. Überhaupt habe ich sie an jenem Samstag zum ersten Mal gesehen. Ich wusste auch nicht, dass sie Kapseln mit Gift präpariert hatte. Ich hatte nur die eine Kapsel, die dem Erpresserbrief beilag. Da ich sie dem Kommissar nun ausgehändigt habe, bin ich von jedem Verdacht gereinigt, denke ich.«

Miwako Kanbayashi, die hinter ihrem Bruder stand, nickte bestätigend. Auch ich fand seine Erklärung lückenlos einleuchtend.

Doch Kommissar Kaga schien nicht überzeugt. Er runzelte die Brauen und kratzte sich an der Schläfe.

»Leider ist die Sache nicht ganz so einfach.«

»Warum nicht? Ich hatte doch überhaupt keine Gelegenheit, an das Gift heranzukommen.«

Ohne auf ihn einzugehen, sah Kaga jetzt mich an.

»Sie sagten, Junko hatte das Fläschchen mit den Giftkapseln

bei sich. Und Sie beide haben es mit ihrer Leiche in ihre Wohnung gebracht, nicht wahr?«

»Ja«, antwortete ich.

»Ich frage mich, warum sie das Fläschchen bei sich trug. Nur um sich selbst damit umzubringen, war die Menge zu groß.«

»Natürlich weil sie vorhatte, es in einem günstigen Moment gegen Hodakas Flasche auszutauschen, oder?«

»Aber Sie sagten doch, sie hätte diesen Plan aufgegeben?«

»Vermutlich.«

»Aber konnte sie wirklich so leicht darauf verzichten? Meinen Sie nicht, sie hatte sich noch einen winzigen Rest ihres Wunsches, gemeinsam mit Hodaka zu sterben, bewahrt?«

»Möglich wär's, aber es ging eben nicht«, sagte Kaori Yukizasa. »Hodaka hatte die Flasche mit dem Medikament ja bereits Miwako ausgehändigt.«

»Also musste sie den Plan, die Flasche auszutauschen, aufgeben?«

Kaga schien etwas Bestimmtes andeuten zu wollen.

»Worauf wollen Sie hinaus?«

»Frau Kanbayashi sagte, Herr Hodaka habe, bevor Sie alle in das italienische Restaurant aufbrachen, die bewusste Pillendose aus einer Schublade im Wohnzimmerschrank genommen.«

So war es gewesen. Wir alle nickten.

»Außerdem«, fuhr Kaga fort, »enthielt die von Herrn Hodaka leer geglaubte Pillendose zwei Kapseln.«

Miwako Kanbayashi tat einen überraschten Ausruf. Auch ich musste schlucken.

»Daraufhin sagte Frau Kanbayashi, es sei nicht gut, alte Medikamente einzunehmen. Herr Hodaka folgte ihrem Rat und warf die Kapseln in den Papierkorb. In diesen Papierkorb.« Der Kommissar machte einen großen Schritt auf die Schrankwand zu und hob den Papierkorb an. »Aber wir haben keine Kapseln darin gefunden. Und das, obwohl ihn danach eigentlich niemand mehr hätte berühren sollen. Dazu fällt mir nur eins ein. Jemand hat sie in einem unbeobachteten Moment herausgenommen.«

»Waren denn die beiden Kapseln welche von Junkos?«, fragte ich mit heiserer Stimme.

»Das ist die Annahme, nicht wahr?«

»Aber eigentlich kann doch niemand wissen, ob die Kapseln darin wirklich von ihr stammten.«

»Nein, solange niemand die Szene beobachtet hat.«

»Ja, wenn jemand es gesehen hätte ...« Plötzlich sah ich ein Gesicht vor mir.

Und wenn Junko sich heimlich ins Wohnzimmer geschlichen hätte, während wir uns im ersten Stock befanden?

Nur eine Person hatte sich in der Zeit im Erdgeschoss aufgehalten.

Diese Person – Takahiro Kanbayashi – schaute langsam auf und wandte sich an Kaga.

»Aber ich war doch hier. Heißt das, ich hätte auf dem Sofa gesessen und seelenruhig zugesehen, wie Frau Namioka einfach so hier hereinkam und etwas in Hodakas Pillendose tat?«

»In Ihrer Anwesenheit konnte Junko Namioka das Haus nicht betreten. Aber sie könnte sich hereingeschlichen haben, während Sie zum Beispiel auf der Toilette waren? Und als Sie von der Toilette kamen, beobachteten Sie zufällig, dass sie etwas in die Pillendose tat.«

»Das ist doch an den Haaren herbeigezogen ...«

»Damit Sie sehen, dass das überhaupt nicht an den Haaren herbeigezogen ist, will ich Ihnen eine andere Geschichte erzählen«, sagte Kaga, nachdem er seinen Blick über unsere Gesichter hatte schweifen lassen. »Sie handelt von einem weiteren Todesfall.«

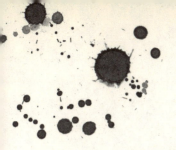

KAORI YUKIZASA
DIE LEKTORIN

»Noch ein Todesfall?«, fragte Takahiro Kanbayashi misstrauisch. »Was wird das? Ein Gleichnis?«

»Nein, ich spreche von einem ganz konkreten Todesfall, auf den wir bei unseren Ermittlungen gestoßen sind.«

»Mannomann, auch das noch!«, stieß Suruga hervor. »Sie sagen aber jetzt nicht, dass Junko Namioka ermordet wurde?«

»Das wäre eine ziemlich unerwartete Wendung, nicht wahr?« Kaga lachte ein wenig. »Aber nein, das ist es nicht. Ihr Tod war wirklich ein Selbstmord.«

»Also dann ...?«

»Von diesem weiteren Todesfall hat die Polizei von einem Arzt der Klinik erfahren, in die das Opfer gebracht worden war. Als man es einlieferte, hatte seine Atmung schon ausgesetzt. Der Arzt führte sicherheitshalber eine Obduktion durch, bei der sich herausstellte, dass eine Vergiftung durch Strychninnitrat vorlag. Daraufhin hat er sofort die Polizei benachrichtigt, und wir glauben, dass es einen Zusammenhang mit unserem Fall gibt.«

»Wer ist denn das Opfer? Ich kann mich nicht erinnern, in den Medien etwas davon mitbekommen zu haben«, sagte ich.

»Nicht alles, was auf dieser Welt geschieht, wird irgendwo gesendet. Es handelte sich um einen unauffälligen, gewöhnlichen Todesfall in irgendeinem Stadtteil. Aber es kam eine vergiftete Kapsel zum Einsatz.«

»Wenn es sich aber um Mord handelt, muss doch irgendwo darüber berichtet worden sein? Umso mehr, wenn ein Zusammenhang mit Herrn Hodakas Tod besteht.«

Kaga sah mich ernst an. »Ich habe von einem weiteren Todesfall gesprochen, nicht von einem Mord.«

»Und was heißt das?«

»Jemand bekam eine von Junko Namiokas präparierten Kapseln in die Hände, aber er wusste nicht, ob ihr Inhalt giftig war. Sie, Herr Kanbayashi, wollten überprüfen, ob die Kapsel wirklich Gift enthielt und wie wirksam es war.«

»Ich möchte Sie bitten, sich nicht eigenmächtig etwas zusammenzureimen«, entgegnete Kanbayashi, der sich bislang eines höflichen, freundlichen Tonfalls bedient hatte, mit scharfer Stimme.

»Ich reime mir nichts zusammen, sondern ziehe Schlüsse, die sich auf Indizien stützen, Herr Kanbayashi. Am Abend vor dem Verbrechen begaben Sie sich auf einen Spaziergang, um ein Versuchsobjekt zu finden. Und tatsächlich begegneten Sie einem passenden Opfer, das nichts ahnend durch die abendlichen Straßen spazierte. Vielleicht war der arme Kerl auf dem Weg nach Hause oder zu seiner Freundin. Vielleicht wollte er auch einen Besuch machen. Hätte er Herrn Kanbayashi nicht getroffen, hätte er wie immer einen ruhigen, friedlichen Abend verbracht. Aber es kam anders. Herr Kanbayashi brachte sein Opfer mittels einer List dazu, die Kapsel mit dem Strychninnitrat zu schlucken. Die Wirkung war immens, und das Opfer hat vermutlich nicht sehr lange gelitten. Es lag am Straßenrand, bis ein Spaziergänger es fand und zu einem Arzt brachte. Der Täter war natürlich längst verschwunden.«

Kaga warf Suruga einen Blick zu, warum, weiß ich nicht. »Deshalb habe ich gesagt, dass Sari Glück hatte«, fügte er leise hinzu.

Suruga öffnete kurz den Mund. Anscheinend war ihm etwas eingefallen.

»Der Mageninhalt Ihres Versuchskaninchens wurde untersucht, und es stellte sich heraus, dass es das Gift zusammen mit einem Nahrungsmittel eingenommen hatte. Und damit Sie nicht wieder sagen, ich würde mir das alles nur zusammenreimen, Herr Kanbayashi, würde ich Sie bitten, die Geschichte zu vervollständigen.«

Miwakos Bruder verschränkte die Finger im Schoß. Seine Hände zitterten, und seine Halsschlagader trat hervor.

TAKAHIRO KANBAYASHI
DER BRUDER DER BRAUT

»In jenem Moment, als ich Zeuge wurde, wie die Frau im weißen Kleid, die zuvor im Garten aufgetaucht war, eine Schublade der Schrankwand öffnete und etwas in diese Pillendose gab, hatte ich plötzlich eine Idee.

Ihre Vorstellungskraft, Herr Kommissar, ist beeindruckend. Ihren Ausführungen gibt es kaum etwas hinzuzufügen. Alles hat sich genauso abgespielt, wie Sie es geschildert haben. Ich kam von der Toilette und wollte ins Wohnzimmer zurück, als ich sie durch den Türspalt sah.

Natürlich wusste ich nicht, ob es wirklich Gift war, was sie da in die Pillendose legte, und wollte mich vergewissern. Auch hinsichtlich der Methode, die ich zu diesem Zweck anwandte, trifft Kommissar Kagas Vermutung zu.

Der unglückselige Gedanke, Makoto Hodaka ebenfalls eine solche Kapsel zu verabreichen, ergriff von mir Besitz. Schließlich wollte er mir Miwako wegnehmen.«

»Damit ist doch jeder Verdacht gegen Frau Yukizasa und mich hinfällig, oder, Herr Kommissar?«, sagte Suruga. »Wir wissen nun, was aus den beiden verschwundenen Kapseln geworden ist. Es ist geklärt, in wessen Hände die von Junko Namioka präparierten Giftkapseln gelangt sind und was mit ihnen geschah. Frau Yukizasa und ich können die gestohlenen Kapseln nicht benutzt haben. Alles Weitere betrifft doch jetzt Herrn Kanbayashi und die Polizei, ja?«

»Ich habe es nicht getan. Ich bin nicht Hodakas Mörder.«

»Ja, das behaupten Sie ...« Suruga wandte seinen Blick von mir ab.

»Einen Moment bitte. Ich war noch nicht fertig, was die Anzahl der Kapseln betrifft«, sagte Kaga.

»Nimmt das denn gar kein Ende?« Kaori Yukizasa runzelte die Brauen.

»Dem nähern wir uns ja. Als Frau Yukizasa das Fläschchen zum ersten Mal in Frau Namiokas Wohnung sah, waren noch acht Kapseln darin. Das ist wohl Fakt. Eine davon hat Frau Yukizasa genommen, wie sie sagt, und eine hat, wie auch er zugibt, Herr Suruga eingesteckt. Aber damit stimmt die Anzahl noch immer nicht. Es fehlt noch eine Kapsel.«

»Eine fehlt? Das kann nicht sein. Sie haben doch gesagt, es seien noch sechs in der Wohnung gewesen.«

»Damit meinte ich, wenn man alle in der Wohnung verbliebenen Kapseln zusammenzählt, waren es sechs.« Kaga grinste. »Das bedeutet, einschließlich der aufgebrochenen Kapsel sechs, woraus wiederum folgt, dass in dem Fläschchen nur fünf übrig waren. Doch laut Frau Yukizasa Aussage befanden sich, nachdem Herr Suruga eine Kapsel an sich genommen hatte, noch sechs Kapseln in dem Fläschchen. Also muss eine verschwunden sein.«

»Was für ein Blödsinn!« Nach einem Moment der Sprachlosigkeit richtete Kaori Yukizasa ihre langen schmalen Augen auf Suruga. »Haben Sie sich später noch mal in Frau Namiokas Wohnung geschlichen?«

»Und noch eine Giftkapsel gestohlen? Sie machen Witze. Warum sollte ich so etwas tun?«

»Das könnte die Theorie erklären, die Frau Yukizasa vorhin entwickelt hat«, sagte Kaga. »Nämlich, dass Sie eine Art Plan B hatten, nach dem Sie, auch wenn Herr Kanbayashi die Tat nicht beging, noch immer Ihr eigenes Gift einsetzen konnten.«

»Wann denn? Wann hätte ich ihm das Gift denn in die Pillendose schmuggeln sollen?«

»Als Miwako vom Schönheitssalon in die Brautgarderobe ging«, verkündete Kaori Yukizasa. »Sie hatte ihre Handtasche im Schönheitssalon vergessen. Es waren nur wenige Minuten, aber in der Zeit hätten Sie es machen können.«

Ich erinnerte mich ebenfalls an diesen Moment. Ich hatte Eri Nishiguchi aus dem Schönheitssalon kommen sehen. Es war gegen elf Uhr gewesen.

»Das ist doch Quatsch. Zu der Zeit hatte ich eine Besprechung mit Hodaka. Als wir fertig waren, saßen wir noch eine Weile in der Lounge.«

»Sie und Herr Hodaka? Schade nur, dass Ihr Zeuge nicht mehr unter uns weilt«, sagte Frau Yukizasa scharfzüngig, worauf Suruga ihr einen hasserfüllten Blick zuwarf. Dann sah er Kommissar Kaga durchdringend an.

»Auch wenn jemand noch eine Kapsel gestohlen hat, war ich nicht der Einzige, der die Möglichkeit dazu hatte. Kapiert?«

»Soll das heißen, ich war das?«

»Das habe ich nicht gesagt. Es steht fünfzig zu fünfzig zwischen Ihnen und mir.«

»Ich hatte doch überhaupt keine Gelegenheit«, entrüstete sich Kaori Yukizasa.

»Wirklich nicht?«

»Was wollen Sie jetzt eigentlich sagen?«

»Der Page, dem ich die Pillendose gegeben habe, sagte, er habe sie am Eingang zur Garderobe des Bräutigams deponiert. Also hatten auch Sie die Möglichkeit, den Inhalt heimlich auszutauschen.«

»Und warum hätte ich das tun sollen?«

»Zunächst hatten Sie vor, mich das Gift plazieren zu lassen. Aber da ich nichts dergleichen tat und die Pillendose einfach dem Pagen übergab, kamen Sie angerannt, um selbst Hand anzulegen«, sagte Suruga hämisch.

»Sie widern mich an. Ständig denken Sie sich solchen Blödsinn aus.«

»Angefangen haben aber Sie.«

Einen Moment lang funkelten Naoyuki Suruga und Kaori Yukizasa einander wütend an.

Kurz darauf brach Suruga in Gelächter aus.

»Was für ein alberner Streit. Wir brauchen eigentlich gar nicht darüber nachzudenken, wer von uns der Mörder ist. Denn es gibt nur eine Person, die eine zusätzliche Giftkapsel hatte«, sagte er mit einem Blick auf mich.

»Stimmt genau«, pflichtete Kaori Yukizasa ihm sogleich bei und sah ebenfalls mich an.

»Wie ich schon sagte: Ich hatte keine Gelegenheit, ihm die Kapsel unterzuschieben. Sie haben mir zwar eine Kapsel geschickt, aber ich habe sie nicht benutzt.«

»Wer weiß? Vielleicht haben wir etwas übersehen?«, antwortete Suruga und warf mir einen scharfen Blick zu.

Düsteres Schweigen breitete sich aus, und Miwakos Schluchzen wurde lauter. Sie hielt sich verzweifelt den Kopf und schüttelte ihn.

»Ich kann nicht mehr. Ganz gleich, wer der Mörder ist, sagt es mir bitte so schnell wie möglich!«

Ganz gleich, wer der Mörder ist –.

In diesem Augenblick fiel es mir wie Schuppen von den Augen. Ich erkannte etwas, was ich bisher ganz übersehen hatte.

So war das also.

Für Miwako spielte es überhaupt keine Rolle, wer der Mörder ihres geliebten Verlobten war. Wichtig war nur, dass sie es *herausfand*. Sie glaubte, dadurch eine Frau werden zu können, die auf ganz normale Weise geliebt hatte.

Mit anderen Worten, sie hatte mir etwas vorgemacht.

Und ich fragte mich, ob dieses Theater nicht schon viel früher begonnen hatte – nämlich als sie verkündete, sie liebe Hodaka.

Sie, die nur eine verbotene Liebe kannte, hatte dem Fluch

ihrer Vergangenheit entkommen wollen, indem sie die verliebte Frau spielte.

Und der, den sie liebte, hätte jeder sein können. Deshalb war es ihr auch egal, wer der Mörder war.

»Ich kenne die Antwort, Frau Kanbayashi«, sagte Kaga in diesem Moment leise, aber deutlich.

Alle richteten ihre Aufmerksamkeit auf ihn. »Bitte, sagen Sie sie mir«, stieß Miwako flehend hervor.

»Nachdem ich Sie alle angehört habe, weiß ich nun, wie sich der Fall abgespielt hat. Das Puzzle ist fast vollendet, ich muss nur noch das letzte fehlende Stück einfügen.«

Kaga steckte die Hand in die Jacketttasche und zog drei Polaroid-Fotos heraus.

»Das letzte Puzzleteil ist eins von diesen«, sagte er und warf die Fotos auf den Tisch.

Die Fotos zeigten die wichtigsten Beweisstücke im Mordfall Makoto Hodaka. Miwakos Handtasche, das Medikamentenfläschchen und die Pillendose. Natürlich konnte der Kommissar nicht mit den Originalen durch die Gegend laufen.

»Und nun?«, fragte ich.

»Auf einem der hier abgebildeten Gegenstände befinden sich Fingerabdrücke, die sich zunächst nicht identifizieren ließen. Sie stammen weder von einem von Ihnen noch vom Mordopfer. Meine Kollegen meinten, sie hätten vermutlich nichts mit dem Fall zu tun. Ich zog als Einziger eine bestimmte Person in Betracht, von der die Fingerabdrücke sein konnten. Und meine Annahme erwies sich als zutreffend. Da ist nichts weiter dabei. Es sind ganz normale Fingerabdrücke, die jemand darauf zurückgelassen hat. Nach allem, was Sie mir bisher erzählt haben, ist auch das Rätsel dieser Fingerabdrücke gelöst.«

Kaga hob langsam den Finger, mit dem er auf die Fotos gezeigt hatte.

»Sie haben nicht die geringste Ahnung, um wessen Abdrücke

es sich handelt. Nur einer versteht, wovon ich spreche und was es bedeutet. Und genau diese Person ist Makoto Hodakas Mörder«, sagte Kaga. »Der Mörder sind Sie.«

ANLEITUNG ZUR LÖSUNG

von Shinta Nishigami

KENNEN SIE DEN TÄTER?

Auf den folgenden Seiten finden Sie eine Anleitung zur Lösung des Rätsels um Makoto Hodakas Mörder. Hilfestellung gibt Ihnen Professor Shinta Nishigami, Vorsitzender der japanischen Gesellschaft der Kriminalschriftsteller und berühmter Kenner des Genres.

ASSISTENT: Darf ich hereinkommen, Herr Professor? Ich bin's.

PROFESSOR: Ah, Sie sind es. Seit ich emeritiert bin, bekomme ich immer weniger Besuch. Sie sind doch, nachdem ich aufgehört hatte, Assistenzprofessor geworden, nicht wahr?

ASSISTENT (weint): Nein, so ein junger Überflieger von einer anderen Uni hat mir die Stelle weggeschnappt. Statt vor einem Jüngeren zu buckeln, dachte ich, werde ich lieber Rezensent von Kriminalromanen. Da braucht man doch nur den Inhalt zusammenzufassen und zu schreiben, was einem so in den Sinn kommt.

PROFESSOR: Hm, das glaube ich eigentlich nicht.

ASSISTENT: Glücklicherweise habe ich vom Verlag K den Auftrag bekommen, Erläuterungen zu einem Kriminalroman zu schreiben. Wenn ich das erfolgreich hinbekomme, steht mir eine glänzende Zukunft bevor, aber leider weiß ich nicht, wie. Hier, das ist das Buch, das ich kommentieren soll.

PROFESSOR: Oh, das ist ja *Ich habe ihn getötet* von Keigo Higashino. Ein tolles Buch.

ASSISTENT: Na ja, dieser Higashino sieht ja vielleicht ganz gut aus, aber sein Charakter ... Ich finde es ziemlich mies von ihm, den Namen des Mörders am Ende nicht zu nennen. Man liest und liest bis zum Schluss, und dann steht man da. Jedenfalls habe ich dem Verlag angeboten, die Lösung zu schildern, und jetzt sitze ich in der Tinte.

PROFESSOR: Higashino fordert seine Leser zu einem spannenden Detektivspiel heraus. *Ich habe ihn getötet* ist wesentlich kniffliger als andere Romane des Autors. Dennoch sollte man sie kennen, wenn man das vorliegende kommentieren will.

ASSISTENT: Deshalb bin ich zu Ihnen gekommen, Herr Professor.

PROFESSOR: Sie werden auch wirklich nie erwachsen. Dann stellen Sie mir jetzt erst einmal den Unterschied zu anderen Werken des Autors dar.

ASSISTENT: Das ist einfach. Der Mörder wird nicht genannt.

PROFESSOR: Dummkopf, das erkennt doch jedes Kind. Sie müssen Ihr Augenmerk auf den Unterschied in der Erzählweise richten. Meistens schreibt Higashino seine Romane in der dritten Person, und die Informationen, die der Leser erhält, stecken mehr oder weniger in den vom Autor geplanten Auslassungen. Aber wie ist es hier?

ASSISTENT: Die einzelnen Kapitel sind jeweils aus der Ich-Perspektive der drei Verdächtigen geschrieben, oder?

PROFESSOR: Richtig. Immer abwechselnd aus der Ich-Perspektive eines der Verdächtigen. Takahiro Kanbayashi, Naoyuki Suruga und Kaori Yukizasa kommen im Laufe des Romans insgesamt sieben Mal zu Wort. Dabei müssen Sie im Kopf behalten, dass durch die Ich-Perspektive in den erzählten Teilen keine falschen Informationen ausgestreut werden, was jedoch nicht für die direkte Rede gilt. Außerdem können psychologische Schilderungen unzutreffend und Handlungen verkürzt dargestellt sein.

ASSISTENT: Mann, ist das kompliziert. Die Dialoge führen in die Irre, und der übrige Text ist verkürzt.

PROFESSOR: In diese Richtung sollte Ihre Einleitung gehen. Jetzt wollen wir mal Schritt für Schritt das Rätsel für Sie nachvollziehen.

ASSISTENT: Wie meistens geht es auch in diesem Fall um Liebe und Hass.

PROFESSOR: Ein Inzest, ein Mann, dem die Geliebte genommen wurde, eine stolze, aber sitzen gelassene Frau, ein Gewirr verschiedener Leidenschaften und Verwicklungen – alles Klischees, aber man darf nicht dem Irrtum verfallen, hier einen der üblichen billigen Krimis vor sich zu haben. Offensichtlich hilft es nicht weiter, die Motive und Schicksale der einzelnen Verdächtigen zu kennen, also lassen Sie uns gleich zum Kern des Rätsels vorstoßen.

ASSISTENT: Im Zentrum steht Junko, die von Hodaka verlassen wurde und daraufhin Selbstmord beging. Derjenige, der Hodakas Medikament gegen die von ihr präparierten Giftkapseln vertauscht hat, ist der Täter. Leider habe ich keinen Schimmer, wer das sein könnte.

PROFESSOR: Lassen Sie uns zuerst feststellen, wer von den Verdächtigen überhaupt die Gelegenheit gehabt hätte, das Medikament auszutauschen. Dazu liefern das Naoyuki-Suruga-Kapitel ab Seite 35 und das sich daran anschließende Kaori-Yukizasa-Kapitel ab Seite 65 entscheidende Anhaltspunkte.

ASSISTENT: Sowohl Suruga, der Manager des Mordopfers, als auch Yukizasa, seine Lektorin, haben eine Kapsel aus Junkos Wohnung entwendet. Takahiro Kanbayashi, der Bruder der Braut, hatte keine direkte Möglichkeit, eine der Kapseln an sich zu bringen, bekam aber eine mit dem Erpresserbrief ins Hotel geschickt.

PROFESSOR: In dem Brief wird er aufgefordert, diese Kapsel in Hodakas Pillendose oder sein Medikamentenfläschchen zu schmuggeln, und Takahiro steckt sie in die Tasche seines Smokings. Das steht auf Seite 100.

ASSISTENT: Damit haben alle drei Verdächtigen eine Giftkapsel in ihrem Besitz.

PROFESSOR: Nun müssen wir uns dem Weg widmen, den die Pillendose genommen hat. Hodaka hatte am Tag vor seiner Ermordung bei sich zu Hause zwei Kapseln aus der Pillendose fortgeworfen, weil er sich nicht erinnern konnte, sie hineingegeben zu haben. Steht auf Seite 45. Anschließend hat er die leere Pillendose und das Medikamentenfläschchen Miwako anvertraut. Diese legte am Tag der Hochzeit in ihrer Garderobe eine Kapsel in die Pillendose, die nun weiterwanderte.

Miwako – Kaori Yukizasa – Eri Nishiguchi – Naoyuki Suruga – Hotelpage – Hodaka, in dieser Reihenfolge. Nishiguchi und der Page sind Dritte, die mit dem Fall nichts zu tun haben, außerdem steht fest, dass Naoyuki Suruga und Kaori Yukizasa vor der Übergabe keine Gelegenheit hatten, die Kapseln zu vertauschen. Nachzulesen auf den Seiten 113 und 126.

Das Medikamentenfläschchen, das Miwako bei sich hatte, wurde von der Polizei sichergestellt, und Kommissar Kaga bestätigt, dass die neun darin verbliebenen Kapseln kein Gift enthielten. Siehe Seite 279. Durch die Kapsel, die Miwako in die Pillendose getan hatte, die Kapsel, die Hodaka am Vortag vor ihren Augen mit Kaffee heruntergespült hatte, und seine Bemerkung, dass er kurz zuvor schon eine genommen habe – auf Seite 41 –, wissen wir über die Verwendung der drei fehlenden Kapseln Bescheid. Die Möglichkeit, dass Junko eine vergiftete Kapsel in das neue Fläschchen geschmuggelt hatte, ist hiermit ausgeschlossen.

ASSISTENT: Als sich am Ende alle Beteiligten in Hodakas Haus versammeln, händigen Kaori Yukizasa die Kapsel, die sie aus Junkos Wohnung entwendet hat, und Takahiro Kanbayashi diejenige aus dem Erpresserbrief dem Kommissar aus. Naoyuki Suruga sagt zunächst aus, er habe die Kapsel, die er selbst entwendet hatte, fortgeworfen, bekennt dann aber, der Absender des Erpresserbriefes zu sein, was auch von Kaga auf Seite 309 bewiesen wird. Auf den darauffolgenden Seiten wird durch Miwakos Aussage belegt, dass Takahiro Kanbayashi nicht in die Nähe ihrer Tasche kommen konnte, da diese ganz hinten in der Brautgarderobe stand. Aber damit sind doch alle Verdächtigen ausgeschlossen?

PROFESSOR: Es ist schon ungewöhnlich für einen Autor, in der Endphase seines Romans alle infrage kommenden Täter auszuschließen. Aber es gibt eine neue Entwicklung hinsichtlich der Anzahl der von Junko Namioka vergifteten Kapseln. Auf Seite 203 hatten wir erfahren, dass Junko eine neue Packung des Medikaments gekauft hat. Achten Sie nun auf Kagas Ausführungen ab Seite 321. Der Verbleib aller zwölf von Junko manipulierten Kapseln steht fest.

ASSISTENT: Zwei haben die Lektorin Kaori Yukizasa und der Manager Naoyuki Suruga entwendet; mit einer hat Junko sich umgebracht; zwei hat sie, als sie sich in Hodakas Wohnzimmer schlich, in seine Pillendose gelegt (und Hodaka warf sie in den Papierkorb); sechs hat Kaori Yukizasa noch in dem Fläschchen gesehen, und dann noch die aufgebrochene. Macht zwölf.

PROFESSOR: Nein, das stimmt nicht. Kommissar Kaga sagt, die aufgebrochene Kapsel gehöre zu den sechs, und in dem Fläschchen seien nur noch fünf gewesen. Das heißt, es wäre möglich, dass entweder Kaori Yukizasa oder Naoyuki Suruga später noch eine Kapsel an sich genommen hätten.

ASSISTENT: Dann sind die beiden ja doch noch verdächtig?

PROFESSOR: Lesen wir ab Seite 339 nach. Takahiro Kanbayashi hat Junko beobachtet, und die beiden Kapseln, die Hodaka anschließend in den Papierkorb geworfen hatte, an sich genommen. Eine davon hat er einer Katze gegeben, um die Wirksamkeit zu testen – auf Seite 90. Außerdem hätte er beim Abendessen mit Miwako die Gelegenheit gehabt, die Kapsel auszutauschen. Das finden Sie auf Seite 92.

ASSISTENT: Unglaublich! Jetzt haben wir wieder drei Verdächtige. Doch wenn der Verbleib aller Kapseln feststeht, schränkt das die Sache doch auf eine Person ein.

PROFESSOR: An dieser Stelle fügt Kommissar Kaga das letzte noch fehlende Puzzleteil ein. Er erzählt, dass sich an einem der Gegenstände – Miwakos Handtasche, Medikamentenfläschchen und Pillendose – Fingerabdrücke befinden, die nicht zuordenbar sind.

ASSISTENT: Es gab komplizierte Umstände, unter denen die Kapseln herumgingen, aber nur Kaori Yukizasa scheint keine Gelegenheit gehabt zu haben, sie auszutauschen. Aber die beiden übrigen auf jeden Fall ...

PROFESSOR: Also kann man das Rätsel nur anhand des Verbleibs der Kapseln nicht lösen. Ohne Umschweife gesagt, die Fingerabdrücke an der Pillendose stammten von Hodakas Ex-Frau. Takahiro Kanbayashi hätte am Vorabend der Hochzeit zwar die Gelegenheit gehabt, eine Giftkapsel in Miwakos Medikamentenfläschchen zu schmuggeln, aber in dem Fall hätte die Kapsel, die sie ausgewählt hat, ja auch zufällig ausgerechnet die vergiftete sein müssen. Die Fingerabdrücke auf der Pillendose lassen sich damit ohnehin nicht erklären. An dieser Stelle müssen wir unser Augenmerk nochmals auf den Anfang des Romans richten. Es gibt da eine Episode, die besagt, *dass es eigentlich zwei Pillendosen gab*. Außerdem gibt sie einen Hinweis darauf, wo diese *zweite Pillendose sich befand*. Und nun der letzte und wichtigste Punkt. Es gibt einen Abschnitt, der auf die *Person hinweist, die die Gelegenheit hatte, nicht die Kapsel, sondern die Pillendosen zu vertauschen*. Wer diese drei Anhaltspunkte zu deuten weiß, kennt den Namen des Täters.

ASSISTENT: Endlich habe ich es verstanden! Jetzt bin ich auch Krimi-Experte.